데스마치에서 시작되는
이세계 광상곡
22

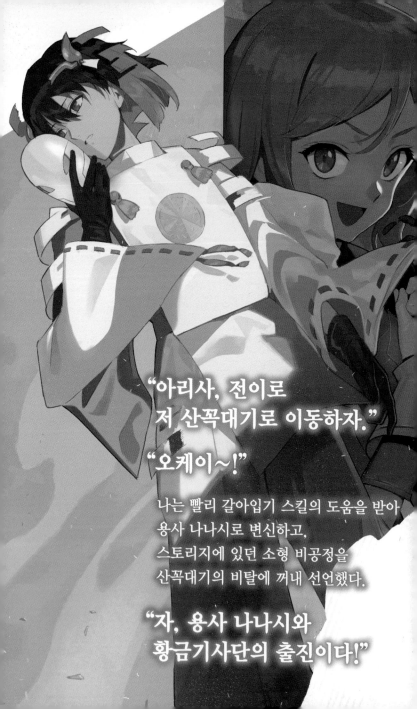

"아리사, 전이로
저 산꼭대기로 이동하자."

"오케이~!"

나는 빨리 갈아입기 스킬의 도움을 받아
용사 나나시로 변신하고,
스토리지에 있던 소형 비공정을
산꼭대기의 비탈에 꺼내 선언했다.

"자, 용사 나나시와
황금기사단의 출진이다!"

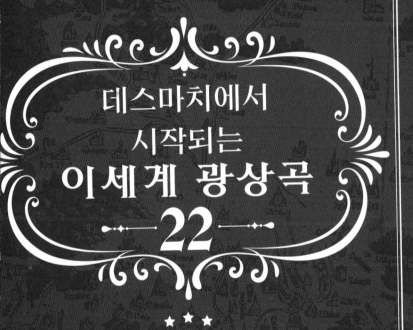

데스마치에서 시작되는 이세계 광상곡

22

★ ★ ★

아이나나 히로

Death Marching to the
Parallel World Rhapsody

Presented by Hiro Ainana

CONTENTS

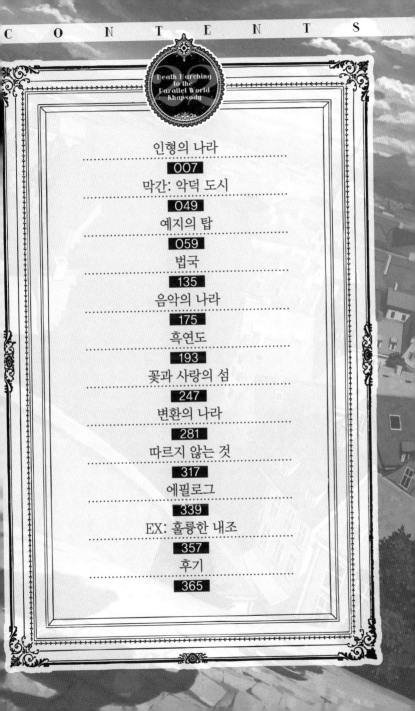

Death Marching
to the
Parallel World
Rhapsody

인형의 나라

"사토입니다. 예로부터 인형은 인간을 대신하는 주술의 도구로 쓰였다고 합니다만, 요즘에는 힐링을 위한 파트너 같은 지위에 자리잡고 꿈쩍도 안 하는 것 같아요."

"용의 알인 거예요!"

눈빛을 반짝거리며 활기차게 외친 것은 다갈색 머리칼을 보브컷으로 정돈한 강아지 귀 강아지 꼬리의 어린 소녀 포치였다.

품에 꼭 안아서 들고 있는 알은 공룡 영화에 나오는 것처럼 얼룩무늬였다.

우리는 마왕 퇴치를 하러 온 파리온 신국을 떠나 3개국째로 방문하게 되는 인형의 나라 로도르오크에 있었다.

길을 걷는 사람들의 옷은 온난한 기후에 맞는 경장이 많았고, 남성이든 여성이든 가리지 않고 한쪽 어깨에 색색의 천을 늘어뜨려 허리에 감는 패션이었다. 이 나라는 섬유나 염료가 특산품인가 보군.

"포치, 돈 아직~."

포치의 어깨를 붙잡아 멈춘 것은 하얀 머리칼을 단발로 정돈한 고양이 귀 고양이 꼬리의 어린 소녀 타마다.

파리온 신국에 있는 「재능 있는 자」의 마을에서 인술의 스승으로 모신 현자 솔리제로의 배신과 이별도, 지금 타마의 밝은 표정을 봐서는 상상하기 어려웠다.

"아차차인 거예요. 포치는 덤벙이인 거예요."

포치가 타마랑 함께 서둘러서 노점으로 돌아갔다.

혼잡한 시장도 두 사람에게는 아무 장해가 안 되는지, 슥슥 사람들 사이로 지나가 돌아갔다.

"죄송합니다인 거예요. 이 『용의 알』은 포치가 사는 거예요!"

포치가 노점 주인에게 사과했다.

이 근처는 파리온 신국어와 가까운 내해 공통어라고 불리는 말이 일반적이고, 이 지방 고유의 로도르어도 함께 쓰이는 모양이다. 둘 다 스킬을 습득했지만, 프루 제국어가 기원인 내해 공통어 스킬의 범용성이 높아 보이기에 그쪽에만 스킬 포인트를 분배했다.

"그래. 부잣집 애 같은 아가씨인데 가지고 도망친 줄 알고 놀랐잖아. 그 알은 금화 열 닢이야."

기분 탓인지, 이 나라는 아인에 대한 편견이 적은 것 같아.

인형의 나라라서 그런지, 동물을 모티프로 삼은 봉제인형이 많이 유통되고 있는데 그것 덕분인가?

"와오!"

"여, 열 닢인 거예요?"

포치가 난처한 표정으로 지갑을 들여다보았다.

로도르오크 왕국의 항구에서 환전을 했을 때 용돈을 주기는

했는데, 한 명당 금화 1닢밖에 안 줬으니까 당연히 부족할 거다.

그리고 포치가 가진 「용의 알」은, AR표시에 따르면 「날개 용도마뱀의 알」이란 물건이다. 시세 스킬에 따르면 가치는 은화 1닢 정도였다. 애당초 진짜 「용의 알」이라면, 금화 10닢으로 살 수 있을 리 없지.

"은화 한 닢이라면 살게."

"이보슈. 아무리 그래도 너무 깎으셨네."

"그럴까?"

버티는 가게 주인의 귓가에 「날개 용도마뱀의 알이라면, 그 가격이 맞을 텐데?」 하고 속삭이자, 그는 금방 식은땀을 흘리면서 은화 1닢으로 팔아주었다. 흥정 스킬이나 사기 스킬 덕분이겠지.

가게 주인한테 알을 받아서 포치에게 주었다.

"떨어뜨리면 안 된다."

"네, 인 거예요. 포치는 알을 부화시켜서 용기사가 되는 거예요!"

"오우, 그레이트~."

포치가 알을 떨어뜨리지 않도록, 천을 사삭 바느질해서 알을 담을 수 있는 포대기를 만들어 주었다.

길 옆으로 가서 눈에 안 띄게 작업했는데, 다 만들었더니 호기심 어린 시선이 모이고 있었다.

"마스터, 어느 유생체가 귀여운가요라고 묻습니다."

그 자리에서 물러날 계기를 만들어준 것은 금발 거유 미녀 나나다. 그녀는 태어난 1년쯤 된 호문클루스지만, 겉으로 보기에는 고교생 나이의 인간족으로 보인다.

나나가 말하는 유생체란 것은 노점에 있던 펭귄과 개의 봉제인형이었다. 둘 다 동글동글한 형상이라서 무척 귀여웠다.

그렇게 말했더니, 나나가 어려운 표정으로 두 봉제인형을 음미하기 시작했다.

"펭귄."

단어로만 의견을 말한 것은 청록색 머리칼을 트윈 테일로 묶은 어린 소녀 미아다. 귓가를 감추는 후드가 흔들리고, 엘프의 특징인 조금 뾰족한 귀가 보였다.

"이 나라의 비스크돌은 레벨이 높다~."

옆에 있는 노점에서 공주님 같은 인형을 끌어안은 것은 인형과 비슷하게 귀여운 용모를 가진 전생자 아리사다. 이 세계에서는 꺼림직하게 여기는 보라색 머리칼을 금발 가발로 감추고 있었다.

"이건, 시즈카나 히카루한테 선물하면 좋을 것 같지 않아?"

아리사가 미남자, 미소년 인형을 나한테 보여줬다.

"그렇네. 그 둘이라면 기뻐하겠는걸."

"그러면, 이거 둘은 일단 확보해야겠네. 이 나라는 인형이 풍부해서 고르는 게 힘들어."

시즈카는 현자가 성녀로 추켜세우며, 스킬 양도의 매개 역할을 강요받아 유니크 스킬을 남용하는 바람에 마왕화 해버린 여성이다. 그 탓에 우울증이 생길 만큼 정신적으로 궁지에 몰려 있었다. 그런 그녀도 현자에게서 해방된 지금은 시가 왕국 근방

에 있는 비밀기지에서, 옛날에 왕조였던 히카루와 동인 활동에
전념하고 있었다.

"그건 그렇고, 주인님. 파리온 신국 관련의 소문이 너무 공식
발표 그대로라고 생각하지 않아?"

"용사 하야토의 마왕 퇴치 활약담에 비하면, 교황의 은퇴 소문
이나 현자의 실각 같은 건 네임 밸류가 적어서 그런 게 아닐까?"

현자는 야망의 끝에서 마신옥에 붙잡혔고, 그와 함께 행동하
던 녹색 상급 마족도 이미 쓰러뜨렸다.

자자리스 교황과 현자의 마왕화는 주변 소국에 전해지지 않
았다. 도브나프 추기경의 수완을 엿볼 수 있군. 지금은 그와 신
전기사단장이 된 성검사 메자르트 경이 중심이 되어 나라를 재
건하고 있는 중이다.

"메자르트에 대한 소문만 무성하고 우리들의 소문은 거의 없
는 게 유감이야~."

아리사는 유감스럽게 어깨를 으쓱거렸다.

들리는 이야기의 메인은 용사 일행이고, 그밖에는 이 지방에
서 유명인인 메자르트 경의 이름이 자주 들린다. 다른 동행자—
우리들이나 흑기사나 사무라이 두 사람 등 사가 제국 일행의 이
름이 나오는 일은 거의 없었다. 우리들의 이름이 나올 때도 「시
가 왕국의 용감한 전사들」 정도였다.

아리사는 불만스러워 보이지만, 나로서는 관광에 방해가 되
니까 그런 취급엔 불만이 없었다.

동료들이 공식적으로 평가 받지 못하는 게 조금 가엾지만, 다

들 아직 젊으니까 숨기고 있어도 금방 유명해지겠지.

"오! 섹시한 반바지 소년의 인형 발견!"

아리사가 사냥감을 발견한 맹금류의 눈동자로 바뀌어 인형으로 돌진했다.

"이 향신료는 이름이 뭔가요?"

"그건 마비 와사비야. 조금 쓰면 요리의 맛이 살아나지."

그런 아리사 너머에서, 노점에 놓인 향신료 항아리를 들여다보는 것은 윤기가 흐르는 긴 검은 머리를 가진 일본풍 초절정 미소녀 루루다.

요리를 좋아하는 그녀는 새로운 조미료를 발견해서 흥미진진한 기색이었다.

"비늘 종족 누나야, 어때? 우리 가게의 창은 『대장장이의 나라』 스테르오크에서 만들어진 명품들이야."

뒷골목에 있는 무기가 늘어선 노점 앞에서, 리자가 진지한 표정으로 창을 보고 있었다. 손목과 목덜미에는 주황 비늘 종족의 특징인 오렌지색의 비늘이 보였다.

앞길에는 인형 관련이나 식재료 가게들이 대부분이지만, 뒷골목에는 평범한 철물들과 함께 무기나 방어구를 파는 가게도 있는 모양이다.

"특이한 소재로군요. 처음에는 녹이 슬었나 생각했지만, 금속 자체가 붉은색을 띠고 있는 모양이군요."

"어이쿠. 한 번 보고 간파하다니 제법이잖아? 그건 홍강이라고 불리는 『대장장이의 나라』 비전의 금속으로 만들었어."

재미있는 이야기를 하고 있기에 나도 끼어들었다.

"히히이로카네하고는 색이 다르네요. 강철을 벼릴 때, 뭔가 특별한 소재를 쓰는 걸까요?"

AR표시에도 「홍강」이라고 나오는 걸 보니 전혀 다른 금속인 모양이다.

사가 제국의 흑기사 장비에 쓰이던 「흑강」처럼, 연성으로 만들어진 판타지 금속의 일종인 거겠지.

"카하하하. 형씨. 그러면 마치 신화시대의 금속을 본 적이 있다고 말하는 것 같잖아."

본 적도 있고, 연성한 적도 있어요.

"이 창은 얼마쯤 하나요?"

"금화 100닢이야."

"그건 너무 바가지야! 마검도 그렇게 안 비싸!"

아리사가 훌쩍 끼어들었다.

방금 전까지 인형을 보고 있었는데, 어느새 가까이 와 있었다.

"금화 20닢 어때?"

"어이쿠. 그러면 재료비도 안 나와."

"그러면 금화 35닢은 어떻지?"

나도 아리사에게 가세했다.

시세 스킬이 가르쳐주는 가격을 봐서, 저쪽도 충분히 이익이 있을 거야.

"마력의 흐름은 나쁘지 않지만, 미스릴 합금제 검만큼 날카롭지는 않은 것 같은데."

마인이 나오지 않도록 조심하면서 홍강의 창에 마력을 주입해봤다.

　창의 축도 마력이 통하기 쉬운 소재를 쓴 모양이다.

　"조금만 더."

　"금화 37닢까지는 내지."

　"좋아. 팔지!"

　나는 로도르오크 왕국의 금화를 지불하고 홍강의 창을 받아, 그걸 리자에게 건넸다.

　"맡아두겠습니다."

　리자가 공손하게 받아, 요정 가방에서 꺼낸 천을 창날에 감았다.

　"그건 맡기는 게 아니라 리자한테 주는 선물이야."

　"가, 감사합니다. 주인님."

　보기 드물게 리자가 당황한다.

　"리자 씨, 새빨개."

　"노, 아리사. 놀리는 건 좋지 않다고 고합니다."

　"그렇네. 미안, 리자 씨. 이 창도 리자 씨한테 잘 어울려."

　동료들과 함께 시장을 돌아보고, 점심은 미식가인 도브나프 추기경이 가르쳐준 가게에서 먹었다.

　"버섯 스테이크, 맛있어."

　"벌꿀을 바른 로도르 새의 테리야키도 근사하군요."

　"이 산나물과 버섯볶음도 맛있어요."

　"간 페이스트 최고~?"

　"사슴돼지 아저씨의 구운 고기도 맛있는 거예요!"

로도르오크 왕국은 농경 면적이 적어서 그런지 평범한 야채가 이상하게 비싸고 맛도 고만고만하다. 하지만 산나물이나 산새 같은 산의 산물, 특히 미아가 절찬하는 버섯이 맛있었다.

바다의 산물도 있지만, 그건 내해 근처의 다른 나라도 별 차이가 없으니까 가끔 먹었다.

"기다렸지. 추가로 주문한 버섯 스테이크야."

"환영한다고 고합니다."

벌꿀 버터를 듬뿍 뿌린 버섯 스테이크를 잘라서 모두에게 나눠줬다.

"동굴 버섯은 지금이 제철이니까. 듬뿍 먹어."

"이 버섯을 선물로 살 수 있을까요?"

"산 쪽에 있는 시장에 가봐. 바다 쪽은 어패류가 중심이니까."

이 명물 버섯은 종류가 풍부한 데다가, 농구공만한 사이즈라서 먹을 맛이 난다.

미아 마음에 든 것 같으니까, 잔뜩 사둬야겠는걸.

"몹바의 꼬치 구이랑 나이테 스테이크 나왔습니다~."

가게 점원 누나들이 커다란 그릇을 여러 개 가져왔다.

모두 몹바라는 몸이 길쭉한 야생동물을 조리한 고기 요리인데, 상당히 볼륨이 많다.

"맛있습니다. 조금 더 씹는 맛이 있으면 좋겠습니다만, 충분히 씹히는군요."

"와구와구~."

"냠냠냠인 거예요."

리자가 나이프와 포크로 잘라 먹는 옆에서, 타마와 포치는 포크로 찌른 고기에 얼굴을 가져가 깨물고 있었다. 접시에 얼굴이 닿지 않을까 싶네.

콩 소리가 나면서 포치가 펄쩍 뛰었다.

"위험한 거예요. 잘못하면 알 아가가 깨질 뻔한 거예요."

지금 그 소리는 알과 테이블이 부딪힌 소리였나 보다.

"알 포대기를 풀어두면 되지 않아?"

"안 되는 거예요. 엄마는 계속 배에 알이나 아기를 안고 있는 거라고, 표범 언니가 그런 거예요."

포치가 고개를 훌훌 옆으로 저었다.

그녀가 말하는 「표범 언니」는 세류 시에 있을 무렵의 노예 동료겠지.

"잠깐은 괜찮아."

"네, 인 거예요."

포치가 고개를 끄덕였지만, 포대기 끈을 풀기 직전에 「역시 이대로 두는 거예요」하고서 포대기 위로 사랑스럽게 알을 쓰다듬었다. 포치는 알의 엄마가 된 모양이다.

"아리시, 알 아가는 아무것도 안 먹어도 배 안 고픈 거예요?"

포크를 손에 든 포치가 질문했다.

"밥은 알 안에 들어 있으니까 괜찮아."

"그런 거예요?"

"그래. 그러니까 포치의 체온으로 데워주면 괜찮아. 그러니까 안심하고 고기를 먹으렴."

"네, 인 거예요! 포치는 뱃속 아이를 위해서도 잘 먹는 거예요!"

포치의 조금 어긋난 발언에 모두 미소를 지었다.

즐거운 식사를 마친 우리는 시장에서 버섯과 식재료를 획득한 다음, 가게에서 가르쳐준 시내의 명소를 순서대로 돌아보기로 했다.

◆

"커다란 동상인 거예요!"

"한쪽 팔은 왜 없는 걸까?"

랜드마크 중 하나인 초대 국왕의 동상은 전체 길이가 15미터나 되는 거대한 것이었다.

"저건 망할 소바르 자식들 탓이야."

기술자 같은 딴딴한 남성이 굵직한 목소리로 끼어들었다.

작업복 등에 곰의 아플리케가 붙어 있는 탓인지, 어쩐지 사람 좋은 인상을 받았다.

"소바르~?"

"옆 나라 이름이야. 같은 기술자로서 소바르오크의 가구는 좋게 보지만, 그 나라의 전쟁 좋아하는 국왕과 국민은 망할 놈들이지."

기술자의 말에 따르면, 동상의 팔이 없는 건 이 나라까지 쳐들어온 소바르오크의 대포 탓이라고 한다.

"나라들끼리 전쟁을 하다니 드문 일이네. 국경에 마물의 영역

18 데스마치에서 시작되는 이세계 광상곡 22

이 없어?"

"그래. 그렇지. 이 나라랑 소바르오크는 본래 같은 나라였는데, 300년쯤 전에 형제 왕자가 싸워서 둘로 갈라졌어. 형 왕자가 만든 나라가 소바르오크인데, 로도르오크를 합쳐서 하나의 나라로 만들어야 한답시고 몇 년에 한 번인가 쳐들어오지. 뭐 옛날에는 로도르오크도 소바르오크에 쳐들어갔으니까 피차일반이야."

병합해버리고 싶은 거구나.

"그리고 전쟁을 하면 적룡님이 오니까 수도까지 쳐들어오는 일은 거의 없어. 이번에는 국경의 망할 귀족이 배신한 탓에 위험했었지. 파리온 신국의 교황님이 파견해준 성검사 메자르트님이랑 신전 기사단이 중재를 하러 와서, 소바르오크의 망할 자식들을 쫓아내줬다."

어라. 뜻밖의 이름이 나왔네.

그러고 보니 파리온 신국은 타국의 전쟁을 중재하고 다닌다고 했지.

"그 전에는 현자님이 굉장한 마법으로 전쟁을 막아줬고, 파리온 신국에는 매일 절을 해야 된다니까."

기술자가 그렇게 말하고, 가슴팍에서 파리온 신의 성인을 꺼내 보여주었다.

그렇군. 중재를 하는 김에 파리온 신의 신도를 늘리는 거구나.

"방금 전에 『적룡님이 온다』고 하셨는데요—."

"그래. 내가 젊었을 적에는 파리온 신국의 중재도 없었으니

19

까. 그 무렵은 전쟁이 심해지면 적연도의 적룡님이 날아와서 전쟁을 끝내버렸지."

"끝낸다는 건, 어떤 의미인가요라고 묻습니다."

"말 그대로야. 적룡님이 날아오면 전쟁은 끝. 힘을 다해 달아나지 않으면 죽는다. 전쟁을 보고 흥분한 적룡님이 가볍게 장난을 걸면, 인생이 끝나버리지."

나는 뇌리에 흑룡 헤일룡을 떠올렸다.

분명히, 보통 사람이 성룡의 장난을 받고서 무사히 넘어갈 수는 없겠다.

"뭐 보통은 적룡님의 휴면기나 부재중인 사이에 전쟁을 일으키니까, 날아오는 건 하급룡이나 아룡 같은 건데, 우리들한테는 위험하긴 매한가지야."

기술자 말로는, 적룡의 권속인 하급룡이나 아룡이 사는 섬이 적연도 근방에 있다고 한다.

"주인어른~! 목재 경매 시작한데요!"

"그래! 금방 가마!"

제자인 젊은이가 부르자, 기술자가 달려갔다.

흥미가 생겨서 경매를 구경하러 갔는데―.

"편백나무 통나무는 내가 산다!"

"시끄러워. 이건 내 거야!"

"느티나무 독점하지 마라."

기술자로 보이는 사람들이 살기등등하게 통나무를 사들였다.

"말 예쁘게 안 하면 날려 버린다!"

"닥쳐! 너는 흙이나 주물거리면서 인형 만들고 있어!"

"이 자식! 비스크돌을 바보 취급하는 거냐! 너야말로 돌이나 깎고 있어!"

"이 자식들! 석공한테 하는 말이냐? 지금 석공을 바보 취급한 거냐?"

여기저기서 드잡이질이 시작돼 버렸다.

"아와와와, 큰일난 거예요."

"다들, 사이좋게~?"

포치와 타마가 안절부절못하며 중재하려고 하지만, 남자들은 흥분한 탓에 안 들리는 모양이다.

다른 남자들은 싸움을 중재하기는커녕, 기회라는 듯 통나무 매수에 전념했다.

"너희들 다른 나라 사람이니?"

"저건 늘 있는 일이니까 신경 안 써도 돼."

지나가는 여자들이 기가 막힌다는 어조로 가르쳐 주었다. 여자들은 「너희들은 착하구나」하면서 포치와 타마의 머리를 쓰다듬고 갔다.

그러니까, 환락가 같은 데서 흔한 주정뱅이들 싸움이랑 같은 거구나.

"육체언어를 통한 커뮤니케이션인가 보니까 방해하지 말자."

나는 동료들을 재촉하여 다시 관광을 시작했다.

◆

　"그을린 탑이나 부서진 탑을 보면, 세류 시의 항룡탑이 떠오릅니다."

　리자가 무너진 성벽 탑을 보고 중얼거렸다. 그녀는 노예 시절에 항룡탑 주위에 있는 가보 밭에서 일한 적이 있다고 한다.

　"성벽의 일부가 새롭다고 고합니다."

　"이것도 전쟁의 흔적일까?"

　"아마 그렇겠지."

　방위 설비가 최우선인지, 대부분의 노동자들이 석재를 날라서 탑을 수리하고 있었다.

　골렘의 수가 적어서 그런지 3미터급의 소형 골렘이 둘밖에 없다. 그 탓에 공사에 시간이 걸리는 모양이다.

　"서툴러."

　"흙 마법사 말야? 확실히 보강이 조잡하네."

　미아와 아리사의 시선 끝에서 흙 마법사가 성벽을 「회칠 경화」나 「돌 벽」 마법으로 보강하고 있었는데, 멀리서 봐도 알 수 있을 정도로 일을 대강 한다.

　레벨이 별로 안 높으니까, 수습 마법사들이 연습을 하는 거겠지.

　"모뉴먼트가 부서진 것이 많다고 고합니다."

　"역시, 전쟁이 나면 표적이 되기 쉬운 걸까?"

　로도르오크 시의 관광을 하면서 보니, 여기저기에 전쟁의 흔적이 있다.

산책을 하면서 들은 이야기로는 전쟁이 난 건 반년이나 전이었다고 하는데, 마법이 있는 세계라도 소국은 복구에 시간이 걸리는 모양이다.

"고양이 발견~."

"개는 별로 없는 거예요."

"토끼."

로도르오크는 「인형의 나라」로 불리는 만큼, 길거리나 집들 구석구석에 크고 작은 갖가지 석상이나 동상이 있었다.

우리는 주택가의 장식을 즐기면서, 상점이 늘어선 메인 스트리트로 통하는 기술자 거리에 들어섰다.

"목조상을 만드는 기술자가 많군요."

"저쪽에서 돌을 깎는 깡깡 소리가 난다고 고합니다."

"봉제인형 공방도 있나 봐요."

활짝 열어둔 나무창문 너머에 색색의 봉제인형을 만드는 사람들이 있었다. 봉제인형 기술자는 여성이 많은 모양이지만, 남성도 종종 보였다.

"주인님. 여기는 가게도 하나 봐."

아리사가 가게로 보이는 곳에 내 손을 이끌고 들어갔다.

"봉제인형, 잔뜩."

"아주아주 귀여운 거예요!"

"어메이징~?"

미아, 포치, 타마가 컬러풀한 봉제인형을 보고 눈빛을 반짝거

23

렸다.

"와아, 근사하네요."

"예스, 루루. 유생체가 잔뜩 있다고 고합니다."

다른 아이들도 즐거워 보인다. 리자는 자리에 안 어울리는 게 아닐까 신경을 쓰지만, 그러면서도 진지한 표정으로 봉제인형을 음미하고 있었다.

"용의 봉제인형인 거예요! 알 아가가 부화한 다음에 안겨주는 거예요!"

"아하하, 그건 좋겠는걸."

포치가 간략화된 용의 봉제인형을 들어 올렸다.

"어머나. 외국 손님이 잔뜩 왔네."

안쪽에서 여주인이 나와 접객을 해주었다.

포치의 알 포대기를 보았지만, 딱히 뭐라고 말하지는 않았다.

"전부 다 아주 귀여운 거예요!"

"그래, 그러니? 나랑 딸이 정성 들여서 만든 인형이야. 하나하나 애정이 담겨 있으니까 귀엽지."

그녀도 봉제인형 기술자인가 보다.

"나도 봉제인형을 만든다고 주장합니다."

"그건 좋은걸. 괜찮으면 외국 사람이 만드는 봉제인형 보여줄 수 있니?"

"예스, 점주. 내 봉제인형을 보여준다고 고합니다."

나나가 테이블 위에 인형을 놓고, 여주인이 그것을 흥미롭게 보았다.

"보기 드문 천이네. 감촉도 재밌어. 호오, 장식에 이런 돌을 쓰는구나. 그래그래. 배울 점이 많네. 손님은 어느 나라에서 왔어?"

"시가 왕국이라고 고합니다."

"참 먼 데서 왔구나."

나나는 무표정하지만 어쩐지 즐거워 보인다.

"나무 조각상도 있어어~?"

타마가 가게 한 구석에 있는 조각상에 반응했다.

"판타스틱~."

"그건 남편이랑 아들이 만드는 조각상이야. 부탁을 받으면 선수상도 만들지."

여주인이 자신감을 담은 표정으로 말했다.

입체의 표정이나 조각이라고 생각하기 어려울 정도로 풍부한 의상의 질감을 보니, 남편과 아들의 실력이 좋다는 걸 알 수 있었다.

"괜찮으면 공방 견학해볼래?"

"예스, 점주. 견학을 희망한다고 고합니다."

나나와 친해진 여주인의 호의로 공방 견학을 하게 돼서, 점포 안쪽에 있는 공방으로 실례했다.

거기서 여주인을 젊게 만든 것 같은 자매가 봉제인형을 만들고 있었다. 언니는 짐승파, 여동생은 새파인가 보다.

"어떻게 된 건데!"

안쪽에 있는 문 너머에서 고함 소리가 들렸다.

"통나무가 없으면 봉납 축제에 출품할 인형도 못 만들잖아!

그렇잖아도 봉납 축제의 출품 마감까지 얼마 안 남았는데, 어떡할 거야!"

"시끄러! 그거야 다 아는 거다! 곱바 자식이랑 멍청이 바스콤이 경매에서 말도 안 되는 가격으로 사들여 갔잖아."

문 너머에서 고함을 치는 건 목각상 기술자인 남편과 아들인가 보다.

"우리 집 바보들이 시끄러워서 미안해. 금방 끝날 거야."

부자 싸움은 늘 있는 일인지 우리들한테 사과하더니, 딱히 중재하지 않고 나나에게 공방 안의 설명을 시작했다.

목재 경매소의 소동도 그렇고, 싸움은 일상다반사인가 보다.

"기다려, 형. 통나무를 하나도 못 구한 건 아냐. 조금 얇지만, 이것도 잘 깎으면 입상을 만들 수—."

"시끄러워! 형이라고 부르지 마! 나는 너를 동생이라고 생각 안 한다!"

"이 바보 아들놈이! 그 나이 먹고서 해도 될 말이랑 안 될 말을 구분 못하니!"

형의 말을 들은 여주인이 귀신같은 형상으로 옆방에 뛰어들었다.

"제스가 라르스보다 실력이 좋으니까 조바심이 나는 거야."

"정말이지. 아무리 실력이 좋아도 제스가 공방을 이을 일은 없으니까 조바심 낼 필요 없는데."

"형이니까?"

"아니야. 우리랑 제스는 전쟁고아 출신 양자야. 친자식은 라르스뿐이고."

자매의 말을 들어보니, 두 사람과 둘째 아들은 전쟁고아인데 양자로 들어왔다고 한다. 복잡한 가정환경을 들어버린 나와 동료들이 어떻게 반응해야 할지 몰랐다.

"그런 표정 안 지어도 돼."

"이 나라는 바보 같은 선왕 탓에 전쟁고아가 드물지 않거든."

"죽은 사람은 뭐 됐어. 지금 임금님은 평화주의니까 곧 전쟁도 없어질 거야."

나중에 알았는데, 선왕은 풍요로움을 바라며 전쟁을 반복했지만 한 번도 못 이겼고, 결국 참을성이 바닥나 선봉에 나서 적국으로 쳐들어갔다가 사망했다고 한다. 도시 핵의 힘을 쓸 수 없는 장소에 굳이 직접 가다니, 상당히 무모한 사람이네.

"아아아아악!"

"너어어어!"

"형! 어디 가는 거야!"

"그런 바보 자식은 냅둬라!"

옆 방에서 비명과 매도가 들렸다.

걱정하는 자매와 함께 옆방으로 가자, 손에서 피를 흘리는 남편과 필사적으로 지혈하는 여주인과 아들이 보였다.

"곰의 아플리케를 단 사람이라고 고합니다."

나나의 말을 듣고 생각났다. 그는 목재 경매소에서 만난 사람이다.

"치유, 필요해?"

"어? 손님은 신관님이니?"

"엄마, 그런 건 됐으니까 치료!"

"그렇구나. 대단한 답례는 못하지만, 부탁해."

"응. ■■……■ 치유: 물." ^{아쿠아 힐}

미아가 물 마법을 쓰자 남편의 상처가 눈앞에서 아물었다.

"이거, 놀랍구만. 신전의 신관님보다 굉장한데."

"쪼그만데 굉장하구나."

칭찬을 받은 미아가 「후흥」 하고 재면서 가슴을 쭉 폈다.

그러는 바람에 후드가 뒤로 넘어가서, 숨겨져 있던 귀가 드러났다.

"설마, 엘프님?"

"진짜?"

"처음 봤어."

여주인과 자매가 미아를 보고 놀랐다.

"고마워, 아가씨."

"응. 움직여?"

"손? 그래, 잘 움직이네."

남편이 손을 쥐었다 폈다 한 다음에, 아들을 보았다.

뛰쳐나간 형이 아니라, 걱정스레 지켜보는 동생 쪽이다.

"—제스. 봉납 축제에 낼 인형은 네가 만들어라."

"아, 아버— 스승님!"

"오해하지 마라. 라르스도 시킬 거다. 그리고 봉납 축제의 우열로 공방의 후계자를 정할 생각도 없어."

"하지만 통나무는 두 개밖에 없어요. 제가 만들면 주인어른 게⋯⋯."

"나는 안 낸다. 봉납을 앞둔 중요한 시기에 기술자의 생명이라고 할 수 있는 손을 피로 더럽혀 버렸어. 이런 손으로 신전에 봉납하는 인형을 만들 수 있겠냐."

"『부정』 탄다는 걸까?"

아리사가 작은 소리로 말했다.

"알았어요. 스승님한테 배운 걸 모두 쏟아 부을게요."

동생 군이 날카로운 표정으로 남편— 공방 주인에게 선언했다.

방해가 안 되도록 우리는 슬슬 가려고 했는데 조금 신경 쓰이는 걸 보고 말아서, 살짝 망설이며 끼어들었다.

"주인장. 혹시 그 얇은 통나무로 조각상을 만드는 건가요?"

길이는 1미터 반쯤 되지만, 직경이 30센티미터밖에 안 된다.

"아아, 그래. 굵기가 있는 통나무는 서로 확보하려고 난리라."

"그 화재만 없었어도, 통나무는 마음껏 고를 수 있었는데⋯⋯."

그렇군. 목재소 같은 곳에서 목재가 타버린 모양이다.

"나무를 새로 자르면 안 되는 건가요?"

"귀족 젊은 나리. 나무는 그냥 자르면 되는 게 아냐. 나무는 건조에 시간이 걸리거든."

"마법을 쓰면—."

"마법으로 건조시키면, 약간 나무가 비틀어져요. 건물에 쓰는 거라면 괜찮을지도 모르지만, 조각상을 깎으려면 조금만 뒤틀려도 작품에 영향이 생기니까요."

얇은 나무로 무리하게 상을 깎는 것보다는 나을 거라고 생각하는데, 전문가인 사람이 그렇게 말을 하니까 그런 거겠지.

"상을 깎으려면 어떤 나무가 좋은 건가요?"

"이 근처의 나무라면 편백이나 느티나무지. 왕성에 장식해둔 『검의 처녀』라는 굉장한 상은 산처럼 커다란 산수라는 수목의 가지를 썼다고 하는데, 그런 건 동화 속 얘기지."

산수는 물론이고 세계수의 가지도 있는데요.

"그러면 몇 개 양보하죠."

나는 입구를 확장할 수 있는 「마법의 가방」을 경유해서, 스토리지에 있던 직경 1미터쯤 되는 편백나무와 느티나무 통나무를 몇 개 꺼내 주인장에게 주었다.

"오옷, 이거 좋구만!"

"이렇게 훌륭한 목재라면 굉장한 작품을 만들 수 있겠어요."

"그래. 이건 흔히 볼 수 없는 최고의 재료야."

기뻐해주니 다행이군.

덤으로 흥이 올라서, 산수의 가지를 잘라낸 것도 선물했다.

뿌리 부분은 너무 굵고 단단하니까, 끝 부분의 비교적 부드러운 부분을 제공했다. 지팡이로 쓰는 건 전자 쪽인데 철보다 단단하다. 가공이 어렵지만, 마력이 잘 통한단 말이지.

"거짓말……."

"……우오."

두 사람이 말을 잃었다.

조금 지나쳤던가 보군. 세계수 소재를 안 꺼내길 잘했어.

"그, 그렇지! 저 형을 불러올게요."

제정신을 차린 동생 군이 말하더니 방에서 뛰쳐나가려고 했다.

"기다려! 제스 오빠가 가면 라르스 오빠가 오기를 부릴 거야. 내가 다녀올게!"

"그렇네. 부탁해도 되겠니?"

"응, 다녀올게!"

자매가 동생 군을 말리고, 자매의 언니가 공방을 뛰쳐나갔다.

"라르스는 민한테 맡겨두면 된다. 너는 인형 만들기를 시작해라. 앞으로 닷새밖에 없어."

"네, 스승님."

동생 군이 통나무를 음미하면서 끄트머리를 깎아 감촉을 확인했다.

주인장은 그런 동생 군을 흡족하게 지켜보는 느낌이다.

"어수선해서 미안하네. 괜찮으면 봉제인형 만들기 해볼래?"

여주인이 말하기에 봉제인형 공방으로 돌아가서, 여주인과 여동생에게 지도를 받으며 다 함께 인형 만들기를 시작했다.

"포치는 용 아저씨 봉제인형을 만들고 싶은 거예요!"

"그건 조금 어려울 거야."

"……안 되는 거예요?"

포치가 귀를 축 늘어뜨리고 풀이 죽었다.

"안 되는 건 아니지. 부분부분 만들어가면 어떻게 될 거야. 내가 봐줄 테니까 열심히 만들어보자."

"네, 인 거예요! 포치는 알 아가를 위해서 열심히 하는 거예요!"

여주인이 격려하자 포치가 기합을 넣고 선언했다.

의자 위에서 일어서려다가, 알이 포대기 너머로 테이블에 부딪혀서 포치가 당황했다. 나중에 쿠션을 늘려주는 편이 좋을 것 같다.

"아가씨는 솜씨가 좋은걸. 늘 만들고 있어?"

"예스, 점주. 나는 봉제인형을 만들어 유생체들에게 선물한다고 고합니다."

나나가 여주인에게 칭찬을 들었다.

겉으로 보기에는 무표정하지만, 나나의 동작 구석구석에서 칭찬을 받아 기쁜 마음이 전해진다.

"잘 만들어지면, 아가씨도 봉납 축제에 출품해볼래? 목각상 말고도 봉제인형 부문이나 석상 부문, 꼭두각시 인형 부문도 있어."

"예스, 점주. 출품을 희망한다고 고합니다."

"아하하, 그러면 우리들이랑 라이벌이네."

"상대로서 부족함이 없다고 고합니다. 진심으로 임한다고 고합니다."

여동생이 놀리자 나나가 날카로운 표정으로 봉제인형 만들기에 몰두했다.

그 옆에서는—.

"—아야. 바늘로 손가락 찔러버린 거예요."

"미~ 투~."

바느질을 거의 한 적이 없는 포치와 타마가 실수해서 손가락을 찔러버렸다.

둘 다 찔린 손가락을 할짝할짝 핥은 다음에 넘어가려고 하기에, 마법약을 적신 손수건으로 닦아낸 다음 반창고를 붙여주었다.

이 반창고는 아리사의 요청으로 만든 현대풍 물건이었다.

"아, 라르스 오빠가 돌아왔나 봐."

"잠깐 어떤지 좀 보고 와라."

옆방이 소란스러워진 걸 깨달은 여동생이 중얼거리고, 여주인의 말에 따라 옆방을 보러 갔다.

신경 쓰였는지 타마와 포치도 여동생의 발치에서 고개를 내밀었다.

"괜찮아 보여. 라르스 오빠가 신이 나서 통나무를 만져대고 있어."

"정말이지, 저 녀석은……."

"앗, 이제 와서 아빠 상처 난 걸 사과하고 있어. 여전히 조각 바보네."

"뭐 그 녀석들은 그거면 되는 거야."

모녀의 대화를 흘려들으면서 마무리한 봉제인형을 체크하고 있는데, 레이더에 비치는 파란 광점 하나가 옆 공방에 들어간 걸 깨달았다.

—타마다.

"왜 그래 아가씨? 목각에 흥미가 있어?"

"네잉."

순간이동 같은 속도로 타마를 불러들이러 갔지만, 때는 이미 늦었다. 주인장이 발견해 버렸다.

"죄송합니다. 우리 애가 일을 방해해 버려서."

"상관없어. 젊은 나리는 통나무도 양보해줬으니까. 그렇군. 흥미가 있으면 뭔가 깎아볼래? 이쪽에 있는 얇은 통나무는 쓸 일이 없으니까 뭔가 한 번 깎아봐."

"네잉!"

타마가 고개를 끄덕이고 통나무를 깎기 시작했다.

"괜찮으면, 젊은 나리도 깎아볼래?"

"그러면, 저도 한 번―."

타마를 혼자 두는 것도 걱정되고, 나도 목각 인형에 흥미가 있으니까 같이 깎아보기로 했다.

타마가 순식간에 작은 사슴 조각상을 만들어내자, 주인장이 눈을 부릅뜨면서 놀랐다.

"허어, 둘 다 대단하구만. 누구한테 배운 적이 있나?"

"타마는 시가 왕국의 왕도에 있는 공방에서 석상을 만든 적이 있어요."

"그랬었구만……. 약동감이 있는 굉장한 조각상이야. 뭐라고 해야 할까. 먹으면 참 맛있지 않을까 생각되는 신기한 매력이 있군."

나도 타마와 같은 사슴상을 만들었다.

"젊은 나리도 빠르구만. 예술성은 없지만, 실사성이 높아. 조금만 더 움직임이나 표정을 더하면 굉장한 걸 만들 수 있겠어."

스킬 덕분이라지만, 칭찬을 받으니 나쁜 기분은 안 든다.

"굉장해. 아버지가 칭찬을 다 하네."

"형, 우리도 질 수는 없어."

"그래, 말할 것도 없다."

그걸 보고 있던 형제가 기합을 다시 넣고 조각하러 돌아갔다.

아무래도 두 사람의 분발을 위해서 이용한 모양이지만, 타마가 기뻐하고 있으니 딱히 문제는 없었다.

"어때? 아가씨랑 젊은 나리도 봉납 축제에 참가 안 할래?"

"일반인도 참가할 수 있나요?"

"일반 접수는 안 하지만 우리 공방에서 내면 되지. 올해 봉납 축제는 카리온 신전 주최거든. 거긴 세세한 트집을 안 잡으니까 안심해."

"해볼래?"

"네잉."

타마가 고개를 끄덕이고 투지를 뿜어냈다.

예정으로는 2~3일 정도 머무르다가 관광이 끝나면 다음 나라에 이동할 셈이었지만, 조금 더 머무르게 되겠군.

"이번 주제는 카리온 님의 모습에 어울리는 소녀상을 만드는 거야. 포즈는 자유지만, 신의 모습이니까 망측한 건 금지다."

주인장에게 레귤레이션을 듣고, 나와 타마용 통나무를 준비했다.

적당한 크기의 통나무가 적어서, 뒤뜰을 빌려 건축용 커다란 통나무를 갈라 타마랑 나누었다.

어째선지 통나무 가르기가 쇼처럼 구경꾼을 모아 버린 탓에 조금 창피했다.

"와, 뭔가 하고 있네."

"타마는 노력가인 거예요."

옆 방에서 아리사가 포치를 데리고 왔다.

타마가 조각에 빠져서 반응이 없기에, 두 사람을 손짓해 불렀다.

"주인님, 어떤 걸 깎을 거야?"

"응? 평범한 입상이야. 카리온 신을 이미지하라고 했으니까, 책이나 실험기구라도 들려줄 생각인데."

내가 가진 자료에 따르면 카리온 신은 「예지」를 다스린다고 하니까, 그럴 듯한 걸로 골랐다.

"이런 느낌?"

아리사가 요정 가방에서 꺼낸 점토로 재주 좋게 소녀상을 만들었다. 상당히 그럴 듯한 느낌의 상이다.

그렇군. 도예 교실에서 나와 비슷한 모습의 에로 피규어를 만들었던 실력이구나.

"아리사도 깎아볼래?"

"나는 됐어. 조각은 톱밥이 머리카락에 엉키고, 조각도나 끌에 손을 다치니까."

아리사가 그렇게 말하며 거부했다.

나는 통나무 뒤에 빛 마법 「환영」을 써서, 「이런 느낌」이라고 하며 완성 예상도를 표시했다.

"어쩐지, 루루랑 닮았네."

"소녀상이니까, 루루의 체형이랑 머리 모양을 참고해봤어."

가슴은 조금 얌전하게 해서 「소녀다움」을 내봤다.

유감이지만, 스킬 MAX 정도의 목공 스킬이나 조각 스킬로는 루루의 초절정 미소녀 얼굴은 재현이 불가능했다.

"여기에 조금 더 꽃을 흩어놓을 수 없어? 그거, 순정만화처럼."

"이런 식으로?"

"그래그래. 여기도 이런 식으로 못해?"

아리사 말에 따라 환영을 수정하자 분명히 멋진 상이 되었지만, 천재 원형사의 피규어라면 모를까—.

"목각으로 재현하는 건 무리야."

"어째서?"

"이렇게까지 화려하고 세세한 세공이면 나무가 갈라지지 않을까?"

"따로 조각해서 나중에 덧붙이면?"

"그러면 레귤레이션 위반이야."

봉납하는 상은 어디까지나 한 덩어리여야 하니까.

"그러면, 좀 더 단단하고 튼튼한 소재로 하면? 주인님이라면 오리하르콘이라도 깎을 수 있잖아?"

아리사의 말이 좀 난폭하지만, 분명히 세계수의 가지나 산수의 줄기 부분이라면 충분히 단단하다.

"해볼까—."

"그러셔야지!"

아리사가 손가락을 튕기며 기뻐했다.

튕기는 타이밍에 소리를 내기 위해 공간 마법을 쓴 건 지적하지 말아야지.

나는 통나무 사이즈로 잘라둔 세계수의 가지를 꺼내 조각을 시작했다. 세계수의 가지는 파낸 톱밥도 소재로 쓸 수 있으니까, 깔개를 펼쳐서 회수했다.

하루 꼬박 대략적인 형태를 파내고, 이틀째부터 장식이나 이펙트 부분을 조각했다. 그걸 보고 있던 형제가 눈빛이 바뀌더니, 귀기가 서린 기세로 자신들의 작품을 조각했다.

그들에게 자극이 된 모양이라 다행이군.

"닌닌닌~?"

"역시 타마인 거예요. 아주아주 어메이징인 거예요!"

타마가 흙이나 바람의 인술을 써서 조각의 세부를 마무리했다.

타마가 깎는 소녀상은 약동감이 넘치는 즐거워 보이는 상이었다. 리자의 용모를 어리게 하고, 포치의 표정을 융화시킨 것 같은 상이었다. 가만 보고 있으면 함께 춤을 추고 싶어지는 매력이 있네.

사흘째에 마무리를 해서 주인장에게 상을 건넸다.

"둘 다 우승까지 노릴 수 있을 법한 상이야. 젊은 나리 건 표정이나 약동감이 없지만, 화사함과 사실적인 면이 멋지군. 이 옆구리에서 허리로 흐르는 라인도 멋지지만, 가슴팍의 보일법하면서 안 보이는 깊이가 좋아. 낙낙한 옷 위에서도 알 수 있는 가슴팍이 최고야. 수많은 가슴을 공들여 관찰하지 않으면 이렇게 표현할 수 없지."

칭찬을 해주는 건 기쁘지만, 저를 무슨 가슴 애호가처럼 말하지 말해주세요. 뭐 확실히 좋아하지만.

"아가씨 쪽은 젊은 나리 정도의 기술은 없지만, 정열이 멋지
군. 보고 있으면 같이 춤추고 싶어지는 상은 처음 봤다."

"니헤헤~."

역시 춤추고 싶어지는구나.

"우리 아들들도 지지는 않지만, 상당히 고전하겠어."

주인장은 그렇게 말하면서도, 아들들을 믿고 있는 거겠지. 팔
짱을 끼고 그들을 바라보는 주인장의 시선에는 흔들림 없는 것
이 느껴졌다.

화재 탓에 기간이 짧으니까, 두 사람 다 제대로 휴식도 수면
도 없이 열심히 하고 있는 모양이다.

방해를 하면 미안하니까 24시간 싸울 수 있도록 특제 영양
보급제를 선물하고 공방을 나섰다.

"얼마간 로도르오크에 있을 거지? 어디 놀러 가자!"

"찬성."

아리사와 미아의 머리를 쓰다듬었다. 다른 애들도 반대하지
않았으니까 이틀 뒤에 열리는 봉납 축제 때까지 동료들과 함께
로도르오크 왕국을 관광하고 다녔다.

◆

"와아, 사람이 잔뜩 있어요."

봉납 축제가 열리는 카리온 신전 앞 광장에 왔더니, 그곳에

어마어마한 수의 사람이 모여 있었다.

"오락이 적어서 그런 걸까?"

"떠들썩한 건 좋은 일이라고 주장합니다."

"그것도 그렇네~."

방심하면 다른 사람이랑 부딪힐 것 같지만, 이런 소란도 축제의 참맛이지.

"포치, 위험해~?"

"아와와, 인 거예요."

알 때문에 발치가 안 보이는지, 포치가 튀어나온 돌에 발이 걸렸다.

포치는 자기 몸을 감싸는 것보다도, 배에 끌어안은 알을 양손으로 커버하여 안면 슬라이딩을 했다.

옆에 있던 타마와 리자가 재빨리 포치의 허리띠를 붙잡아 무사했다. 알이 소중한 건 알겠지만, 자기 몸을 제일로 생각해줬으면 좋겠어.

"조각상."

미아가 인파 너머, 받침대 위에 소녀상들이 장식된 것을 발견했다.

출품한 조각상이 장식되어 있는 모양이라 우리 작품을 찾아봤는데, 어째선지 신전 앞의 단상에 있었다.

공간 마법「멀리 보기」를 써서 부감 시점으로 확인하자, 공방의 주인장과 형제도 거기 있었다.

"우리들 조각상은 저기 있나 봐."

내가 말하고, 다른 소녀상을 바라보며 주인장 쪽으로 갔다.

"이 앞으로는 못 가는 모양입니다."

"예스, 리자. 규제선이 있다고 보고합니다."

카리온 신전 앞에는 날개가 돋은 멧돼지 같은 석상이 장식되어 있고, 그 석상의 받침대에 하얀 끈이 묶여서 규제선을 치고 있는 모양이었다.

"죄송합니다. 여기서부터는 관계자만 들어갈 수 있어요."

신전 관계자가 리자와 나나에게 말을 걸었다.

끈만 쳐두면 안에 들어가는 사람이 있는지, 신전에서 허드렛일을 하는 사람들이 말을 걸어 규제선 안쪽에 사람이 들어오지 못하게 하는 모양이다.

"진입 요건을 수락. 규제선 안쪽에 들어가지 않는다고 선언합니다."

나나가 수긍하고 한 발 물러났다.

"젊은 나리~! 이쪽이야!"

그런데 주인장이 규제선 너머에서 나를 불렀다.

"그 사람이랑 고양이 귀 아가씨는 출품자야. 들여보내줘."

주인장이 신전 사람에게 말하자, 나를 안으로 들여보내 주었다.

"이야~ 젊은 나리가 어디 묵는지 물어보는 걸 까먹고 있었지 뭐야."

"죄송합니다. 그리고 보니 말하질 않았네요. 뭔가 문제라도 있었나요?"

"아니, 반대야. 젊은 나리랑 아가씨 작품이 최종 후보 20선에 들어갔으니까 부르려고 했지. 우리 아들들도 선택됐어."

"그거 축하드립니다."

주인장의 안내를 받아서 형제의 작품을 보았다.

"이게 형 녀석의 작품이야."

"어그레시브~?"

"용맹하군요."

검과 책을 든 소녀상이다.

책을 방패처럼 들고 있는 게 참신하군.

"그리고, 이게 동생 쪽이지."

"와오~ 판타스틱~?"

"이거 근사하네요."

꽃과 책을 안고 하늘을 올려다보는 소녀상이다. 보기만 해도 애절해지는, 정감을 자극하는 신비로운 매력이 있다.

"이 스무 작품에서 봉납하는 작품을 고르는 건가요?"

"아니, 봉납 자체는 모든 작품이 대상이야. 이 스무 개 중에서 다섯 개가 수상을 하고, 카리온 중앙신전으로 가게 되지. 거기서 최우수 작품을 고르고, 중앙신전의 보물로 미래영겁 전해지는 거야. 목각 기술자로서 이토록 명예로운 일은 없지."

카리온 중앙신전이 있는 「예지의 탑」 도시국가 카리스오크까지는 육로로 운반하기에는 머니까, 배나 비공정으로 나르는 거겠지.

주인장의 이야기를 듣는 사이에 선고가 끝났는지, 신전의 높은 사람이 출품자들 앞에 나섰다.

발표는 우수상, 최우수상, 심사위원 특별상의 순서로 발표하는 모양이다.

최초의 우수상은 유명한 공방의 최우수 작품 후보인 사람이 선택됐고, 두 명째가─.

"우수상은 수염곰 공방 라르스 작 『검의 소녀』!"

"해냈다!"

주인장의 아들이다. 저쪽이 형이었지.

"축하해, 형. 역시 형은 굉장해."

"그렇지. 너도 괜찮더라."

형이 콧대를 높이며 기뻐했다. 주인장과 동생도 기뻐 보인다.

"또 하나의 우수상입니다만, 이것 또한 수염곰 공방의 작품입니다. 제스 작 『기도의 소녀』입니다!"

"잘 했다, 제스! 너도 우수상이다!"

당황하는 동생의 어깨를 주인장이 함박웃음을 지으며 턱턱 두드렸다. 조금 아파 보인다.

이어서 발표된 최우수상은 우리가 모르는 이름이었다. 『무구한 소녀』라는 타이틀의 나체의 여인상이었다. 국부는 제대로 가려놓았지만, 신전에 봉납하는 작품인데 나체상을 내다니 대담하군.

"이제 심사위원 특별상입니다. 본래는 한 작품만 골라야 합니다만, 심사위원의 의견이 갈라진 탓에 두 작품이 심사위원 특별상을 받게 됩니다."

신전장이 발표하자, 출품자들이 이글이글 타오르는 눈으로 그가 가진 종이를 보았다.

"심사위원 특별상 타마 키슈레시가르자 작, 『미식과 춤추는 소녀』!"

"타마, 굉장한 거예요! 축하하는 거예요!"

발표를 들은 포치가 멀리서 커다란 소리로 타마에게 축복의 말을 외쳤다.

"축하하네, 타마 군."

"모맙슴, 미다."

타마가 긴장한 표정으로 신전장에게 상장을 받았다.

"또 한 명의 심사위원 특별상은 사토 펜드래건 작 『미소녀는 꽃잎과 함께』입니다!"

어이쿠, 나도 입상할 줄은 몰랐네.

깜짝 놀라면서, 타마 옆에서 신전장에게 상장을 받았다.

"입상한 여섯 명의 작품은 로도르오크 왕의 호의로 준비된 쾌속선을 통해 도시국가 카리스오크의 카리온 중앙신전에서 열리는 본 축제 자리로 가게 됩니다."

신전장 말에 따르면, 본 축제에 늦지 않기 위해 내일 낮에 배가 출발한다고 했다.

제작자는 동행하지 않아도 된다고 했는데, 카리스오크 시에는 갈 예정이었고 로도르오크 왕이 준비해준 쾌속선에도 흥미가 생기니까 편승해야지.

"마스터, 제 봉제인형이 봉제인형 부문에서 입상했다고 보고

합니다."

나나가 바다사자 자매의 봉제인형을 들고서 보고해 주었다.

"주인님, 아리사의 인형도 특별상을 받았어요."

"에헤헤~ 설마 피규어가 독창적이라고 평가를 받아서 입상할 줄은 몰랐어."

아리사가 싫지 않은 표정으로 피규어를 보여줬다.

장미꽃을 물고 있는 반라의 소년을 주제로 한 피규어 같은데―.

"아리사, 좀 더 보여줄래?"

"아, 안 돼! 이건 남자한테는 비밀이야. 소녀의 비밀이란 거야."

"그런 거예요! 소녀는 비밀인 거예요!"

포치의 발언은 그렇다 치고, 아리사가 숨기려는 피규어를 빼앗았다.

"아아! 내 주인님 에로 피규어 『탐미로운 오후』가아아아아아!"

⋯⋯역시, 모델은 나였군.

"이건 압수한다."

피규어를 스토리지의 「압수품」 폴더에 수납했다.

"가혹해애애애애. 용서해주셔요. 자비르으으으으을."

"가옥해~."

"압수인 거예요!"

외치는 아리사 주위에서 타마와 포치가 춤을 추었다.

배에 안고 있는 알 때문에 중심이 기울어지는지, 포치의 스텝이 수상하다.

"자, 축하를 하러 가자."

입상한 모두의 축하를 겸하여 로도르오크 제일의 레스토랑에서 축배를 들고, 그 다음날 낮에는 로도르오크 왕이 준비했다는 갤리선을 타고 도시국가 카리스오크로 출발했다.

그리고 갤리선의 독특한 냄새가 동료들에게 불평을 사서, 소취 마법을 듬뿍 쓰게 되었다.

응, 오랜만에 리얼한 이세계 사정의 세례를 받았군.

이런 것도 여행의 참맛이지만, 가능하면 피하고 싶네.

막간: 악덕도시

"바잔! 드디어 찾았다!"

아리따운 붉은 머리를 나부끼는 검은 로브의 미소녀가 불모의 암석지대를 달리는 검은 옷의 남자들을 불러 세웠다.

"너냐, 세레나."

바잔은 동행하고 있던 남자들에게 서둘러 먼저 가도록 재촉하고, 자신은 세레나와 대치하는 것을 택했다.

세레나는 남자들 중 한 명이 들고 있는 천에 싸인 타원형의 물체를 깨달았지만, 바잔이 기선을 제압하는 것처럼 말을 걸었다.

"무슨 용건으로 일부러 적연도까지 왔지? 현자님이 정한 네 담당지는 쉐리퍼드 법국이잖아."

그들이 있는 장소는 대륙 서방의 내해에 있는 적연도라고 불리는 화산섬이었다.

섬의 끝자락에는 악덕도시 시베라고 불리는 범죄자들의 낙원이 있다.

"좋지 않은 소문을 들었어."

"―소문?"

앵무새처럼 되물으면서, 바잔이 슬금슬금 서있는 위치를 바꾸었다.

"네가 『열쇠』를 발견했다고."

"큭큭큭. 그렇군. 제자들 중에서 누군가가 너한테 뒤처리를 떠넘겼나."

"역시 찾은 거구나……."

웃는 바잔의 태도와 말에서, 세레나는 염려가 현실이 된 것을 알았다.

"우리들의 스승, 현자 솔리제로 님의 이름으로 네놈을 단죄한다."

세레나가 허리에 찬 마검을 뽑아 그것을 지팡이처럼 눈앞에 겨누었다.

두 사람은 파리온 신국에서 칭송 받던 현자 솔리제로의 제자인 모양이다.

"불꽃의 마검 간젤로라. 특기인 부적술은 어쩌고?"

"휴면기라지만, 적룡의 앞마당에서 화려한 마법을 쓸 수 있겠어?!"

세레나의 마력을 받아서 마검이 붉은 빛을 뿜고, 마력의 바람을 받은 그녀의 머리칼이 불꽃처럼 흩날렸다.

"흥, 겁쟁이 녀석— ■■■■■■."

"파, 파괴 마법을? 네놈, 제정신이야!"

바잔의 영창을 막기 위해서, 세레나가 마검을 휘둘러 화탄을 쏘아냈다.

세레나가 가진 마검에는 여러 개의 화정주가 박혀 있어서, 불 지팡이과 같은 원리로 화탄을 쏘아낼 수 있었다.

바잔에게 명중하기 직전에 화탄이 흩어졌다.

"칫— 지연술식을 전개하고 있었나."

"■■ 소용돌이."

<small>오미노우스</small>

바잔의 영창이 끝나고, 발동구와 함께 세레나의 눈앞에 파괴의 소용돌이가 생겼다.

"■ 중벽부(重壁符)."

<small>스택 타일</small>

세레나가 품에서 꺼낸 몇 장의 부적이 겹치며 벽을 만들어내고, 파괴 마법의 위력을 받아 흩렸다.

그래도 완전히 위력을 죽이지 못하고, 세레나가 등 뒤로 크게 날아갔다.

세레나는 날아가면서도 마검을 휘둘러 또 다시 화탄을 쏘아냈지만, 그것은 방금 전과 마찬가지로 바잔에게 명중하기 직전에 튕겨나갔다.

"지긋지긋하군. 파괴 마법이라지만, 하급으로는 네 부적술을 뚫지 못하나……."

"중급 마법을 쓰려고? 이번에는 확실하게 적룡이 잠에서 깨어나게 될 거야!"

"큭큭큭, 이제 와서 무슨 소릴. 어차피 곧 적룡은 눈을 뜬다."

바잔의 말이 세레나에게 확증을 주었다.

"역시 방금 전의 그 천 꾸러미는……."

"눈치챘다면, 왜 안 쫓아갔지? 지금쯤 그건 시베에 도착했다."

"너! 뭘 했는지 알고는 있는 거야! 적룡의 노여움을 사면, 도시 핵도 없는 임시 도시 따위 한순간에 잿더미가 될 거라고!"

"그게 어쨌다는 거지? 악당 놈들의 소굴이 일소된다고 해도 슬퍼하는 자 따위 없어. 그러긴커녕 사람들은 적룡에게 찬사와 박수갈채를 보내겠지."

"칫—."

혀를 찬 세레나가 달려가고자 했지만, 그 앞을 가로막는 것처럼 몇 마리 마물이 나타났다.

"소환수인가."

"그래. 사부가 준 소환구를 썼지."

세레나의 볼에 식은땀이 흘렀다.

마물을 처리하는 것에 시간을 쓰면, 등 뒤에서 바잔의 파괴 마법을 맞게 된다.

그것도 치명적인 위력을 가진 중급 이상의 파괴 마법이다.

"—뭣이?"

하지만 그 마물이 구로 돌아가고, 두 사람 사이에 피투성이 검은 옷을 입은 자가 날아왔다.

바잔과 함께 행동한 자들 중 한 명이다.

"카무시무!"

세레나의 표정에 희색이 떠올랐다.

카무시무라고 불린 청년은 얼음장 같은 미모로 바잔을 노려보았다.

"소문이 정말이었어! 도와줘! 둘이서라면 바잔을 막을 수 있어!"

세레나의 말에 대답하지 않고, 카무시무는 방심하지 않으며 지팡이를 겨눈 채 바잔에게 물었다.

"바잔, 현자님의 가르침을 잊었나?"

"원숭이의 가르침 따위를 평생 보물처럼 기억하고 있겠나?"

"비정함도 희생도 필요하다. 그러나 그것은 목적을 효율적으로 달성하기 위한 수단이다."

"그저 사회공헌이야. 해적이나 도적의 소굴이 멸망하는 것 정도는 대단한 일이 아니지."

"바잔, 목적과 수단을 헷갈리지 마라."

"─카무시무?"

두 사람의 대화에서 석연찮은 것을 느낀 세레나가 동료 제자에게 말을 걸었다.

"세레나, 전위를 부탁한다. 그 사이에 나는 **영창을 하지.**"

"알았어! 내가 바잔의 영창을 방해할게. 카무시무는 바잔을 포박할 얼음 마법을 부탁해!"

마검에 불꽃을 두른 세레나가 바잔을 향해 달려갔다.

"─바보 녀석. ■ 파(破).^{배쉬}"

"■ 벽부(壁符).^{타일}"

바잔은 2대 1로 불리해졌는데도 웃으면서, 가장 빠르게 쓸 수 있는 파괴 마법으로 세레나에게 부적술을 쓰게 만들어 발길을 묶었다.

"……■ 영창이 끝났다. 떨어져라, 세레나."

"알았어! ■■■ 롱우부(瀧雨符).^{폴 슬립}"

세레나는 손에 든 부적을 하늘로 던지고, 바잔의 발을 묶으면서 뒤로 뛰어 거리를 벌렸다.

"─큭, 바보 녀석."

영창이 늦은 바잔은 발을 멈추고, 외투에 숨겨둔 마법 장치를 기동하여 방어 장벽으로 몸을 지켰다.

"모든 것은, 얼어붙어라─."

급격하게 내려간 기온이 다이아몬드 더스트를 만들고, 카무시무가 휘두르는 지팡이의 궤적이 하얀 꼬리를 그렸다.

"─빙결지옥(氷結地獄)."

카무시무의 지팡이에서 얼음 계통 최상급 공격 마법이 뿜어져 나갔다.

빙결지옥이 만들어내는 극저온의 격류가 대지를 얼리고 공기마저 결정화시켰다.

과거의 동료였던 바잔의 마지막을 보고자, 세레나가 돌아보았다.

그리고 여유로운 표정으로 서 있는 바잔을 보았다.

"어째서─."

그 대답은 옆에서 날아온 빙결지옥의 격류가 가르쳐 주었다.

세레나의 모습은 눈사태 앞의 촛불처럼 순식간에 사라졌다.

"조금 더 융통성이 있었다면, 젊은 나이에 죽을 일도 없었을 것을……."

"아니, 세레나에게는 성녀님이 내려주신 『안심동면(安心冬眠)』이 있다. 그건 잠들지만 치사량의 상처도 수복하는 유니크 스킬이다. 이 정도로는 죽지 않아."

"파내서 목을 칠 건가?"

"아니, 지금은 시간이 아깝다."

—GYZABBBBSZZZZZZZZZZZZ!

카무시무의 말이 옳다고 하는 것처럼, 산꼭대기 쪽에서 분노가 가득한 포효가 들렸다.

"적룡이 깨어난 모양이다."

"그런가 보군. 적룡이 알을 되찾으러 오기 전에 물러난다."

"그래야지."

"이쪽이다. 저쪽 후미에 마도 쾌속선을 숨겨놨다."

그것은 악덕도시 시베와 전혀 다른 방향이었다.

"놈들은 처음부터 버리는 말이었나?"

"돈으로 고용한 놈들이다. 적룡의 주의를 끌 필요가 있었지. —불만인가?"

카무시무는 대답하지 않고, 은형 스킬을 쓰면서 마도 쾌속선이 있는 후미로 달렸다.

바잔은 어깨를 으쓱거리고, 마찬가지로 은형 스킬을 발동하여 그 뒤를 따랐다.

—GYZABBBBSZZZZZZZZZZZZ!

화구에서 모습을 드러낸 적룡이 하늘을 향해서 「용의 숨결_{드래곤 브레스}」을 뿜었다.

이미 다 타버렸을 화산재가 타오르고, 적연도란 이름의 유래가 된 붉은 연기가 하늘로 피어 올랐다.

섬자락에 있는 악덕도시 시베에서는 항구에 정박한 해적선과

어선이 일제히 출항준비를 시작하고, 도시에 사는 자들은 밀고 밀리면서 지하 참호로 도망쳤다.

지하 참호에 들어가지 못하는 저소득층은 자포자기에 빠져 폭동에 몸을 맡기고, 또 어떤 자는 훅 불면 날아갈 것 같은 판잣집에서 한데 모여 떨고 있었다.

—GZRURURU!

용이 코를 벌름거리고, 자신의 냄새를 가진 자가 밑자락의 촌락에 숨어 있는 것을 알아냈다.

분노가 가득한 눈동자를 황황하게 번득이면서, 용은 커다랗게 숨을 들이쉬었다.

숨을 멈춘 용의 아가리 주위에, 반딧불 같은 붉은 빛이 떠돌았다.

—GYZABBBBSZZZZZZZZZZZZ!

포효와 함께 뿜어낸 「용의 숨결」이 대지를 파헤치면서 견고한 성벽에 닿았다.

그것을 순식간에 날려 버리고, 도시 안을 지나 성마저도 몇 초 지나지 않아서 태워버리고 그 앞으로 나아갔다.

해적선에 탄 검은 옷의 남자들은 필사적으로 방어 마법을 구축해 해적선의 방어 장벽에 겹쳤지만, 그것은 죽음을 불과 몇 순간 늦추는 것에 지나지 않았다.

배는 순식간에 타오르고, 순식간에 증발한 바닷물이 열증기로 변해 해적선들을 연안으로 날려버리며, 불꽃과 충격파로 모든 것을 분쇄해 버렸다.

그것은 그야말로—.

"—파괴의 화신 같구만."

암석 지대에 선 대머리 남자, 전직 괴도 피핀이 화구에 앉아 있는 적룡을 올려다보며 중얼거렸다.

화구에 있는 용은 마도 쾌속선이 나아간 하늘을 바라보며 날개를 펼쳤다.

아무래도 악당들이 생각하는 정도로 적룡은 어리석지 않은 모양이다.

"지점 경영이나 교역에 방해가 되지 않을까 조사를 하러 왔는데, 그 조사 대상이 사라져 버리다니."

악덕도시 시베의 최후를 바라보며 중얼거렸다.

"……우우."

발치의 빙설 너머에서 소리가 들렸다.

"상급 공격 마법을 맞고도 살아 있는 녀석이 있을 줄이야."

세상은 넓구만. 피핀이 중얼거리며 단거리전이로 이동했다.

"이거 상당히 미인인걸. 조금 풍만함이 부족하지만."

피핀은 눈 속에서 구해낸 미소녀— 세레나에게 가지고 있던 마법약을 먹였다.

죽을상이 떠올라 있던 얼굴에, 미약하게 혈색이 돌아왔다.

"일단은, 데워야겠군."

피핀은 세레나를 안고서 빙설 바깥쪽에 데리고 갔다.

"또 성가신 일에 고개를 들이밀었네."

세레나의 젖은 옷을 벗기고, 마법의 가방에 넣어둔 모포로 감싸주었다.

"쿠로 님한테 상담하기 위해서도, 지점 개설반의 리더랑 합류해야겠어……."

그 전에 인명 구조가 먼저군. 피핀은 중얼거리고 세레나를 그 자리에 남긴 채, 불꽃이 오르는 악덕도시 시베로 갔다.

예지의 탑

　"사토입니다. 임금님이라고 하면 「성」인 것처럼, 마법사라고 하면 「탑」이란 이미지가 있습니다만, 어떤 작품의 영향을 받아서 그렇게 된 건지는 기억이 안 납니다. 탑은 살기 불편할 것 같단 말이죠."

　"드디어, 드디어 육지에 도착했다."

　"육지다~! 대지가 있다아아아!"

　도시국가 카리스오크에 상륙하자마자, 목각 기술자 형제가 기쁨을 곱씹었다.

　도시의 중심에는 「예지의 탑」으로 보이는 거대한 탑이 서 있고, 5층이나 6층탑과 높은 건물이 여러 개 있다. 여기는 마법이나 학문뿐이 아니라 건축 기술도 뛰어난 모양이다. 항구에도 별난 배나 뗏목이 잔뜩 있으니까.

　"살겠어."

　"하~ 냄새가 심했어."

　"보통 배는 그 정도로 흔들리는 거네요."

　미아, 아리사, 루루 셋도 심호흡을 하여 리프레쉬를 했다.

　나는 동료들의 상태를 확인하면서, 모든 맵 탐사 마법으로 도시국가 카리스오크의 정보를 획득했다. 일단, 유니크 스킬을 가진 사람이나 마족이나 마왕 신봉 집단 같은 경계 대상은 없었다.

"하하하, 내해는 그나마 낫다고 하던데. 외해는 내해보다 몇 배나 흔들린대."

동행했던 목각 기술자 한 명이 상쾌한 미소를 지으며 말하고, 마중을 나온 카리온 중앙신전의 신관에게 인사했다. 우리도 그를 따라 인사를 하러 갔다.

"카리스오크에 잘 오셨습니다! 본 축제에 출품하는 여러분에게 카리온 중앙신전의 숙소를 개방하고 있습니다. 부부나 가족은 같은 방입니다만, 신성한 카리온 님의 터전에서 부부의 활동은 사양할 것을 부탁드립니다."

저를 보면서 주의를 주지 말아주세요.

"주인님! 저기 좀 봐! 마법의 융단이나 마법의 항아리가 날고 있어!"

아리사가 하늘을 나는 마법사를 보면서 들떴다.

아라비안나이트 놀이를 했을 때 「마법의 융단」을 준비하려고 했었는데, 실물이 정말로 있을 줄은 몰랐다. 어떤 원리인지 궁금하네.

"빗자루를 타고 나는 마녀는 없는 걸까?"

"글쎄요, 그런 분은 모르겠습니다. 그렇지만, 비상 목마를 타는 분은 계십니다."

신관의 대답을 들은 아리사가 아쉬워 보였다.

"─악덕도시 시베가 멸망했다고?"

그때 엿듣기 스킬이 어수선한 대화를 포착했다.

악덕도시 시베라면 장물이나 금지품을 매매하는 해적이나 악당들의 소굴이라는 도시다.

"듣자니 적룡님의 노여움을 사서, 항구의 해적들을 한꺼번에 용의 불꽃으로 태워버렸다고 하던데."

"속이 후련하군. 보나마나 욕심을 부린 시베의 악당이, 보물을 찾아 적룡님의 둥지에 숨어들려고 했겠지."

내 뇌리에 흑룡 헤일롱이나 천룡의 모습이 스쳤다.

그래. 도시 하나쯤 간단히 멸망하겠군.

"휴면기의 적룡님을 깨운 건가? 그러면 멸망하는 게 당연하지."

"비나이다비나이다. 강 건너 불구경이 되길 빌어야지."

먼 곳의 재해에 대해 이야기하는 어조였다.

눈을 뜬 적룡이 상관없는 도시에서 날뛸 거라 생각하진 않나 보군.

"무슨 일이시죠?"

"아뇨. 아무것도 아닙니다."

악당이 자업자득으로 파멸하는 건 아무래도 좋아.

하지만, 거기에 휘말린 일반인에게는 애도의 기도를 바쳐야겠다.

"그러면 신전으로 가지요."

마중 나온 마차를 타고 중앙신전으로 갔다.

목각 기술자들은 자기 작품과 함께 간다고 고집을 부리는 통에, 우리들하고 다른 화물 마차를 타고 오는 모양이다.

항구에는 상인과 항만 관계자나 어부가 많았는데, 그곳을 벗어나자 로브 차림의 학자나 마법사의 비율이 확 늘어났다.

살펴보니 마법 스킬을 가진 사람은 도시 전체의 3할도 안 되지만, 다른 나라와 비교하면 압도적으로 많다.

"신전이 보이기 시작합니다."

"저 커다란 탑의 정면에 있구나."

"네. 카리온 님께선 『예지』를 다스린다고 하기에, 탑주의 호의로 『예지의 탑』 정면에 건설 허가를 받았습니다."

신관의 얘기를 들어보니, 저 커다란 탑이 「예지의 탑」인가 보다.

탑주라는 건 다른 나라의 국왕 같은 입장이며, 장로라고 불리는 자들이 다른 나라의 귀족과 같은 지위라고 신관이 가르쳐 주었다.

"얼음?"

"예스, 미아. 얼음 신전이 신비적이라고 고합니다."

실제로는 얼음이 아니라 수정을 재료로 쓰고 흙 마법과 연금술로 보강한 건물인가 보다.

정면의 벽에 그려진 카리온 신의 성인에만 주색(朱色)의 수정을 끼워서 조금 멋스런 느낌이다.

"반짝반짝~?"

"투명한 거예요!"

"얼음으로 만들어진 건물이라니 굉장하네요."

"뭐 얼음 우주선으로 은하를 건넌 사람도 있으니까, 얼음 신전도 있지 않을까?"

아리사가 스페이스 오페라에 나오는 민주주의국가를 수립한

위인의 에피소드를 들면서 말했다.

아리사 자신은 농담으로 한 말이겠지만, 다른 애들이 진심으로 받아들일 것 같기에 수정으로 만들었다고 가르쳐 주었다.

"겨울에는 눈이 쌓이기도 하니까, 더욱 신비적으로 보입니다."

신관이 가르쳐 주었다.

그건 한 번 보고 싶다. 그 무렵에 또 와야겠는걸.

"신관들만 있을 거라고 생각했는데, 로브를 입은 사람도 많네."

아리사 말처럼, 신전 통로를 걷는 신도들은 학자나 마법사가 많은 모양이다.

"신전 안쪽에 있는 도서관이 목적인 분도 있는 것 같습니다."

"신전에 도서관이 있어? 일반인에도 개방되어 있는 거야?"

"아뇨. 신전 도서관에는 귀중한 신학 관련 서적이나 역사서가 소장되어 있기 때문에 일반인에게는 개방하지 않습니다."

관계자 외 출입금지구나. 신학 관련은 아무래도 좋지만, 역사서는 조금 흥미가 생긴다.

좁은 통로를 빠져나가, 널찍한 예배당에 들어갔다.

"뭔가 떠 있는 거예요!"

"책?"

"빨간 빛이 감싸고 있다고 보충합니다."

동료들 말처럼, 예배당의 제단 위에 주색 결계에 싸인 황금색의 책이 떠올라 있었다. 보는 동안에도 주색 결계를 구성하는 기하학 무늬가 변화했다. 결계를 해석하기 어렵게 하는 모양이다.

AR표시에 따르면 중앙의 책은 「예지의 서」 카리세펠이라는 이름의 신기였다.

책의 장정에는 주색의 「지천석」이라는 낯선 보석이 끼워져 있고, 책의 표면도 금박이 아니라 오리하르콘이다.

공중에 떠 있는 책을 더 자세히 보려고 예배당으로 가는 우리들에게, 옆에서 말을 거는 사람이 있었다.

"신관 테무트, 손님인가요?"

우리들을 안내하는 신관을 부른 것은 여교사 패션이 어울릴 법한 엄격한 생김새의 무녀였다.

"네. 그들은 본 축제에 출전되는 목각상을 만든 기술자 일행입니다."

"그런가요. 기술자들에게 카리온 님의 축복이 있기를."

신관이 대답하자 무녀가 한 마디 축복을 하고서 물러갔다.

"지금 그 분은 무녀장 마이야 님이십니다. 이 카리온 중앙신전에서 가장 정확하게 카리온 님의 목소리를 들을 수 있는 『신탁의 무녀』죠."

그 설명을 들으면서, 「예지의 서」와 등 뒤의 벽에 그려진 신화를 보았다.

포치에게 읽어준 신들의 그림책과 같은 내용이 그려져 있고, 중간부터 프루 제국의 역사로 바뀌어 도시국가 카리스오크 건국으로 이야기가 이어지는 모양이다.

"핑크~?"

"굳이 따지자면 빨간색이 아닐까요?"

타마와 리자가 주목한 것은 신화의 방에 놓여 있는 주색의 암

염으로 만들어진 상이었다. 타마는 저 상이 핑크색으로 보이는 모양이군.

인물상만 있는 게 아니라, 짐승이나 마물의 상도 있었다.

"받침대에 뭔가 적혀 있네."

"『생물이 불사생물로 변천하는 것의 불가역성을 부정하는 것에 대해서』 무슨 논문 타이틀 같은 게 적혀 있어."

"주염상에는 기증한 학자들의 의제나 연구 테마가 적혀 있습니다."

흥미가 생겨서 순서대로 둘러보니, 「원시 마법이 현대 마술로 변천하는 과정과 차이점」, 「레벨과 스킬은 창세시에는 존재하지 않았는가?」, 「현대 마술과 마신의 관련성에 대해서」 같은 흥미로운 것이 몇 개 있었다.

다만 받침대의 좁은 면적에 논문을 모두 적을 수 없는지, 개요만 가볍게 적혀 있었다.

"이거 뒷부분은 있나요?"

"신전 도서관에 소장되어 있습니다. 『예지의 탑』에 있는 대도서관에도 소장되어 있을 겁니다만, 그것 말고는 논문을 적은 분의 자택에나 있을 겁니다."

신관에게 물어봤는데, 신전 도서관 입실 허가는 주교 이상이 아니면 발행하지 못한다고 했다.

우리는 신전에 조금 넉넉하게 기부를 한 다음, 신관의 안내를 받아 숙사로 안내를 받았다. 넉넉하게 기부를 한 덕분인지 넓고 설비가 잘 정돈된 방을 주었다.

축제는 이틀 뒤라고 하니까, 일단 관광을 하면서 「예지의 탑」을 방문해 볼까?

◆

"아래쪽에서 올려다보면 더 커다랗네에."

"커다래~."

"바벨탑인 거예요!"

포치가 바벨탑 같은 걸 알 리 없으니까, 아리사가 가르쳐준 캐치프레이즈가 틀림없다.

"아무리 그래도 스카이 트리 정도는 아니지만, 도쿄 타워보다는 높을까?"

"도쿄 타워보다는 조금 낮아. 에펠탑보다 조금 높은 정도일까?"

아리사에게 AR표시로 알아낸 정보를 가르쳐 줬다.

높이는 그 정도지만, 눈앞에 있는 「예지의 탑」은 전파탑보다 굵으니까 더 크게 보인다.

적어도 엘프들의 건조물 말고는 이 사이즈의 건물을 본 적이 없다.

이 「예지의 탑」 주변은 공원처럼 정비되어 있었다. 누구든지 산책을 하거나 휴식을 할 수 있는 모양이다.

"로브를 입은 사람이 많군요."

"네, 다들 뭔가 어려운 의논을 하고 있어요."

뜨겁게 의논하는 사람도 있고, 땅바닥에 뭔가 도형이나 수식을 쓰면서 학생들을 가르치는 노인도 있었다.

"여기, 틀려."

"그렇군! 이 마법진이 틀렸구나!"

"아가씨, 굉장한데. 우리가 3개월이나 고민하고 있던 문제를 한순간에 풀다니!"

흥분한 목소리가 들려서 돌아보자, 땅바닥에 마법진을 그리고 의논하는 학생들 사이에 미아가 훌쩍 끼어 있었다.

"너는 어느 학원에서 배우고 있지?"

"혹시 학사님일지도 몰라."

"아냐."

"미아는 학사도 학원의 학생도 아니라고 보충합니다."

미아 뒤에서 말한 나나가, 미아의 옆구리에 손을 넣어서 들어 올리더니 그대로 돌아왔다.

"어린애 취급."

"길을 잃으면 안 된다고 고합니다."

미아가 얼굴 앞에 가위 표를 만들었지만, 나나는 시치미를 뚝 뗀 표정이다.

"유학생일까?"

"탑의 객원교수일지도 몰라."

"배우고 싶다……."

뒤에서 학생들이 대화하는 소리를 들으며, 우리는 탑의 입구로 갔다.

"주인님, 문지기가 있습니다."

탑에서 50미터쯤 떨어진 곳에 해자와 담과 중후한 문이 있고, 열린 문의 좌우에 중장비의 문지기가 서 있었다. 둘 다 레벨 30대의 정예였다.

"안녕하세요."

"안녕? 이국의 아가씨. 『예지의 탑』에 무슨 용건이 있나?"

문지기의 말 전반은 인사한 아리사에게, 후반은 나에게 한 질문이었다.

"대도서관의 장서를 보고 싶습니다만, 혹시 허가 같은 게 필요한가요?"

키메라가 된 쿠보크 왕국 사람들을 본래대로 되돌리는 단서를 조사하는 게 주목적이지만, 그것 말고도 탑에 올라가서 경치를 즐기고 싶다.

"그건 무리로군. 장로들의 허가가 있거나, 유력한 학원의 학생이 아니면 입실 허가가 나오지 않아. 그리고 이 탑은 다른 나라의 왕성과 같은 장소야. 허가 없이 들어갈 수는 없지."

왕성과 같은 거구나. 그렇다면―.

"그러면, 이걸 윗분에게 건네주세요. 시가 왕국의 재상 각하께 받은 서한입니다."

"시가 왕국? 장난으로 치부하기에는 정성이 들어갔군. 알았어. 틀림없이 전달하지."

문지기는 조금 의심스러워했지만, 보아 하니 제대로 전해줄 것 같다.

나는 카리온 중앙신전에 머무르고 있다고 말한 뒤, 그 자리에서 물러났다.

"주인님, 그 서한은 어디서 난 거야?"

"관광 부대신으로 임명됐을 때 주요 나라에 대한 친서를 받았거든."

물론, 모든 나라는 아니다. 대륙 서방에서는 중앙신전이 있는 나라들이랑 시가 왕국과 국교가 있는 나라들뿐이다. 요전까지 머무르던 로도르오크 왕국에 대한 친서는 없었다.

◆

"책방이 꽤 많은 건 좋네."

시내 관광을 하면서 느낀 건데, 다른 도시에 비해 서점과 책 대여점이 많다.

"그림책이 잔뜩 있는 거예요."

"예스~."

포치와 타마가 소중하게, 방금 산 그림책을 안고 있었다.

"꽤 많이 샀네."

평소에는 한두 권을 엄선하는데, 오늘은 대여섯 권 샀다.

"아리사가 그림책을 읽어주면, 태교에 좋다고 한 거예요."

"—아하?"

알에 태교 효과가 있을지는 모르겠지만, 야채에 음악을 들려주는 재배방법도 있다고 하니까 부정할 것도 없나? 그림책은 몇 권이 있어도 좋으니까.

"우웅. 마법서."

미아가 토라져서 불평했다.

"탑의 높은 사람이랑 만나면 허가를 받을 수 있는지 물어보자."

이 나라에서도 마법서를 사려면 허가가 필요했다.

"마스터, 귀환했다고 보고합니다."

"주인님, 저 탑은 일반인도 올라갈 수 있다고 합니다."

"고마워, 리자, 나나."

한 발 먼저 확인을 하러 다녀온 리자와 나나에게 감사의 말을 했다.

이 도시에는 탑이 여러 개 있다는 걸 떠올리고, 다른 탑이라면 구경할 수 없나 생각하여 와봤다.

입구에서 요금을 내고 올라갔다.

포치가 계단에서 자꾸 발이 걸리기에, 중간부터 손을 잡고 걸었다. 계단을 올라갈 때는 알 포대기를 풀어두라고 하는 게 좋을지도 모르겠다.

이 도시 사람들도 높은 곳을 좋아하는지, 나름대로 비싼 요금인데도 구경꾼이 많았다.

"역시 경치가 좋네~."

"오우예~."

난간이 높아서, 아리사와 타마가 난간에 기어올라 풍경을 즐겼다.

포치도 타마와 함께 난간에 뛰어들려고 했지만, 중간에 알을 걱정하여 멈췄다.

"―포치."

"리자, 고마워인 거예요."

그런 포치를 리자가 안아 올려서 풍경을 보여주었다. 리자는 참 좋은 언니야.

"울퉁불퉁~?"

"포치는 아는 거예요! 저건 전쟁한 흔적인 거예요!"

"여기서도 전쟁이 있었던 걸까요?"

"괜찮아. 반년이나 지난 일이니까."

로브 차림의 학자가 불안해 보이는 루루에게 대답했다.

"이곳 카리스오크 시는 마법사나 골렘이 많고, 위대한 탑주님 도 있어. 북쪽 야만인이 항구를 차지하려고 쳐들어와도, 간단 히 격퇴할 수 있지. 수비는 만전이다."

"맞는 말이야! 야만인의 화포도 외벽에는 통하지도 않아. 가 능한 건 도시 밖에 있는 밭이나 과수원을 망치는 것 정도다."

"멍청한 녀석! 바깥에서 사는 자들에겐 사활이 걸린 문제다! 가볍게 말을 하면 안 된다!"

"죄, 죄송합니다, 선생님."

익살스런 학생의 섣부른 말을 학자가 꾸짖었다.

"대개는 『원천의 주인』인 작은 탑의 마녀나 마법사가 야만인 놈들을 격퇴해주지만, 이번에는 그들의 영역 사이를 파고들어서 여기까지 쳐들어왔지. 야만인 놈들도 학습을 하는 모양이야."

학자의 이야기를 들어보니, 힘 있는 마녀나 마법사가 「정령 모임터」나 「마물 모임터」라고 불리는 작은 원천에 탑을 세우고 외적을 막는 모양이다.

시가 왕국의 크하노우 백작령과 인접한 「환상의 숲」에 사는 늙은 마녀 같은 느낌인가?

흥미로운 이야기를 들려준 학자에게 감사를 표했다.

우리는 경치를 즐긴 다음, 탑을 내려가 여러 장소를 돌아보기로 했다.

"물엿 사탕."

"맛나맛나~."

물엿 사탕을 파는 남자에게서 산 맥아 사탕을 다 함께 맛보았다.

카리스오크에서는 이런 통이나 상자를 들고 다니는 장사꾼이 많다.

"이 나라는 단 것이 많네요."

"예스, 루루. 방금 먹은 갈레트도 맛있었다고 고합니다."

"역시, 머리를 쓰면 당분이 필요해지는 걸까?"

"글쎄. 프로그램 일을 할 무렵에는 자주 초콜릿이나 사탕 같은 걸로 당분을 보급하긴 했어."

아리사의 질문에 고개를 끄덕였다.

방심하면 메타보 체형이 되기까지 논스톱이니까, 과식은 주의해야 된다.

―응? 이 냄새는.

"왜 그래, 주인님?"

"킁킁, 이건 **커시** 냄새인 거예요."

"정답."

카페 같은 가게가 있기에 들어가 봤다.

일본의 카페와 조금 다르지만, 가벼운 음식을 먹으면서 차를 즐기는 가게가 틀림없는 모양이다.

간단한 식사도 있는 모양이라, 점심 식사를 겸해서 들어가 봤다.

메뉴에 커피가 여러 가지 종류 있었다. 모카, 블루만, **킬리만지아로.** 모두 사가 제국에서 유명한 커피 산지다.

"이 메리카를 하나. 그리고 추천하는 간단한 식사를 부탁해."

낯선 원두가 있기에 그걸 부탁했다.

다른 애들은 커피는 쓴 거라는 이미지가 있는지, 청홍차나 향초차와 런치 세트를 골랐다.

"꿀을 뿌린 다람쥐꼬리 토란도 사람 수대로 부탁해. 푸니푸니라는 것도 신경 쓰이니까 추가해줘."

아리사가 메뉴에 있던 수수께끼 디저트에 도전했다.

"네, 꿀 뿌린 다람쥐꼬리 토란입니다. 푸니푸니는 조금 시간이 걸리니까 기다려줘."

웨이트리스가 커다란 쟁반을 두고 물러갔다.

"겉보기에는 맛탕 비슷하네."

깍둑썰기가 되어 있기에, 다 함께 시식했다.

"조금 푸석하지만, 고구마 같은 느낌이네."

"단 맛은 뿌려둔 꿀의 맛이네요. 토란 자체는 단 맛이 없는 것 같아요."

아리사의 감상에 이어서, 루루가 분석 결과를 말했다. 역시 요리사야.

간단한 식사와 음료수보다 조금 늦게 「푸니푸니」가 나왔다.

"우뭇가사리 묵 같은 걸까? 오옷, 쫄깃쫄깃하네. 찰떡보다도 탄력이 있어."

아리사가 권하기에 나도 하나 먹어봤다.

—타피오카 같은 식감이네.

점원에게 물어봤더니, 푸니푸니는 다람쥐꼬리 토란의 전분으로 만든다고 했다.

부탁해서 다람쥐꼬리 토란을 봤는데, 카사바하고 전혀 다른 모습이지만 이게 있으면 대체 타피오카를 만들 수 있겠다. 카리스오크 시를 떠나기 전에 다람쥐꼬리 토란을 잔뜩 사야겠는걸.

"이세계에서도 타피오카 붐이 일어날까?"

그것도 즐겁겠군.

다람쥐꼬리 토란을 시가 왕국에서도 재배할 수 있다면, 에치고야 상회의 음식점 간판 메뉴가 될 수 있겠어.

◆

"수가 굉장하네. 로도르오크 왕국이 아닌 곳에서도 인형이 잔뜩 왔어."

카리온 중앙신전에 돌아온 우리는, 조각상이 모여 있는 홀에 가봤다. 전부 100개 이상 된다. 목각만 있는 게 아니고 석상이나 석고상도 많다. 리빙 돌처럼 가동하는 것도 있었다.

함께 온 기술자 형제에게 선물을 가져왔는데, 둘 다 진지한 표정으로 다른 나라에서 온 출품작을 보고 있어서 그럴 때가 아닌 분위기였다.

"타마랑 주인님의 작품도 손색이 없네."

"물론입니다, 아리사. 봐요, 타마의 조각상 앞에서 춤추는 기술자도 있어요."

리자의 말을 듣고 시선을 돌리자, 몇 명의 기술자와 신관이 흔들흔들 몸을 흔들고 있었다.

저걸 보면, 타마의 조각상에 뭔가 마법 효과라도 있는 것 같단 말이지.

"참으로 훌륭한 조형이야."

"네, 선생님. 그대로 움직일 것 같아요."

어느 나라의 기술자 사제가 보고 있는 건 내가 만든 조각상이었다.

그런 식으로 감탄해주니 좀 쑥스럽네.

이튿날, 우리는 카리온 중앙신전에서 가르쳐준 옷 가게나 연금술 가게가 늘어선 상점가로 갔다.

"옷 가게 사이에 연금술 가게가 있다니 신기하네."

"약국."

"조합용 소재를 파는 가게도 있어요."

노점에서 산 막대모양 사탕을 핥으면서, 윈도우 쇼핑을 했다.

"뉴?"

타마의 귀가 움찔 움직이고, 두리번거리며 주위를 둘러보았다.

"무슨 일이니?"

타마에게 물어본 내 귀에 노성이 들어왔다.

"뭐라고? 돈이 없단 말야?"

"긍정. 몇 번을 물어도 같은 답. 의미가 없는 물음은 삼가야 함."

덩치가 좋은 물엿 장사꾼 남자와 루루쯤 되는 나이의 미소녀가 다투고 있었다.

"무전취식일까?"

"아리사, 저 애, 어디서 본 적 없니?"

"그러고 보니 어쩐지 낯이 익은걸. 머리카락은 새하얗지만, 뒷모습이 루루랑 닮았나?"

루루와 아리사 말처럼, 그 미소녀는 분명히 낯이 익었다.

"인형?"

"예스, 미아. 인형처럼 단정한 얼굴이라고 고합니다."

"아냐."

미아가 붕붕 고개를 옆으로 저었다.

"사토 거."

"내 거?"

고개를 갸웃거리며 미소녀를 보고, 미아가 하려는 말을 이해했다.

저 애는 내가 깎은 목각상이랑 꼭 닮았다.

미소녀의 정체가 신경 쓰여서 바라보자, 그 옆에 정보가 AR 표시로 떴다.

"으엑."

그것을 보고 무심코 말을 잃었다.

왜냐 하면—.

—UNKNOWN.

미소녀의 모든 정보가 UNKOWN. 다시 말해서 정체불명으로 표시됐기 때문이다.

이것과 같은 현상은 「구두의 마왕」이랑 싸울 때 나타난 수수께끼 어린 소녀와 「마신의 찌꺼기」밖에 본 적이 없다.

그러고 보니 「구두의 마왕」은 그 수수께끼 어린 소녀를 「파리온」이라고 불렀지만, 수수께끼 어린 소녀는 그걸 긍정도 부정도 안 했다. 파리온 신국에서 들은 목소리와 인상이 다르니까, 나는 수수께끼 어린 소녀의 정체가 파리온 신이라고 생각하지 않는다.

"적반하장이구만! 돈을 안 내면 때려눕히고 관헌에 넘겨주겠어!"

사탕 장사꾼이 빠르게 폭발했기에, 순간이동 같은 속도로 끼어들어 주먹을 받아냈다.

이런 정체불명의 상대를 공격했다가, 그가 개구리가 되거나 그림에 갇히거나 그러면 불쌍하잖아.

"방해하지 마!"

"제 일행이 폐를 끼쳤습니다. 이건 대금과 민폐 요금입니다. 부디 받아주세요."

내가 내민 은화를 받은 장사꾼은 하고픈 말이 많다는 표정을 지었지만 씩씩거리며 물러갔다.

"방해하면 안 된다. 무례한 자에겐 벌을 내려야 함."

"벌을 내릴 필요는 없습니다. 당신이 사탕의 대가를 안 냈으니까 그가 화를 낸 거예요."

"대가는 줬다. 내 감사의 말은 천금보다 값지다."

미소녀는 대단히 진지하다.

"저는 사토라고 합니다. 당신의 이름을 물어봐도 될까요?"

잠시 나를 바라본 다음, 미소녀는 고개를 끄덕이고 정체를 말했다.

"카리온."

자기소개를 믿는다면, 미소녀의 정체는 카리온 신인가 보다.

"그건 신의 이름이잖아."

"긍정. 나는 신. **조아리거라**. 너희들은 나를 숭배해야 함."

카리온 신이 말한 순간, 그 자리에 있는 나 말고 모든 사람이 무릎을 땅에 짚고 고개를 숙였다.

가볍게 로그를 봤지만, 그녀가 정신 마법이나 비슷한 힘을 사용한 흔적은 없었다.

"너는 무엇?"

하다 못해 누구냐고 물어보세요.

"어째서 고개를 안 숙여? 대답을 제시해야 함."

"어째서냐고 하셔도 모릅니다. 저는 당신의 신도가 아니라서

그런 걸까요?"

　그렇게 따지자면 적어도 동료들도 마찬가지였지만, 나도 알 수 없으니 사기 스킬을 의지하여 대답했다.

"흥미롭다. 동행하는 영예를 내린다."

"네에."

　너무 갑작스러워서 무심코 맥 빠진 대답을 해버렸다.

"너는 더욱 감격해야 함."

　일단은―.

"우리 애들이 고개 들도록 해주실 수 있을까요?"

　그것부터 해야지.

◆

"어디 가고 싶은 장소는 있나요?"

"맡긴다. 너는 내 기대에 응답해야 함."

　동료들에게 만에 하나의 일이 있으면 곤란하니까, 카리온 신을 안내하는 건 나 혼자서 하기로 했다. 아리사는 마지막까지 반대했지만, 카리온 신의 말에 절대 복종해 버리는 상황은 위험하다고 말해서 설득했다.

　하지만 지금쯤 카리스오크 시 밖으로 나가서, 황금 장비를 입고 대기하고 있겠지.

　카리온 신과 함께 있으면 괜히 눈에 띌 것 같아서, 나는 신관이 입어도 이상하지 않은 외투를 걸치고 후드를 깊이 눌러썼다.

"카리온 님은 어째서 인계에 오신 건가요?"

"그릇이 봉납됐다."

그렇군. 그릇이 생겼으니까 흥미가 생겨서 인계까지 관광을 하러 온 거구나. 누군지 몰라도 참 민폐— 아니, 그러고 보니 내가 만든 조각상이랑 완전 같은 모습이네.

"혹시, 그릇이라는 건 중앙신전에 있던 세계수로 만든 목각상인가요?"

"긍정. 근사한 피팅감."

역시 그랬구나. 범인은 나였나 보다.

"조각상을 봉납한 자에게 마땅히 가호를 내려야 함."

일단, 가호는 필요 없어요.

"너에게 조각상을 봉납한 자를 찾아낼 것을 명한다."

"그렇군요. 신전으로 돌아가면 물어볼까요."

가능하면 사양하고 싶어.

"신기함."

카리온 신이 발길을 멈추고 나를 올려다보았다.

"뭐가 말인가요?"

"신을 따르지 않는다. 사고가 안 보인다. 흥미가 끊이지 않는다. 수수께끼는 해명해야 함."

무표정한 얼굴로 힘차게 콧김을 뿜지 마세요.

내가 곧장 명령에 따르지 않은 탓에 흥미를 가진 모양이다.

—그리고 카리온 신은 나 말고 다른 사람들이 생각하는 걸 읽을 수 있나 보군.

"탑은 괜찮으신가요?"

"불필요. 이미 구경했다. 너는 다른 장소를 제시해야 함."

이야기를 돌려보려고 다른 화제를 꺼내봤는데, 카리온 신은 이미 구경을 한 모양이다.

"탑에서는 상당히 대소동이 일어났겠죠?"

"부정."

"그런가요?"

"긍정. 소동은 바라지 않았다."

"그걸로 소동이 안 일어난 건가요?"

"긍정. 사람은 내 뜻을 따라야 함."

그렇군. 역시 신이란 느낌인데.

"지금까지 인계에 오지 못한 것은 그릇이 없었기 때문인가요?"

"부정."

"그러면, 어째서?"

"코스트. 무녀가 망가지고, 신력의 소비가 너무 크다. 낭비는 삼가야 함."

그러고 보니 신성 마법에 신을 자기 몸에 내리는 마법이 존재한다고 들은 적이 있었지.

"그렇게 소비가 큰가요?"

카리온 신이 발길을 멈추고 나를 보았다.

"너는 질문이 많다. 질문은 적당히 해야 함."

더 이상 하면 역정을 살 것 같으니까, 질문을 멈추고 카리온 신의 안내인 역할에 전념하자.

"가능하면, 너가 아니라 사토라고 불러주시면 좋겠습니다."

"저건 무엇?"

카리온 신이 내 말을 무시하고 멀리 있는 뭔가를 가리켰다.

"풍차입니다. 바람을 동력으로 삼아, 곡물을 빻는데 쓰는 모양입니다."

"저건."

"식당이군요. 사람들이 식사를 하는 장소입니다. 지금은 영업 시간이 아닌가 봅니다만."

"저건?"

보이는 것 모두가 희한하다는 것처럼, 카리온 신이 나에게 질문공세를 한다.

『주인님, 그쪽 상태는 어때?』

『즐겁게 관광을 하고 있어.』

『긍정. 인계는 정보량이 미소함. 사고속도가 느리고 갑갑하다. 그러나, 그 비효율적인 세계를 체험하는 것은 즐겁다고 느낀다.』

아리사한테 현재 상황을 보고했더니, 카리온 신이 자연스럽게 끼어들었다.

『그, 그건 다행이네. 즐거운 건 좋은 거야.』

『긍정. 육체가 가져다주는 쾌락은 신기함. 그렇지만 흥미롭다.』

아무래도, 신계에서 신은 육체가 없는 모양이다.

"뭔가 맛있는 거라도 먹으러 갈까요?"

"긍정. 미각에는 흥미가 있다. 너는 미식을 제시해야 함."

"그러면, 저건 어떨까요?"

길을 걷는 장사꾼을 발견하고 거기로 갔다.

"저건 무엇?"

"설탕과자입니다."

"먹겠다."

타박타박 걸어가기에, 앞질러가 설탕과자를 사서 카리온 신에게 주었다.

"달다. 물엿의 촉촉한 식감과 달라서 단단하다. 저건?"

"갈레트군요. 치즈가 들어간 것과 달콤한 것 두 종류가 있습니다."

"둘 다. 먹겠다."

카리온 신이 먹다가 만 설탕과자를 나한테 떠넘기고 갈레트 노점으로 갔다.

두 종류의 갈레트도 한 입 두 입 먹은 다음, 나한테 떠넘겼다.

아무래도, 이것저것 먹고 싶은 모양이다.

"저건 무엇?"

"재주꾼이네요."

카리온 신이 광장 한 구석에서 골렘 재주꾼을 발견하고 달려갔다.

그는 무릎 높이쯤 되는 작은 골렘을 원숭이 곡예의 원숭이 대신 쓰는 모양이다.

"아저씨, 공중제비! 공중제비 해줘!"

"그건 조금 더 돈이 모인 다음에."

"에에, 공중제비이~."

먼저 구경하고 있던 아이들이 골렘의 공중제비를 졸랐다.

"돈."

카리온 신도 흥미가 있는지, 내 소매를 쿡쿡 끌어당겨 돈을 넣으라고 졸랐다. 시선은 코미컬한 움직임을 보이는 골렘에게 고정되어 있었다.

"이거면 될까요?"

"오옷, 은화라니! 젊은 나리, 통이 크구만!"

기분이 좋아진 재주꾼이 그 자리에서 일어서더니 인사를 하고, 골렘을 조종하여— 자기가 그 자리에서 공중제비를 했다.

아니, 당신이 공중제비를 도는 기가! 사이비 사투리로 태클을 걸뻔했다.

카리온 신은 아이들과 함께 기뻐하고 있었다.

"골렘은 공중제비 안 하는 건가요?"

"너무 무거워서 무리야."

"가벼운 재질로 골렘을 만들면 어때요? 나무나 종이로."

"나무는 그렇다 쳐도, 종이는 무리지."

"부정. 종이 골렘은 가능. 자기의 미숙함과 술법의 한계를 혼동하는 건 멈춰야 함."

카리온 신이 말하더니, 나한테 손을 내밀었다.

어쩐지 의도를 이해하고, 격납 가방을 경유하여 스토리지에서 종이를 꺼내 건넸다.

"이렇게."

카리온 신이 주색의 빛을 띠었다.

—주색?

주색의 빛이 흘러 들어간 종이가 멋대로 접히더니 사람 모양의 인형이 되었다. 마지막에는 자립하는 골렘이 되어 움직였다.

아무래도 카리온 신의 퍼스널 컬러는 주색인가 보다.

성검이나 파리온 신이 뿜어내는 성광이 파란색이니까, 신들이 뿜어내는 빛은 파란색이 기본일 거라고 생각했었다. 이러면 녹색이나 노란색의 성광도 있겠는데.

"공중제비."

카리온 신이 지시하자 골렘이 공중제비를 했다.

"굉장해! 누나, 굉장해~!"

"천재 골렘술사다!"

찬사를 받은 카리온 신이 싫지 않은 표정으로 가슴을 폈다.

감격한 아이들이 다가와 끌어안아도, 카리온 신은 떨쳐내거나 언령으로 조종하지 않았다.

"이걸 하사한다. 앞으로도 신에게 감사와 경건한 기도를 바쳐야 함."

카리온 신이 골렘을 종이로 되돌리고, 그 위에 문자를 떠올리더니 주문서를 만들어 그것을 골렘 재주꾼에게 주었다.

옆에서 슥삭 마법으로 촬영을 했는데, 종이 골렘을 만들기 위한 마법인가 보다.

역시 「예지」를 다스리는 신이군.

그 다음에도 노점을 돌고, 음유시인이나 재주꾼을 구경하면서 시내를 돌았다.

파리온 신국에서 알게 된 조펜테일 공방이 가는 길에 있기에 잠깐 들러봤는데, 공방의 주인 조펜테일 씨는 부재중이라 만나지 못했다.

"이건 어째서 변형하지? 인간족의 사고는 흥미가 끊이지 않는다. 제작 의도를 명시해야 함."

"죄송해요. 남편이 있으면 설명을 할 수 있겠지만……."

"이해. 너에게 설명 책임은 없다. 이 우산은 어떻게 변형되지?"

"이건 말이죠—."

카리온 신이 변형하는 작품에 크게 흥분하여, 가게를 보고 있던 사모님이 상대해주고 있었다.

그 사이에 아리사에게 연락을 하여 중간보고를 해두었다. 지금 현재 카리온 신은 언령— 힘 있는 말로 사람을 따르게 만들어 버리는 것 말고는 무해하다. 내가 본 바로는 따르게 만드는 것도 악의 없이 하는 느낌이다.

나한테만 안 통하는 이유는 알 수 없지만, 정신 마법 대책용 장식품을 달고 있으면 조금 머리가 가벼워진 느낌이 든다. 동료들도 이런 아이템을 장비하고 있으면 안전할지도 모른다.

"이제 그만, 돌아갈까요?"

조펜테일 공방의 모든 작품을 가지고 논 카리온 신에게 말을 걸었다.

물론 시험해보기만 하고 안녕하고 가버리면 상대해준 사모님한테 미안하니까, 내가 흥미를 가진 물건이나 선물용으로 좋아 보이는 물건을 잔뜩 사서 숙소에 배달해달라고 의뢰했다.

"아직 신계로는 안 돌아간다. 분령의 체험을 송수신하는 건 신력 코스트가 많이 든다."

이 카리온 신은 본체가 아니라, 분령— 카피 같은 것인 모양이다.

"신계가 아니라, 신전으로 돌아가죠. 이제 곧 해가 저물고, 해가 저물면 치안이 나빠지니까요."

"치안? 용이나 마왕이 아닌 한, 신을 해칠 수 있다고 생각하기 어렵다. 너는 위협을 명시해야 함."

그렇군. 용이나 마왕은 해칠 수 있는 거구나.

"주정뱅이가 늘어나고, 카리온 님을 불쾌하게 만드는 자가 있을지도 모릅니다."

"이해. 일부러 불쾌함과 접하는 취미는 없다. 제안을 수락. 너는 신전으로 안내해야 함."

카리온 신이 납득해주기에, 그녀를 데리고 카리온 중앙신전으로 돌아갔다.

◆

"소란스럽다. 신전은 정숙해야 함."

카리온 신을 데리고 신전으로 돌아가자, 뭔가 소동이 일어나고 있었다.

"무슨 일이 있었을까요?"

나는 차분하지 못하게 우왕좌왕하고 있는 신관 한 명을 붙잡아 이야기를 들었다.

"크, 큰일났어! 무녀님들이 일제히 쓰러졌다."

"이 소동은 그 탓인가요?"

"그래, 맞아. 무녀장이 쓰러졌을 때, 매달리는 것처럼 카리온 님의 이름을 불렀다고 한다. 이건 마왕 재래의 예언에서도 없었던 일. 마왕 이상의 재앙이 일어날 조짐이 틀림없어."

"이봐! 진위도 알 수 없는 지금부터 신전 외부인에게 무슨 말을 하고 있나!"

입이 가벼운 신관이 성실해 보이는 신관에게 혼났다.

"자네, 지금 들은 이야기는 아무데서도 하지 말게. 진위도 모르는데 떠들고 다니면 신벌이 내린다네."

"부정. 신벌은 가볍게 내릴 수 없다. 방대한 신력 코스트가 필요."

"자네는 뭔가?"

―당신들이 신앙하는 신입니다.

"카리―."

"그보다도, 지금 이야기 말인데요."

먼저 물어볼 것이 있어서, 카리온 신이 말하기 전에 끼어들었다.

"무녀들이 쓰러진 것은 카리온 중앙신전뿐인가요? 다른 신전의 무녀들은?"

"불경. 너는 사과해야 함."

뒤에서 카리온 신이 뭐라고 말하며 소란을 피웠지만, 가볍게 흘려듣고 성실한 신관의 말을 기다렸다.

"다른 신전의 무녀는 아무 말이 없어. 우리 카리온 중앙신전뿐이다."

─수수께끼는 모두 풀렸다.

"원인은 당신인 것 같군요."

나는 카리온 신을 돌아보며 말했다.

"긍정. 이론적으로 생각하여, 그 결론은 정곡을 찔렀다고 판단한다."

"자네가 원인이라는 건 무슨 뜻이지! 자네가 무녀들에게 무슨 짓을 한 건가!"

착각한 성실한 신관이 카리온 신을 붙잡으려고 했다.

"무례한 것. **조아리거라.** 그대들의 신 앞이라는 걸 알아야 함."

카리온 신이 말한 순간, 신전의 예배당에 모여 있던 사람들이 일제히 입을 다물고 그 자리에서 고개를 숙이며 무릎을 꿇었다. 낮에 본 광경의 재현 같군.

"그러면, 저는 이만─."

"역할 수고. 내일은 해가 뜰 때 마중하러 와야 함."

뒷일은 신전 사람에게 맡기고 도망치려 했는데, 내일도 시내 관광 안내를 맡기시는군.

뭐 그렇게 힘든 일도 아니고, 여러모로 신계의 지식도 얻었으니까 괜찮겠지.

나는 예배당을 나온 참에 신관복을 벗고 조각상이 보관되어
있는 장소로 이동했다.

정말로 내가 만든 조각상이 카리온 신의 그릇이 된 건지 확인
하기 위해서다.

"젊은 나리! 큰일났어!"

"당신 조각상을 도둑맞았어!"

목각 기술자 형제가 나를 보자마자 외쳤다.

그걸 들은 다른 남자가 이견을 냈다.

"아니라고 했잖아! 조각상이 갑자기 빨간 빛을 띠더니 사람으
로 변했어!"

목격자까지 있었다. 역시 내 조각상이 그릇이 된 게 틀림없나
보네.

"아직도 그런 말을 하고 있냐!"

"정말이야! 정말이라고!"

"믿을게요."

"이봐, 젊은 나리. 그 녀석한테 안 맞춰 줘도 돼."

"아까, 조각상이랑 똑같은 소녀를 만났어요."

"저, 정말이야?"

함께 시내관광까지 했습니다.

"신화에 나오는 이야기 같네, 형."

"그, 그래."

형제가 아연해졌지만, 금방 자신들도 언젠가 그런 조각상을
깎고 싶다고 분발하며 통나무를 조달하러 달려갔다.

아무래도 기술자의 혼에 불을 붙여버린 모양이다.

나는 배당된 방으로 돌아가면서, 공간 마법 「원거리 통화」로 아리사에게 말을 걸었다.

『아리사, 카리온 신은 신전에 돌아갔어. 이제 돌아와도 괜찮아.』

『알았어. 장비는?』

『장비는 해제해도 돼. 정신 마법 대책용 장식품만 달고 있어.』

『오케이~!』

함께 관광을 해본 느낌으로는 카리온 신이 동료들을 해칠 걱정은 기우로 그칠 것 같으니, 언령에 관한 대책만 해두면 충분하겠지.

"다녀왔어~!"

"어서 와."

동료들과 합류하여 카리온 신에 대해 이야기하며 식당으로 갔다.

"식사가 없다고?"

"조금만 더 기다려! 요리사들이 모두 본전 쪽에 소집을 당해 버렸어. 수프랑 빵은 준비했으니까 그거라도 먹으면서 기다려줘."

아무래도, 요리사들이 카리온 신의 향응을 위해서 모두 소집된 모양이군.

"루루."

"네, 주인님."

"주인님, 저도 미력하게나마 돕겠습니다."

내가 말하자, 루루와 리자가 내 뜻을 읽어내고 즉답해 주었다.

"도울게요. 오늘 메뉴를 가르쳐 주실 수 있을까요?"

"고마워! 이 야채랑 생선으로 만들 수 있는 요리라면 뭐든지 좋아. 우리는 토란 껍질 벗기기나 간단한 삶은 토란밖에 못 만들거든."

통째로 떠넘기기에, 모두 분담하여 대량으로 만들기 좋은 요리를 만들었다.

"타마도 도와~?"

"포치도 돕는 거예요!"

포치, 타마, 미아 셋도 껍질 벗기기에 참가하고, 나나도 국물의 거품 건지기에서 활약해 주었다.

"디리리~ 띠리리~ 리~."

아리사만 전력 이탈 통보를 받고서, 홀로 쓸쓸하게 의자 위에 쪼그려 앉아 토라져 있었다.

뭐 사람마다 잘하고 못하는 게 있잖아.

아리사에게는 시식을 맡겨야지.

"주인님. 이 토란은 어떻게 할까요?"

"어디보자—."

여기에도 카사바 비슷한 다람쥐꼬리 토란이 대량으로 있었다. 그래서 프라이드 포테토를 만들어 보거나, 카리온 신과 나니면서 먹은 맛있었던 요리를 재현하거나, 파리온 신국에서 배운 요리를 다람쥐꼬리 토란으로 어레인지해서 제공했다.

"오늘 요리는 맛있는데."

"요리장이 바뀐 거 아냐?"

"매일 이 요리여도 좋겠어."

아무래도 호평인가 보다.

나는 안심하고 양산을 시작했는데—.

"카, 카리온 님. 기다려 주십시오. 이곳은 아랫것들이 사용하는 식당이옵니다."

"부정. 여기서 미식의 기운— 있다."

카리온 신과 눈이 마주쳤다.

다음 순간, 카리온 신이 프레임을 건너 뛴 것처럼 눈앞에 순간이동해서 나타났다.

"너는 곧장 미식을 제공해야 함."

"다른 분과 같은 것밖에 없습니다만 그거면 될까요?"

"긍정. 속히 요리를."

"알겠습니다."

격납 가방을 거쳐 스토리지에서 꺼낸 조금 좋은 접시에 요리를 담았다.

어느샌가 신관들이 식당 한 구석을 호화로운 특별석으로 바꾸었기에, 거기로 가져갔다.

"나왔습—."

"미식."

내 말을 기다리지도 않고, 카리온 신이 스푼을 입으로 옮겼다.

"너를 신의 요리사로 지명한다."

카리온 신의 말과 동시에 로그가 흘렀다.

〉칭호 「신 요리사」를 얻었다.
〉칭호 「카리온의 요리사」를 얻었다.

아니아니, 그런 요리 만화에 있을 법한 칭호는 됐어요.

가만 보니 「신 요리사」 앞에, 「신 조각사」나 「신의 모습을 새긴 자」 같은 조각 관련 호칭이 어느샌가 늘어 있었다.

좋아, 못 본 걸로 해야지.

"사양하겠습니다."

거절하자마자 주위의 신관과 사제가 「무례하다」라거나 「벌 받는다」라고 여러모로 소란을 피우지만, 카리온 신이 시선 하나로 모두 진정시켰다.

"어째서? 너는 이유를 제시해야 함."

"저한테는 과분합니다. 저는 카리온 신의 신도도 아니니까요."

"경악."

카리온 신이 눈을 홉뜨고 놀랐다.

그리고, 금방 뭔가 깨달은 것처럼 분한 표정을 지었다.

"파리온의 향이 난다. 그리고 또—."

중간에 입을 닫더니, 고개를 갸웃거렸다.

"바람둥이?"

시야 구석에서 미아와 아리사가 묵직하게 고개를 끄덕였지만, 나는 계속 아제 씨 일편단심이야.

"식기 전에 드시죠."

카리온 신을 재촉하여 화제를 돌렸다.

"미식. 꿀의 윤기가 식욕을 부르고, 새 고기의 감칠맛을 감싸고 있다. 정찬에 더해야 할 미식."

카리온 신이 미식 방송의 리포터처럼 말하면서 요리를 먹었다.

낮에 그렇게 먹었는데도 식욕이 떨어질 줄 모르나 보군. 신의 위장은 무한일지도 모르겠다.

"미식. 다음을."

"요리사. 카리온 님께서 소망하십니다. 어서 다음 요리를!"

엄격한 표정을 한 마이야란 이름의 무녀장이 다음 요리를 재촉했다.

"내어드릴 수 있는 요리는 모두 내왔습니다."

"부정. 미지의 미식이 내는 향기가 난다. 너는 다음 요리를 제시해야 함."

특등석에서 순간이동으로 주방에 온 카리온 신이 말했다.

—미지의 미식?

고개를 갸웃거리며 주방을 둘러보자, 햄버그 그릇을 든 포치와 리스오크 왕새우의 토마토 조림 그릇을 든 타마, 그리고 리스오크 버섯 스테이크 그릇을 든 미아가 있었다.

그러고 보니 우리 먹으려고 이것저것 만들었지.

"포치의 햄버그 선생님을 조금 주는 거예요! 아주아주 맛있는 거예요!"

포치가 그릇을 내밀자, 카리온 신이 선 채로 햄버그를 시식했다.

그걸 본 마이야 무녀장이 졸도할 것 같은 표정으로 외쳤다.

"카리온 님께 의자와 테이블을!"

"경악! 부드럽다! 넘치는 고기의 감칠맛에 희미하게 섞인 양파의 단맛이 육즙과 섞여서 미지의 미식을 만들고 있다. 이건 고기 요리의 혁명!"

카리온 신이 절찬하자 포치가 기쁘게 웃었다.

그 미소가, 햄버그가 급격하게 줄어드는 걸 보면서 조바심으로 바뀌었다.

"타마의 왕새우도 먹어~?"

포치의 조바심을 깨달은 타마가 자기 접시를 내밀었다.

"단단하다."

새우 껍질에 나이프가 안 들어간 모양이다.

"제, 제가 껍질을 벗기겠습니다."

"불필요. 껍질은 물러나야 함."

마이야 무녀장의 말을 거부한 카리온 신이 나이프 칼등으로 새우 껍질을 톡톡 두드리자, 껍질이 멋대로 살에서 떨어졌다.

"언빌리버보~?"

타마가 눈을 부릅뜨며 놀랐다.

"미식. 붉은 소스의 맛이 새우에 깊게 스며들어, 희미한 산미가 뒷맛을 좋게 한다."

살을 드러낸 새우를 입으로 옮기고, 카리온 신이 함박웃음을 지었다.

"먹어?"

"음. 엘프가 어째서 여기에? 세계수의 관리를 하고 있어야 할 터."

버섯 요리 그릇을 든 미아를 보고 카리온 신이 의문스런 표정을 짓기에, 위축된 미아 대신 해명했다.

"그녀는 견문을 넓히기 위해 여행을 하고 있습니다. 세계수를 관리하는 하이 엘프 님의 허가를 받았습니다."

"이해. 관리 책임자의 허가를 얻었다면 문제없다. 미식의 제공을 받는다."

카리온 신이 미아를 손짓해 불러서, 버섯 요리 한 조각을 잘라 입으로 옮겼다.

"미식. 심플하지만 버터와 소금과 후추가 버섯의 감칠맛을 충분하고 남을 정도로 끌어낸다. 요리사를 찬사해야 함."

〉칭호 「카리온이 인정한 자」를 얻었다.

아니, 그런 걸로 인정을 하셔도 말이죠.

포치, 타마, 미아 셋이 요리를 제공하여 난이도가 내려갔는지, 나나와 아리사도 자기 요리를 나눠주며 교류했다.

그 밖에도 요리를 만들라고 카리온 신과 마이야 무녀장이 의뢰를 하기에, 신전 도서관의 열람 허가와 맞바꾸어 식재료를 꺼내 대응했다.

"맛나, 맛나~?"

"이건 아주 아주 맛있는 거예요!"

"동의. 방금 전과 다른 미식."

어째선지, 타마와 포치가 카리온 신과 함께 식사를 하고 있다.

카리온 신이 허가를 했기 때문에 마이야 무녀장과 신관은 아무 말 못하는 모양이다.

"장어덮밥에는 이 가루를 뿌리면 맛있다고 고합니다."

"따끔하다."

"너무 뿌렸어요. 조금 덜게요."

나나의 말을 듣고 산초를 우수수 뿌린 카리온 신이 표정을 찌푸리자, 다음 요리를 날라온 루루가 여분의 산초를 작은 그릇에 덜어냈다. 행동이 늦어진 마이야 무녀장이 굉장히 아쉽다는 표정을 지었다.

"양의 힘줄 고기로 만든 조림입니다. 씹는 맛이 근사하니, 맛을 보시죠."

"딱딱하다. 이 몸의 턱은 그 정도로 강하지 않다고 알아야 함."

좋아하는 요리를 부정당한 리자가 조금 쓸쓸해 보인다.

나중에 같이 먹어줘야겠군.

"어쩐지, 경계한 게 바보 같아."

프라이팬을 휘두르는 내 옆에서 아리사가 투덜거렸다.

"그 편이 좋잖아."

누가 큰 부상을 입은 다음에 후회하기는 싫으니까.

정신 마법 대책용의 장식품 덕분일까? 식사하면서 몇 번인가 카리온 신의 언령이 튀어나왔는데, 우리 애들은 거의 영향을 안 받았다.

효과를 확인했으니, 가능하면 조금 더 성능을 올린 장식품이 있으면 좋겠다.

"그렇네. 선입견 탓에 조금 시야가 흐려졌을지도 몰라."

그리고 보니 아리사의 꿈결에서 「나 말고 다른 신이나 『신의 사도』를 만나면 조심해라」, 「내 힘을 이어 받은 자를 발견하면 반드시 공격할 테니까, 나 말고 다른 신이나 『신의 사도』를 만나면 전력으로 도망치거나 전력으로 저항해라」라고 했었다지.

하지만 실제로 카리온 신은 아리사를 보고도 딱히 신경 쓰는 기색이 없었다.

금발 가발로 전생자의 증거인 「보라색 머리칼」을 감추고 있지만, 다른 사람의 생각을 읽을 수 있는 카리온 신이 그런 시시한 걸로 속아 넘어갈 것 같지는 않아.

더욱 말하자면, 파리온 신에게 감사의 말을 들었을 때도 아리사는 옆에 있었다.

두 가지 사례를 비추어 보면, 아리사의 꿈결에 나타난 존재가 더 의심해야 할 상대일지도 모른다.

"—카리온 님!"

마이야 무녀장의 외침에 돌아보자, 카리온 신이 테이블에 엎어져 있었다.

뭔가 몸에 안 맞는 재료라도 써버렸나?

"걱정 없다. 이 몸을 성역으로 옮겨라."

카리온 신이 갈라진 목소리로 마이야 무녀장에게 명했다.

"최적화를 위해 자전 주기 3회 정도 잠든다. 너희들의 경건한 기도가 최적화를 촉진함을 알아야……."

졸음을 참는 것처럼 목소리를 짜낸 카리온 신이 마지막까지 말하지 못하고 잠에 빠졌다.

　일단 사흘은 잠들어 있을 거라니까, 그 동안 이 나라에서 하려던 일들을 해야겠군.

◆

　"상당히 성황이군."

　"그렇네, 형."

　오늘은 여러 가지 일이 있었으니, 동료들을 재운 다음에 살짝 기분전환을 하려고 밤의 주점에 왔다. 혼자서 마시러 가기도 좀 그래서, 잠들지 않은 목각 기술자 형제도 불러봤다.

　가볍게 귀를 기울이자, 주점의 화제는 다양하지만 카리온 신의 강림 이야기는 없었다. 아직 거리에는 퍼지지 않은 모양이다.

　"이봐, 조페. 무한으로 술이 나오는 술통 좀 만들어줘."

　"그게 되겠냐, 멍청아! 무슨 잠꼬대를 하고 앉았냐!"

　자리에 앉자마자, 옆 자리와 그 맞은편 자리의 취객이 싸우기 시작했다.

　"크하하하. 변형시키는 재주밖에 없는 남자한테 무리한 소리 하지 마."

　"그렇고말고. 무의미한 변형 기구밖에 못 만드는 무능한 녀석이 쓸만한 마법 도구를 만들 수 있을 리 없지."

　"이런 변형남이 있으면 『예지의 탑』을 품은 카리스오크를 변태 소굴로 착각하는 사람이 있을 지도 모른다니까."

―변형?

"혹시, 조펜테일 박사인가요?!"

맞은편 자리의 취객에게 말없이 뛰어들려던 인물의 손을 붙들고 물었다.

당혹하는 그의 옆에 조펜테일이라는 이름이 AR표시로 떴다.

"그, 그렇긴 한데, 넌 누구야?"

"시가 왕국에서 관광 부대신을 맡고 있는 사토 펜드래건 자작이라고 합니다."

"다른 나라 귀족님이 나한테 무슨 용건이지?"

"파리온 신국에서 만난 당신의 작품에 감명을 받아서, 부디 본인을 만나 이야기를 듣고 싶어서 찾아왔습니다."

조펜테일 씨는 내 말을 반신반의하는 기색이었다.

"이보슈, 귀족님. 이런 변형시키는 것『밖에 못하는』장난감만 만들 줄 아는 부스러기 마법 도구사보다도, 내가 훨씬 굉장한 마법 도구를 만들 수 있어."

"그럼그럼. 이 녀석은 마법 도구 협회의 오점이라고. 오늘도 어리석기 짝이 없는 변형의 연구에 돈을 내라고 협회에 조르러 갔다가 문전박대를 당했을 정도거든."

아무래도 조펜테일 씨를 험담하던 남자도 마법 도구사였나 보다.

"뭘 알지도 못하는 그따위 협회는 이쪽이 사양이다."

조펜테일 씨가 오는 말에 가는 말로 외쳤다.

"그러면, 제가 출자를 하죠."

"당신이?"

의심스럽게 묻는 조펜테일 씨에게 「네」하고 대답했다.

"마법 도구의 연구에 필요한 액수를 알고는 있어? 금화 열 닢이나 스무 닢 정도로는 부족하거든?"

"저도 마법 도구의 연구를 하고 있어서 시세는 알고 있습니다. 필요한 액수를 말씀해 주시면, 준비를 할게요."

파리온 신국에서 입수한 그의 「변형」마법 도구를 분해해 봤는데, 내가 모르는 기구나 본 적도 없는 마물소재 활용방식을 하고 있어서 배울 점이 대단히 많았다.

금화 1,000닢이나 2,000닢 정도라면, 두말없이 출자할 가치가 있어.

"그러면, 금화 300닢이야. 그만큼 준비를 해준다면, 시가 왕국에 가주지!"

어이쿠. 시가 왕국에 와주는 건가? 그러면 「회전광」 쟈하드 박사를 소개해서 어떤 화학반응이 있는지 보고 싶은데.

"그러면, 우선 금화 300닢을 먼저 드리겠습니다. 자세한 얘기는 내일, 공방에 찾아가서 하죠."

내가 말하면서 금화가 든 주머니를 테이블에 올려놓자, 조펜테일 씨는 물론이고 그에게 시비를 걸던 마법 도구사들까지 턱이 빠져라 입을 벌리며 놀라고 있었다.

에이. 마법 도구사라면 이 정도는 익숙할 거 아냐.

"오늘은 좋은 날이로군! 내 예술품을 이해해주는 녀석이 있는 게 이렇게 기쁜 일인 줄 몰랐다! 장소를 바꾸지. 좋은 주점이 있어."

조펜테일 씨가 내 팔을 잡고 이끌기에 자리를 떴다. 목각 기술자 형제를 방치했다는 걸 깨달았는데, 그들은 이미 다른 테이블에서 다른 나라의 목각 기술자들과 뜨겁게 조각 이야기를 나누고 있었다.

"점원 누나. 이걸로 저 테이블 계산을 부탁해요. 남을 것 같으면 주점 여러분에게 술을 내주세요."

"형씨, 통이 크구만!"

급사 여자애한테 금화 몇 닢을 건네고, 팁으로 대은화를 건넸다.

주점에 가자고 내가 먼저 말을 꺼내고서는 방치해 버린 형제에게, 사소하지만 사과가 되면 좋겠군.

"여어, 조페. 협회 쪽은 역시 꽝이었나?"

"갑자기 꽝이었다고 단정하지 마라."

"하지만 꽝이었지?"

조펜테일 씨의 안내를 받아 주점에 들어가자마자, 그와 비슷한 연배의 남자들이 친근한 느낌으로 맞이해 주었다.

AR표시에 따르면 그들도 마법 도구사나 연금술사인데, 「분해 박사」나 「폭발 박사」라는 불명예 같은 징호를 가지고 있었다.

"협회는 꽝이었지만, 출자는 받았다."

조펜테일 씨가 말하고 나를 박사들에게 소개해 주었다.

"시가 왕국의 귀족님이 조페를 스카우트하다니."

"이거야 원, 불우 박사 모임도 한 명 줄어버리는군."

투덜대는 박사들에게 이야기를 들어보니, 그들도 하나의 장르를 너무 파고들어서 상품화는커녕 이해자마저 제대로 없는 상황이라고 한다.

연구 내용을 들어봤는데, 다들 흥미로운 연구를 하고 있었다. 특히「폭발 박사」는 실험에 막대한 마력이 필요하다는 것과 제어불능이라는 점을 제외하면, 군사국가에서 초빙을 해도 괜찮을 정도의 선진적인 연구를 하고 있었다.

물론 부엌에서 핵병기 연구를 하는 거나 마찬가지인 상황이라서, 좀처럼 이론의 실증을 못하는 모양이다.

전에 시가 왕국의 금서고에서 입수한 핵폭발 같은 금주와 흡사한 이론을 쓰고 있는데, 그의 연구가 진행되면 금주와 같은 성능의 병기가 생길 것 같아서 무섭다. 가능하면 진척상황을 확인할 수 있는 곳에서 연구를 해주면 좋겠군.

"괜찮으시면, 여러분도 시가 왕국에 오시겠어요?"

내가 제안하자, 다섯 명의 박사들이 모두 시가 왕국으로 이적을 승낙해 주었다.

에치고야 상회에 부탁해서 그들을 받아들일 자리를 준비하고, 다른 곳에 피해가 가지 않는 실험 장소를 확보해야지.

그 날은 해가 뜰 무렵까지 박사들과 조수들까지 불러 술을 마셨는데, 그 연회 도중에 키메라 대책의 아이디어를 들을 수 있었다.

"물에 섞은 주스를 분리할 수 없다면, 주스 맛이 안 날 때까지 물을 섞는 건 어때?"

"키메라 인자를 깎아내고, 사람의 인자를 주입한다는 건가?"

"그래. 옛날에 탑주님의 서고에 있던 고대 라라키에 왕조 시대의 서적에서 본 적이 있어."

"그거 흥미롭네요."

라라키에 왕조 시대의 서적이라면 짚이는 곳이 있다.

오랜만에 낙원섬에 가봐야겠군. 카리온 신이 눈을 뜰 때까지는 사흘이나 시간이 있으니까.

◆

"주인님, 『예지의 탑』 접수처에 편지를 건네고 왔어."

"마스터, 카리스오크에서 제일 좋은 여관에 방을 잡았다고 보고합니다."

날이 밝을 때까지 마시고 아리사와 미아에게 과음을 했다고 혼난 다음, 아리사와 나나에게 사소한 심부름을 부탁했다. 펜드래건 자작의 공적인 체류 장소를 여관으로 변경하는 게 목적이다.

"접수처에 있던 높은 사람 얘기로는『탑주님은 긴급 안건에 매달리게 될 테니까, 당분간 면담할 수 없다』라고 했어."

"대도서관에 들어가지 못하는 건 유감이지만, 면담을 안 하고 넘어갈 수 있는 건 불행 중 다행이네."

신의 강림은 역사적 사건인 모양이니까, 내가 연관된 게 퍼지면 귀찮아질 것 같아서 신전에 있는 나와 「예지의 탑」에 나타난 시가 왕국의 사토 펜드래건 자작은 다른 사람이라고 꾸밀 생각이다.

다행히도 이 나라에 온 뒤 사토라고 밝힌 건 탑의 문지기와 카리온 신과 박사들 밖에 없으니까, 아직 얼버무릴 수 있을 거야.

대도서관 쪽은 에치고야 상회의 카리스오크 지점을 만들었을 때 쿠로로서 열람 허가를 받으면 되겠지.

"그러면, 이 나라에 있는 동안 되도록 나를 사토라고 부르면 안 돼."

"응, 알았어."

동료들 사이에서 내 이름을 부르는 건 미아뿐이다.

"그러면, 신전 도서관에 가자."

내가 말하고, 동료들과 함께 어제 입관 허가를 받은 신전 도서관으로 갔다.

만약을 위해서, 어제와 마찬가지 패션으로 얼굴이 들키지 않도록 했다.

"책이 잔뜩 있는 거예요."

"오우, 그레이트~?"

신전 도서관에는 잔뜩 서가가 늘어서 있었다. 2층이나 3층에도 대량의 장서가 있는 모양이다.

우리는 예배당 주염상의 받침대에 적혀 있던 연구 테마에 대해서 찾으러 왔다.

"아이들용 그림책은 이쪽입니다."

"네, 인 거예요."

"볼래래~."

사서가 말하자, 포치, 타마, 나나 셋은 그림책 코너로 이동했다.

"종교 계통 책은 거북해."

"신전 요리의 책이래요! 8권이나 있어요."

보아하니, 루루는 흥미를 끄는 책을 발견한 모양이다.

"있어."

"주인님. 미아가 주염상 관련 연구서를 발견한 모양입니다."

미아와 리자가 부르는 곳으로 가자, 끈으로 제본된 책이 서가 3개 분량을 채우고 있었다.

"여기서 찾는 건 어렵겠어."

"그렇지도 않아."

나는 아무도 안 보는 사이를 틈타서, 마법적인 사이코 키네시스인 「이력의 손」을 뻗어 책장을 통째로 스토리지에 회수하고 광학 문자 판독 기능을 이용해 문자열로 문장을 검색하여 읽고 싶은 서적을 찾아냈다.

"뭔가 치사한 방법이야."

"그래도 편리하잖아?"

"그건 부정 못하겠네."

아리사가 어깨를 떨군 다음, 서적을 손에 집었다.

"우~응, 사가 제국어로 적혀 있는 건 그럭저럭 읽을 수 있지만, 내해 공통어나 프루 제국어로 적힌 건 단어밖에 모르겠어."

"응, 난해."

그러고 보니 번역 반지는 대화만 되는 거였지.

"그러면, 나중에 번역해줄 테니까 내가 말하는 타이틀 중에 신경 쓰이는 게 있으면 말해봐."

나는 그렇게 말하고 타이틀을 읽었다.

아리사와 미아가 요청한 책이나 나 자신이 흥미가 생긴 책 몇 권을 「녹화」 마법으로 촬영하고, 사사삭 읽은 개요를 두 사람에게 말했다.

"우~응. 학술적 근거가 뒷받침되지 않는 게 많네."

"맥 빠져."

두 사람이 바라는 새로운 주문의 힌트가 될 법한 학설이 없다는 것에 불만인가 보다.

나로서는 논문 「원시 마법이 현대 마술로 변천하는 과정과 차이점」에서, 현대의 마법이 신들이 내려준 것이며, 그 이전에는 지금의 마법과 완전히 다른 「원시 마법」이 있었다는 걸 안 것만으로 충분히 수확이었다.

물론 그 현대의 마법이 논문 「현대 마술과 마신의 관련성에 대해서」에서는 일곱 신들이 아니라 마신이 내려준 것이 아닐까 호소하고 있는 건 조금 억지라고 생각한다. 증거로 몇 가지 유적의 비문을 들고 있지만, 나중에 조사해본 바로는 신화시대보다도 훨씬 새로운 시대에 만들어진 걸 알았기 때문이다.

같은 저자의 논문 「레벨과 스킬은 창세시에는 존재하지 않았는가?」에서도, 이 세계에 존재하는 레벨과 스킬이라는 신비로운 능력이 창세시에는 존재하지 않았고 후세에 신들이 만든 것이 아닐까 적혀 있는데, 그것을 내려준 것이 마신이 아닐까 적혀 있었다. 그 근거는 창세시기 뒤에 나타난 신이 마신밖에 없다는 것이었다.

"—오. 이 책은 어때?『천벌에서 보는 신들의 마법』이라는 게 있어."

"흥미."

"에~ 또 수상한 종교 이야기 아냐?"

"아니. 천벌은 정말로 있었다고 해."

단어는 조금 다르지만, 카리온 신이 「신벌」에는 「방대한 신력 코스트가 필요」하다고 했었다. 세리빌라의 미궁 하층에 사는 전생자 무쿠로도 그런 이야기를 했었다.

"어떤 효과인데?"

"이 근처에 있었던 고대 제국에서 천재지변이나 기후 변동을 일으켰다고 하는데."

"고대 제국이라면 프루 제국?"

"이 기술을 보니까, 프루 제국하고는 다른 제국인가 봐."

전에 무쿠로에게 들은 이야기와 부합되니까, 그가 세운 제국이 틀림없어.

"그 밖에도 금기를 범한 작은 도시국가에서, 도시가 통째로 사람이랑 건물까지 전부『소금 기둥』으로 변해버렸다는 사안도 있어."

이건 토사 아래서 소금이 된 도시가 발굴됐다고 한다.

지금은 주변 국가의 염전 대신 쓰이고 있다는 코멘트가 야박하군.

"요람이 붕괴하는 걸 봤을 때도 생각했는데, 어떤 화학변화가 일어나면 그렇게 되는지 수수께끼야."

그러고 보니 「토라자유야의 요람」도 마지막에 소금 덩어리로 변화해서 무너졌었지.

"화학?"

고개를 갸웃거리는 미아에게 아리사가 화학이 무엇인지 가르쳐주었다.

"아리사, 미아, 이 연구서의 별책이 『예지의 탑』 금서고에 있나 봐. 그쪽에는 천벌을 현대 마법으로 재현하려고 한 연구가 적혀 있다는데."

"헤~ 뒤숭숭하지만, 조금 흥미가 생기네."

"응."

그렇게 간단히 열람 허가가 나오진 않겠지만, 가능성은 제로가 아니다.

그밖에 신경 쓰인 책을 읽고서, 점심때가 되어 신전 도서관의 조사를 마쳤다.

그리고, 그림책 코너에서 문자를 읽을 수 없는 우리 애들 대신 사서가 책을 읽어주고 있었다. 나중에 답례로 맛있는 과자를 보내야겠는걸.

"—사도님. 여기 계셨습니까."

신전 도서관을 나온 참에 성실한 신관을 만났다.

"신관님. 저는 사도 같은 거창한 존재가 아닙니다. 단지 목각 기술자이며 요리사라고 생각해 주세요."

"아뇨. 사도님은 카리온 님이 수육하신 그릇을 창조하고, 신의 사도로서 행동하셨다고 들었습니다. 당신을 부디 카리온 중앙신전의 성자로서—."

"그보다도, 저에게 뭔가 용건이 있어서 찾으신 건 아니신지?"

이야기가 귀찮은 방향으로 나아갈 것 같기에, 예의가 없는 걸 알면서도 상대의 말을 가로막았다.

"그렇습니다. 제 상사인 대주교님께서, 사도님께 뭔가 요망이 없는지 물어보라고 하셔서 찾아왔습니다."

—요망이라. 신전 도서관의 열람 허가는 이미 받았고, 딱히 없네.

그 때, 아리사가 날 대신해 입을 열었다.

"그러면, 『예지의 탑』에 있는 대도서관이나 금서고의 열람 허가를 받을 수 있을까? 조사를 하라고 들은 일이 있는데, 신전 도서관에는 필요한 책이 없었어."

"이럴 수가! 그러한 사명이 있으셨군요! 곧장 대주교님께 전해서 열람 허가를 받아 오겠습니다."

아리사가 착각을 유발하는 식으로 말한 탓인지, 성실한 신관이 서둘러서 대주교에게 달려갔다.

카리온 중앙신전에는 교황이나 추기경이 없고, 대주교가 최고위 성직자인 모양이다. 카리온 중앙신전의 대주교는 신전장의 직위도 겸임하니까 신전장이라고 부르기도 하는 모양이다.

복도에서 기다리는 것도 좀 그러니까, 어제 밥을 먹은 식당에서 점심을 먹으며 기다리기로 했다.

"우왓. 의자랑 테이블이 성유물이 되어 있어."

"예스, 리자. 사용한 식기도 장식되어 있다고 고합니다."

카리온 신이 식사에 사용한 테이블 주위에는 로프를 쳐서 출입 금지가 되었고, 그 주위에서 신전 관계자가 엄숙한 표정으로 기도를 하고 있었다.

"높은 사람은 없네. 신이 최초로 식사를 한 쪽의 식당에 있을까?"

"아니, 성역에서 잠든 카리온 신 주위에서 기도를 바치고 있나 봐."

나는 맵 검색으로 안 정보를 아리사에게 알려줬다.

혼잡한 식당에서 점심을 먹을까 밖에 먹으러 나갈까 망설이고 있는데, 성실한 신관이 숨 가쁘게 달려서 돌아왔다. 이 장소를 가르쳐주지도 않았는데 대단하네.

"사도님. 기다리시게 해서 죄송합니다. 대도서관의 열람 허가는 금방 받았습니다만, 금서고는 저 같은 평신관은 허가를 받을 수 없었습니다. 이제부터 대주교님께 부탁해서 탑주님께 말씀드리겠습니다."

"신관님과 대주교님께 감사드립니다."

어젯밤 신관들의 태도를 생각하면서 신관에게 인사를 했다.

고급 신관용 식당에서 점심을 다 먹을 무렵에, 성실한 신관이 금서고의 열람 허가를 받았다고 가르쳐줘서 곧장 실례하기로 했다.

　유감이지만 다 같이는 무리여서, 아리사와 미아만 데려가고 다른 애들은 식재료 탐색이란 명목으로 군것질 하고 오도록 지시했다.

　"정말로 신관복이면 될까요?"

　"네. 사제님이나 주교님의 옷은 서적을 찾기에는 좋지 않으니까요."

　이번에는 카리온 신의 사도 신분으로 「예지의 탑」을 방문하는 거라, 나는 신관복을 입고 아리사와 미아는 수습 무녀의 복장으로 갈아입었다. 나랑 아리사는 얼굴이 알려져 있으니까 후드를 깊숙이 눌러썼다.

　성실한 신관의 선도를 받아 「예지의 탑」 정문을 통과했다.

　거탑의 기초 부분에 있는 건물에 들어가자, 엔트랜스 홀이나 통로 여기저기서 학자나 학도들이 의견을 나누는 광경이 보였다.

　『프루 제국 시대의 서적에 따르면, 불 지팡이에 구축해 넣는 마법진은――』

　『현재의 마력포와 마도왕국 라라기에 있는 마포는 마력 공급량 말고도 중요한 차이가――』

　『금기로 여기는 사령술을 이용하면, 인적 자원을 소비하지 않고 마물의 영역을 개척할 수 있다고 나는 주장한다!』

　『사막 지대에서 물 광석을 이용해 효율적으로 물을 생산하려면, 촉매로서 말머리 물고기의 갈기를――』

학문의 장치고 군사적으로 쓸 수 있는 기술에 대한 의논이 많네.

아마 마물의 위협이 있으니까, 도시의 방위력을 강화하기 위한 군사 기술이 현대와 다른 의미로 가까운 거겠지.

"봐."

"여기에도 주염상이 있네."

신전에 있던 것과 같은 주염상이 여기저기 설치되어 있었다.

"네. 본래는 카리온 님의 시련에 이용하기 위한 신구였습니다만, 지금은 장로회나 현인회에서 차세대에 남겨야 한다고 판단된 논문의 서문이 받침대에 새겨져 있다고 합니다."

"잘 아시는군요."

"저는 성직자가 되기 전에는 롭슨 도사 아래서 학자로 있었으니까요."

젊었을 무렵은「예지의 탑」에서 일한 적도 있다고 한다.

"이제부터 사도님은 금서고에 들어가기 전에 탑주님을 만나셔야 합니다."

"탑주와 면회인가요?"

"네. 실제로 사도님과 만난 다음에 금서고에 입실 허가를 내린다고 하셨어요."

"알겠습니다."

그건 반쯤 예상했기 때문에 얌전히 대답했다.

"엘리베이터."

탑의 1층에 고풍스런 엘리베이터가 여러 개 있었다.

"잘 아시는군요. 탑의 역사서를 보면 엘프들의『엘리베이터』

를 모방해서 만들었다고 합니다. 탑에서는 승강기로 부르고 있습니다."

"엘프라면 보르에난 숲인가요?"

"아뇨. 브라이난 씨족의 엘프라고 전해집니다. 십 수 년에 한 번, 엘프인 세베르케아 님이 정비 상황을 확인하러 오십니다."

오 그리운 이름이네.

미궁도시 세리빌라에서 탐색자 길드장의 상담관을 맡고 있는 세베르케아 씨의 이름을 이런 곳에서 들을 줄은 몰랐다. 그녀는 브라이난 숲이 고향이었을 테니까 동일인물이 틀림없어.

드라이어드의 전이를 이용하는 거겠지만, 풋워크가 상당히 가볍군.

"이 벨을 울리면 문이 열립니다."

성실한 신관이 아날로그 도어벨을 딸랑딸랑 울리자 승강기의 문이 열렸다. 마법 장치가 감지를 하는 게 아니라, 평범하게 엘리베이터 안내원이 타고 있었다. 안내원이 남성이니까 엘리베이터 보이라고 해야 할까?

"이 승강기는 상층 전용입니다. 허가증은 있으신지요?"

"네, 여기에."

"타, 탑주님의 초대장?!"

성실한 신관이 내민 카드를 보고, 엘리베이터 담당이 놀란 소리를 내더니 우리를 승강기 안으로 들였다.

나이든 승객이 많은 건지, 승강기 안에는 앉기 딱 좋은 벤치가 준비되어 있었다.

"올라갑니다. 처음이신 분은 난간을 잡아 주세요."

엘리베이터 담당이 땡땡 벨을 울린 다음에 승강기를 상승시 켰다.

승강기의 조작은 여기서 하는지, 엘리베이터 담당이 복잡한 마법장치에 마력을 주입하면서 상승 속도를 제어하는 걸 보고 있었는데—

"바깥."

"주인님, 여기 좀 봐."

돌아보자, 유리로 된 둥근 창에서 바깥 풍경이 보였다.

탑 옆을 비상목마로 지나가던 미녀가 아리사와 미아에게 손 을 흔들고 갔다.

"상당히 절경이군요."

"네, 근사합니다."

물론 경치 얘기다.

결코 마녀의 가슴이 풍만했기 때문도, 스커트가 뒤집혔기 때 문도 아니다.

그러니까 미아와 아리사는 「길티」라고 하면서 좌우에서 밀치 는 건 그만해줄래?

그러는 사이에 승강기가 상승을 마치고, 탑주가 있는 계층에 도착했다.

3층 높이 정도 천장이 트인 홀이 있고, 홀에는 고레벨 마법사 들이나 마법 검사들 몇 명이 대기하고 있었다.

동료들 정도의 실력자는 없지만, 레벨 40급인 사람들이 종종 보였다.

탑주 보좌관이라는 청년의 안내를 받아 나선 계단 위에 있는 탑주의 집무실로 안내를 받았다.

"탑주님, 카리온 신의 사도를 데리고 왔습니다."

집무실에는 사람 좋아 보이는 하얀 수염 할아버지와 타이트 스커트가 잘 어울리는 비서 같은 거유 미녀가 있었다.

보통은 노인이 탑주겠지만, 그게 착각이라는 것을 AR표시가 알려주었다.

"처음 뵙겠습니다, 탑주님."

내가 미녀에게 인사하자, 그녀가 즐겁게 홍소했다.

눈빛만 봐도 보통 사람이 아니니까, AR표시가 아니라도 보통 비서가 아니라는 건 일목요연했어.

"역시 대단하군. 최고 랭크의 인식저해 아이템으로 은폐한 것을 한눈에 꿰뚫어볼 줄은 몰랐다."

미녀가 성큼성큼 이동하더니, 노인이 일어선 호화로운 의자에 앉았다. 다리를 꼰 모습이 참으로 섹시하군. 꼭 스타킹을 선물하고 싶은 각선미였다.

"잘 왔다, 사도 나리. 내가 탑주인 라마 카리스오크다. 이 하얀 수염은 필두 제자인 카류. 겉보기에는 현자 같으니까 대외적인 일은 적당히 이 녀석에게 시키고 있다. 무슨 일이 있으면 이 녀석한테 부탁하면 돼."

젊은 모습의 라마 여사가 노령의 카류 씨를 제자라고 말하는 것에 위화감이 느껴지지만, 실제 나이를 알면 그렇게 신기할 것도 없다. 그녀는 겉보기에 20대 중반이지만, AR표시에 나타난 그녀의 나이는 300세를 넘고 있었다.

참고로, 라마 여사와 카류 씨는 파리온 신국의 솔리제로와 마찬가지로 현자라는 칭호를 가졌다. 라마 여사는 레벨이 57이고 술리 마법과 바람 마법을 쓴다. 카류 씨는 레벨 49에 술리 마법과 벼락 마법을 쓴다. 둘 다 상당한 술자였다.

"금서고를 열람하고 싶은 이유를 물어봐도 될까?"

질문과 동시에 라마 여사 쪽에서 살기가 날아왔다.

나는 아무렇지도 않았고, 신을 상대하느라 정신 마법 대책용 장식품을 장비한 아리사와 미아도 태연해 보인다.

"사람을 돕기 위해서입니다."

내가 살기를 신경 쓰지 않고 태연하게 대답하자, 라마 여사가 말하며 수긍했다.

"그렇군— 셋 다 겉으로 보이는 나이가 아니군."

"정확합니다."

우리 나이가 겉보기와 다른 건 사실이니까 딱히 이견이 없다.

풀썩 소리가 나기에 돌아보자 성실한 신관이 실신했고, 소리를 들은 사용인이 다가와 그를 보살펴주었다.

시선을 되돌리자 카류 씨도 안색이 안 좋다. 라마 여사는 경로 정신이 부족하군.

"알았다. 열람 허가를 주지. 그러나, 여기서 알게 된 정보를 밖에서 떠들고 다니는 건 금지한다. 본래는 계약 마법으로 묶는 것이 룰이지만, 신의 사도를 묶을 수 있을 거라 생각할 정도로 자만하지는 않아. 당신들의 신에게 맹세한다면, 그걸 믿지."

"맹세해."

"나도 맹세할게."

내 신은 누구지?"

무교니까 딱히 신봉하는 신이 없는데.

"당신은? 카리온 신에게 맹세할 수 있나?"

"네, 맹세합니다."

그러고 보니 카리온 신의 사도란 설정이었지.

"카류. 금서고에 안내해줘라. ―대량 살육 마법이나 『신의 금기』에 대한 연구에는 접근시키지 마라."

라마 여사가 카류 씨에게 명했다.

후반의 속삭이는 소리는 엿듣기 스킬로 아슬아슬하게 들리는 음량이었다.

신의 금기에 대한 연구는 조금 신경 쓰이지만, 섣불리 알았다가 카리온 신에게 전해지면 큰일날 것 같으니까 이번에는 어쩔 수 없이 넘어가야겠다.

"응."

"없네."

"가까운 건 있는데 말야."

흥미로운 자료가 많았다. 아리사와 미아가 읽고 싶어하던 마법 관련 사전이나 보기 드문 마법서나 연금서도 풍부했다. 개중에서도 대륙 서방의 마물 소재에 관한 서적은 볼만한 부분이 잔뜩 있었다. 다만 정작 키메라들을 고치는 수단이 발견되지 않았다.

"뭘 찾으시는지?"

"고대 라라키에 왕조 시대의 서적을 찾고 있습니다만, 여기에 없는 걸까요?"

맵 검색으로 발견되지 않으니까 아마 없을 거라고 생각하지만, 일단 카류 씨에게 물어봤다.

"그거라면, 여기가 아니라 대도서관이나 탑주님의 서고 쪽일 게야. 라라키에 관련 서적은 유적의 비문을 베낀 것이 많고, 그 이론을 뒷받침하는 것이 부족하지. 개중에는 신빙성이 희박한 기술도 있으니 무작정 믿지 마시게."

그 말을 듣고 이동한 탑주의 서고에서 목적하는 책을 발견했다.

"박사가 말했던 내용이랑 완전히 똑같네."

그보다 더 파고든 부분을 알고 싶었는데, 정작 중요한 부분이 없다.

만약을 위해 셋이 흩어져서 다른 자료를 찾아봤다. 흥미를 가진 라마 여사나 카류 씨에게 의견도 얻을 수 있었지만, 역시 키메라를 본래 인간으로 되돌리는 방법은 찾지 못했다.

찾는 도중에 이세계 소환에 관한 연구서를 발견했지만, 예상을 기반으로 한 연구라서 별다른 수확은 없었다. 역시 이건 사가 제국에 있는 용사 소환의 마법진을 보는 수밖에 없겠어.

그러는 사이에 해가 저물어서, 아쉬움을 뒤로 하고 탑을 떠나 동료들과 합류했다.

"주인님, 포치의 알이, 포치의 알이⋯⋯."

눈물 짓는 포치가 「인 거예요」도 잊고서 나한테 매달렸다.

—알?

내려다보자 포치의 배에 알 포대기가 없었다.

"시장에서 소매치기에게 도둑맞아서, 어찌어찌 범인을 붙잡았습니다만……."

붙잡는 와중에, 자포자기한 범인이 알을 땅바닥에 패대기쳐서 깨버렸다고 한다.

"범인은 어디 있지?"

"주인님, 진정해. 표정이 무서워."

아리사가 발돋움해서 내 미간을 찔렀다.

"범인은 이미 위병에게 넘겼습니다."

범인은 배상금을 지불하지 못하면 노예가 된다고 했다.

"타마, 못 지켰어. ……언니인데."

타마까지 풀이 죽었다.

듣자니, 소매치기가 포치의 알을 훔쳤을 때 굉장한 그림에 빠져 있었다고 한다.

"울지마, 포치. 알은 또 구해줄 테니까."

"새로운 알은 필요 없는 거예요. 포치의 알 아가는 이미 없는 거예요."

포치가 엉엉 울었다.

"미안, 포치."

좀 감수성이 부족했다.

공원으로 이동해서, 포치가 실컷 울게 해줬다.

우는 소리가 오열로 바뀔 무렵, 포치 앞에 쪼그려 앉은 리자가 조용히 말했다.

"포치, 잃어버린 목숨을 돌아오지 않아요."

포치가 우느라 부은 눈으로 리자를 보았다.

"포치, 당신이 할 수 있는 일은 뭔가요?"

"포치가 할 수 있는 일, 인 거예요?"

포치가 고개를 갸웃거렸다.

"그래요. 깨진 알을 위해서 우는 것밖에 못하나요?"

"무덤~?"

"무덤, 인 거예요?"

"그래요. 깨진 알을 잘 보내 줘야죠."

"네, 인 거예요. 포치가 알 아가를 위해서, 무덤을 만들어 주는 거예요."

눈물지은 눈가를 쓱쓱 닦은 포치가 일어섰다.

공원 구석에 있는 커다란 나무뿌리 부근을 파내고, 아리사가 확보해둔 깨진 알을 그곳에 살며시 두었다.

"작별인 거예요."

다 함께 한줌씩 흙을 뿌리고, 마지막으로 「알 아가의 묘」라고 새긴 작은 비석을 두었다.

묘석에 묵도를 바치고, 아리사의 요청으로 준비한 선향과 꽃을 두었다.

"—젊은 나리? 뭐 하는 거야? 이런 데서."

그곳에 에치고야 상회의 첩보원인 전직 괴도 피핀이 나타났다.

"오랜만이네, 피핀. 카리스오크에 와 있었어?"

"조금 일이 있어서."

그의 뒤에는 검은 로브를 입은 붉은 머리의 미소녀가 있었다. AR표시에 따르면 그녀는 세레나라고 하는데 「현자」솔리제로의 제자였다. 「안심동면」이라는 유니크 스킬을 가졌다. 전생자 특유의 스킬은 아무것도 없으니까, 전생자는 아닌 모양이다. 아마 「재능 건네기 의식」으로 전생자에게 유니크 스킬을 이식받았겠지.

"—알 아가의 묘?"

고개를 갸웃거리는 피핀에게 깨진 알 이야기를 했다.

"그렇군. 그거 유감인걸."

피핀이 포치의 머리를 쓰다듬었다.

"—그렇지. 대신 이거 키워볼래?"

피핀이 아이템 박스에서 꺼낸 알을 포치에게 내밀었다.

"필요 없는 거예요. 포치의 알 아가는 이제 없는 거예요."

포치는 눈앞에 있는 알을 피핀에게 밀어냈다.

"그러지 말고. 이 녀석은 미아거든. 엄마랑 헤어져버렸어."

"엄마가 없는 거예요?"

포치가 피핀을 올려다보았다.

"그래. 그러니까 엄마를 찾을 때까지 키워주지 않을래?"

포치가 시선을 알로 보냈다.

—으엑.

알 옆에 정체가 AR표시로 떴다.

"피핀. 이건?"

"알아 버렸어? —이건『백룡의 알』이야. 틀림없는 진짜인데, 난처한 놈들이 노리고 있거든……."

그렇군. 또 안 좋은 일을 꾸미는 녀석들이 있나 본데.

"아이참. 성가신 일을 떠넘길 셈이야?"

아리사가 기가 막힌 기색으로 말했다.

"그럴 셈은 없어."

"기다려. 세레나. 교섭은 내가 할게."

변명하려고 하기 전에, 그보다 미소녀가 나서려 하자 피핀이 말렸다.

"자세하게 말은 못하지만,『용의 알』을 써서 나쁜 짓을 하려는 녀석들이 있어. 그 녀석들은 우리가 어떻게든 할 테니까 사건이 해결될 때까지만 이 알을 보호해줘."

"돕지는 않아도 되고?"

"그래. 괜찮아. 감당 못할 것 같으면 쿠로 님한테 매달려야지."

"그래. 도움이 필요하면 언제든지 말해."

나는 피핀에게 말하고, 당면한 방문 예정국과 대략적인 스케줄을 전해됐다.

뭐 긴급 통지 마법 장치도 줬으니까 언제든지 쿠로에게 헬프 콜을 할 수 있을 거야.

피핀 말에 따르면 현자의 제자들 일부가 폭주를 했고, 피핀과 함께 행동하고 있는 여제자가 그것을 막기 위해 움직이고 있다고 한다.

"그렇게 됐어. 맡아줄래?"

알을 안은 포치에게, 피핀이 다시 한 번 물어봤다.

"알았어인 거예요. 포치가 알 아가를 맡아주는 거예요."

포치가 자신에게 말하듯 대답했다.

"이번에는 꼭, 꼭, 꼭 지키는 거예요."

"타마도 도와."

포치가 주먹을 쥐며 선언하고, 타마도 날카로운 표정으로 알을 보았다.

"그러면, 미안하지만 부탁할게."

피핀이 말하고, 여제자와 함께 단거리전이로 사라졌다.

오늘 밤에라도 「용의 알」을 뺏기거나 깨지지 않도록, 오리하르콘 섬유나 은피 섬유를 사용한 진심 모드 알 보호 벨트를 만들어줘야겠다.

물론 「용의 알」은 껍질 자체가 미스릴 합금을 넘어서 성룡의 비늘 이상으로 튼튼하니까 필요 없을지도 모르겠다.

◆

"—전이 완료."

피핀에게 「용의 알」을 맡은 다음날, 나는 오랜만에 낙원섬을 방문했다. 물론 동료들도 함께다.

"어머? 저건 무슨 일일까?"

"항구가 부서졌다고 고합니다."

"폭풍이라도 불었던 걸까요?"

아리사가 항구의 참상을 발견하고 알려주었다.

"사토 씨! 여러분!"

"안녕? 레이."

밭에서 돌아온 어린 소녀 — 라라키에의 옛 여왕인 레이아네가 기쁘게 소리쳤다.

뒤에서 운반용 골렘과 함께 돌아온 여동생 유네이아도 멀리서 크게 손을 흔들었다. 겉보기에는 유네이아가 언니처럼 보이지만, 레이는 어린 소녀부터 묘령의 미녀까지 자유자재로 바뀔 수 있는 반유령^{히프 고스트}이라는 종족이었다.

"유생체는 건강했나요라고 묻습니다."

"그래, 물론이야."

나나에게 리프트업을 당한 레이가 난처한 표정이다.

"자 들어와. 금방 차를 내올게. 맛있는 드라이 후르츠가 있어!"

레이가 재촉하여 다 함께 집으로 들어갔다.

"자, 선물."

"귀여운 봉제인형이랑 조명 마법 도구?"

"와왓! 언니, 이거 변형해!"

레이와 유네이아에게 조펜테일 공방제 변형 조명 기구와 인형의 나라 로도르오크에서 산 기념품을 선물했다.

"있지. 항구가 엄청난 꼴이던데 폭풍이라도 불었어?"

"아아, 그거? 폭풍은 폭풍인데."

"크라켄이 왔어. 폭풍에 떠밀려서 들어와 버렸거든. 그치,

언니."

이 낙원섬은 보르에난 숲의 엘프들이 「방황하는 바다」라는 결계 마법을 쳐두었는데, 물리적인 방벽이 아니다 보니 크라켄이 밀려온 모양이다.

"유생체는 다치지 않았나요라고 묻습니다."

"괜찮아, 나나 씨. 유네이아랑 둘이서 라라키에 본도 쪽으로 피난했었으니까."

신의 부유섬 라라키에는 이 섬 아래에 가라앉아 있다. —사실 이 섬은 라라키에에 있는 산꼭대기 부분이다.

"집이 무사해서 다행이네."

"그래. 여기는 독기가 적어서 지내기 불편했는지, 폭풍이 그치니까 금방 돌아갔나 봐."

그건 불행 중 다행이군.

"마스터, 유생체의 수호를 강화해야 한다고 진언합니다."

"그러게. 여기의 방위 설비도 조금 더 충실하게 하는 게 좋겠는걸."

"괜찮아. 여차하면 내가 언니를 지킬 거야!"

"고마워, 유네이아. 라라키에로 피난할 수도 있으니까, 그렇게 걱정 안 해도 괜찮아."

레이는 이렇게 말했지만, 역시 걱정이 되니까 두 사람의 집과 밭을 지키는 방위 기구로 비공정에 탑재한 것과 같은 「성채방어^{포트리스}」 발생 기구를 설치하고, 집의 동력원인 성수석로에 접속했다.

"그러면, 기동 테스트를 하자."

비공정의 교환용 예비장치라서 딱히 문제없이 기동됐다.

"굉장해 굉장해!"

"예스~."

"주인님의 마법 장치는 세계제이이이일인 거예요!"

유네이아가 펄쩍 뛰면서 기뻐하고, 타마와 포치가 함께 뛰었다.

팔짝팔짝 뛰는 반동으로 알 포대기가 흔들리자, 포치가 황급히 점프를 멈추고 알을 붙들었다.

"라라키에의 『천호광개』와 비슷하지만, 조금 다른 걸까?"

기동 테스트를 한 포트리스를 보고, 레이가 「천호광개」와 다른 것을 깨달은 모양이다.

"이건 포트리스라고 하는 거야. 천호광개 정도의 방어력은 없지만, 그건 이론적으로 소형화를 못하거든."

"그렇구나."

자세한 이론은 모르는 건지, 레이가 살짝 고개를 갸웃거렸다.

"이제 크라켄이나 마족이 들어와도 괜찮아."

"고마워, 사토 씨."

"감사할게, 마스터 사토."

인사를 하는 레이와 유네이아에게 포트리스 사용법과 주의사항을 알려줬다.

기본적으로 별다른 정비가 필요 없지만, 포트리스는 마력을 마구 사용하니까.

"여러분, 점심 밥 다 됐어요~."

루루가 부르기에 집으로 돌아가서, 대합이 들어간 맑은 국과 주먹밥을 먹었다.

"루루 씨의 밥은 맛있어."

"언니가 만드는 밥도 맛있어."

"고마워, 유네이아."

여전히 사이 좋은 자매군.

"그러고 보니 사토 씨. 오늘은 그냥 놀러 온 거야? 뭔가 용건이 있는 게 아니고?"

식후에 차를 마시는데 레이가 말을 꺼냈다.

보르에난 숲에 가는 김에 들를 때는 나 혼자일 때가 많으니까.

"사실은—."

나는 낙원섬 지하에 있는 라라키에 본도에서 키메라화를 치료하는 자료를 찾으러 왔다고 말했다.

"그러면 라라키에 중앙 제어핵에 물어보면 돼. 거기에는 라라키에의 모든 지식이 담겨 있으니까."

나는 레이와 함께 중앙 제어실로 이동하여 센트럴 코어에 있던 키메라화를 치료하는 방법을 알 수 있었다. 추출한 「인간의 인자」라는 걸 배양해서 주입한다는 비과학적인 내용이다. 육체를 클론 배양하고서 두뇌를 이식하라고 하는 편이 그나마 이해가 되는데.

뭐 상세한 마술 이론이나 성공한 실험 기록이 있으니까 못 믿을 건 아닐 거야.

아쉽게도 라라키에에 있는 설비로는 실현이 불가능했지만, 나나 같은 호문클루스를 조정하기 위해 쓰는 엘프들의 조정조를 개조하면 대응 가능하다는 걸 알았다.

"고마워, 레이. 이걸로 많은 사람을 구할 수 있어."

"우후후, 사토 씨한테 도움이 돼서 다행이야."

레이가 기쁘게 웃었다.

덤으로 신들과 교류가 있었다는 라라키에 왕조의 후예인 레이에게, 신을 어떻게 대하면 되는지 물어봤다.

"대하는 법? 센트럴, 뭔가 있어?"

"여왕 레이아네, 신의 정신 간섭을 막으려면 여왕의 정장을 장비하는 것을 권장합니다. 라라키에의 중요직이었던 자들이 장비했던 간이 장비도 있습니다만, 여왕의 정장만큼 효과가 있지는 않습니다."

카리온 신이 사용한 언령을, 센트럴 코어는 정신 간섭이라고 표현했다.

역시 동료들한테 정신 마법 대책용 장식품을 장비시킨 게 정답이었나 보군.

"사토 씨, 이걸로 대답이 돼?"

"그래, 대단히 참고가 됐어."

"하지만, 어째서 갑자기?"

신기해하는 레이에게 카리온 신이 강림한 것을 말했다.

"그거 굉장해! 라라키에 왕조의 긴 역사에서도 신들이 강림한 기록은 거의 없는데."

만나보고 싶은지 물어봤는데, 그건 황송하다고 사양했다.

"그러면, 정신 간섭 대책의 물건이 필요하지?"

레이가 말하고, 라라키에의 보물고에 있던 「루고의 팔찌」라는 정신 간섭 대책 장식품을 사람 수만큼 나눠주었다. 제일 효과가 높은 여왕의 정장도 주려고 했지만, 그건 아무래도 사양했다.

"고마워, 레이. 이걸로 안심하고 카리온 신과 교류할 수 있어."

레이에게 인사를 하고 지상으로 돌아왔다.

아직 시간이 있기에 레이와 유네이아에게 대륙 서방 소국의 여행기를 들려주고, 그녀들이 흥미를 보인 서방 소국의 요리를 대접했다.

"매워. 언니! 이거 굉장히 매우니까 조심해야 돼."

"고마워, 유네이아. 이건 달콤하니까 먹어보렴."

"이 꿀 바른 토란도 달콤해서 맛있어요."

"새우 맛나~?"

"정말이네, 전부 다 아주 맛있어."

"유생체, 새우 껍질을 까준다고 고합니다."

동료들과 함께 있는 레이와 유네이아가 참 즐거워 보인다.

앞으로는 조금 더 자주 찾아와야겠는걸.

나는 조금 반성하면서, 낙원섬에서 하루를 즐겼다.

법국

"사토입니다. 음식이 맛없다는 나라에도 맛있는 요리는 잔뜩 있습니다. 처음에는 미각에 안 맞던 요리도 머무는 기간이 끝날 무렵에는 혀가 익숙해져서 맛있어진단 말이죠."

"아무 말 없이 나와도 되는 건가요?"

"긍정. 신은 사람의 사정에 좌우되지 않는다."

우리는 카리온 신과 함께 도시국가 카리스오크를 출발하여, 반도 연안을 빙 도는 항로로 나아가 쉐리퍼드 법국을 향하고 있었다.

낙원섬에서 지낸 다다음날에 카리온 신이 눈을 뜨더니, 언령으로 진정시킨 신관들을 내버려두고는 나라를 떠났다. 그때 카리온 신에게 부탁해서 나랑 동료들에 대해 다른 곳에 말하지 말라고 언령으로 명해줬으니까 이후의 우려는 없었다.

만약을 위해 카리온 중앙신전에서 신관복과 외투를 받아왔으니, 갑판을 돌아다닐 때는 그걸 입었다.

"금서고랑 대도서관을 조금 더 보고 싶었는데."

"응, 유감."

"또 가면 되지."

낙원섬에서 귀환하여 카리온 신이 눈을 뜨기 전까지, 금서고와 대도서관에서 마음에 든 책을 잔뜩 촬영했으니까 장서의 3할 정도는 언제든지 읽을 수 있다.

어수선하다 보니 도시국가 카리스오크에서 명물 젤리 「지식 신의 샘, 용암식, 화원 풍미」를 못 먹었다. 다음에 왔을 때는 꼭 모두에게 먹여줘야지.

"주인님, 키메라화의 치료는 언제쯤부터 할 거야?"

"일단 동물 실험을 한 다음에."

갑자기 본격적으로 하는 건 무섭다.

"뉴!"

타마의 귀가 움찔 움직였다.

"용이다! 적룡님이 온다!"

메인 마스트의 감시원이 외쳤다.

그 목소리보다 살짝 늦게, 내 레이더 밖에서 순식간에 적룡이 접근했다.

순식간에 고속 범선 옆을 지나간 적룡이, 저 먼 곳을 선회하면서 이쪽을 보았다.

"어, 어떻게 된 거야?! 어째서 적룡님이 우리를 공격하나!"

"내해의 수호자가 배를 덮친단 얘기는 들어본 적이 없다!"

선장과 상인이 겁을 먹고 외쳤다.

"포치가 가진 알 때문일까?"

"그럴지도 모르지."

포치가 가진 알은 「백룡의 알」이지만, 「용의 알」을 가진 걸 감지했다면 흥미를 가져도 이상할 것 없었다.

다른 사람들이 보는 곳이 아니었으면 천구로 하늘을 날아 적룡을 설득할 수 있는데 말이지.

"큰일난 거예요!"

"에머젠시~?"

아리사의 말에 놀란 포치가 알을 감싸며 몸을 웅크렸다. 타마가 요정가방에서 꺼낸 작은 방패를 장비하면서 포치를 감싸는 위치에 섰다.

둘에게서 반드시 알을 지킨다는 강한 의지가 느껴졌다.

"온다!"

적룡이 급속하게 접근한다.

여차하면 팔랑크스로 막으려고 앞에 나서는 나를 가로막는 자가 있었다.

―카리온 신이다.

내 앞에 선 카리온 신이 주색 오라를 몸에 둘렀다.

"불경. 속히 물러가야 함."

외치는 것도, 강하게 명하는 것도 아니고, 담담하게 고했다.

―GYZABBBBSZZZZZZZZZZZ!

적룡이 외치면서 날아갔다.

"뭐라고 한 거야?"

"지금 그건 용어가 아냐. 그냥 포효야."

적룡이 조금 떨어진 장소에서 몇 번 선회한 다음 하늘 너머로 날아갔다.

신의 권위에 물러난 느낌일까?

◆

"곶이 보여. 저기가 반도 끝이야?"

"그래. 저게 북쪽 연안에서 이어지는 쌍둥이 반도의 끄트머리. 저쪽에 육지가 보이지? 저기가 남쪽 연안에서 뻗어가는 영웅 반도야."

적룡과 니어 미스한 다음날, 우리는 반도 둘이 가장 근접하는 내해의 난관 중 하나에 도달했다.

"여기가 난관이야?"

아리사가 말한 순간, 배가 크게 흔들렸다.

"꺄."

"우웅."

루루와 미아가 비틀거리기에 지탱해줬다.

"꺄아~ 배가 흔들렸어~."

아리사가 국어책 읽기로 말하면서 나를 끌어안았다.

뭐 조금 고의적이지만, 배의 흔들림이 잦아들 때까지는 그대로 두자.

"부자연스러운 흔들림이라고 고합니다."

"배 아래에 마물이 있는 걸까요?"

"뉴~?"

"바다 밑에는 아무것도 없는 거예요?"

나나와 아인 소녀들이 뱃전에서 바다를 들여다보았다.

알 포대기가 방해 되어 난간에 올라가지 못한 포치는 리자에게 부탁하여 리프트업을 받고 있었다.

"걱정할 것 없습니다. 방금 그건 파도가 꿈틀거린 거니까."

"어이쿠. 의외로 비늘 누님 염려가 맞을지도 모르지."

근처에 있던 상인의 말을, 돛을 다루던 선원 한 명이 부정했다.

"맞다는 건가요?"

"뱃사람들 옛날이야기가 있거든. 바다 바닥에 내해 끝에서 끝에 이르도록 거대하고 거대한 리바이어선이라는 신수가 있다는 소문이야."

그걸 들은 상인이 미신이라고 웃었다.

"그레이트~?"

"그렇게 크다면 다 함께 먹어도 못 먹는 거예요!"

식욕이 당긴 타마와 포치를 보고 상인과 선원들이 웃었다.

"카리온 님은 리바이어선이 있는지 알고 있나요?"

"글쎄?"

그 이야기를 해봤는데, 카리온 신은 흥미가 없는지 한 마디만 중얼거리고 말았다.

호기심이 왕성한 것치고, 흥미가 없는 일에 관해서는 놀랄 정도로 드라이하네.

"이봐! 주절거리고 있으면 리바이어선의 송곳니에 잡아먹힌다! 집중해라!"

"우잇샤! 내가 실수해서 좌초되면 웃지도 못하니까."

139

혼난 선원이 아이아이서 같은 현지어를 외치고 작업에 집중했다.

이 근처는 수면 밑에 암초가 많은 데다가, 방금 전처럼 갑자기 파도가 올라와서 덮치니까 방심할 수 없나 보다.

게다가─.

"해적이다! 해적이 나왔다!"

무수한 도서가 떠있는 반도 사이의 좁은 해역에서 해적이랑 마주쳤다. 해적은 기이하게 빠른 갤리선으로 돌진했다.

"마스터, 해적 퇴치 시간이라고 고합니다."

나나가 날카로운 표정으로 고했다.

그런 나나 너머에서, 선장의 낯빛이 파래지는 게 보였다.

"안 돼. 마력로 상태가 안 좋다. 마력 장벽이 늦을 거야."

이대로는 요격용 마력포도 못 쓰겠군.

승무원들이 필사적인 느낌이라 조금 돕기로 했다.

"사토."

"미아랑 아리사는 마법으로 해적선의 접근을 막아. 루루는 노의 리듬을 잡고 있는 북을 노려줘. 리자, 타마, 포치는 상대가 올라타면 대처를 부탁한다. 나나는 나랑 같이 배에 대한 공격을 막자."

내 지시로 동료들이 요격을 시작했다.

루루가 저격하여 북이 날아가자 노의 리듬이 어긋나 속도가 떨어지고, 아리사와 미아의 마법을 근처에 맞고서 뒤집혀 버렸다.

환성을 지르는 승무원들의 목소리를 가로막으며, 메인마스트의 감시원이 다음 적을 발견하고 경고했다.

"와이번이다! 와이번 무리가 왔다!"

이번에는 와이번 무리냐.

난관이라고 할 만하군.

"걱정 없어. 와이번이 노리는 건 바다에 떨어진 해적들이다."

선장이 말한 것처럼 와이번이 해적을 향해 급강하했다.

나는 마궁을 꺼내서 지금 그야말로 해적을 뒷다리 발톱으로 잡으려던 와이번의 눈을 꿰뚫었다.

"말이 돼? 이 거리에서 맞추다니."

"굉장해~ 우연이라도 굉장해~."

승무원들이 놀라는 소리를 지르는 사이에, 두 마리째와 세 마리째의 눈도 꿰뚫어서 쓰러뜨렸다.

"이봐, 뭐 하는 거야! 와이번이 이쪽으로 오면 어떡할 셈이야!"

"그래! 항로의 안전을 위협하는 해수들끼리 서로 죽이는 거잖아. 그냥 내버려둬!"

선장과 상인이 나를 비난했다.

카리온 신은 아무래도 좋다는 표정이다.

"아이들 교육에 안 좋으니까요."

나는 그렇게 말하고 와이번의 눈을 연속으로 쐈다.

먼저 격추된 와이번을 보고 학습했는지, 중간부터 속도가 떨어지는 뒷다리부터가 아니라 부리부터 물속에 빠지는 타입의 급강하를 했다.

몇 마리가 이쪽으로 날아왔지만 아인 소녀들의 마인포와 루루의 저격으로 격추하고, 아리사의 특대 불 마법이 하늘에 작렬하자 겁먹고 도망쳤다.

피해가 없이 끝난 탓인지, 내가 선장의 명령에 따르지 않은 건 불문에 부쳤다.

"아가씨가 그렇게 굉장한 마법을 쓰는 마법사님이라고는 생각 못했어."

"에헤헤, 그렇지 뭐~."

마지막에 쏘아낸 아리사의 화려한 마법이 인상적이었는지, 선장과 상인들이 아리사에게 찬사를 보냈다.

가까운 곳에 떨어진 와이번의 시체를 회수하는데, 멀리서 군함 같은 배의 모습이 보였다.

"선장님! 저건 법국의 군함입니다!"

"그러면 해적의 뒤처리는 저쪽에 맡기자."

선장은 신호기로 법국 군함에게 상황을 전달하고 그 자리에서 물러났다.

"고기인 거예요!"

"와이번 고기는 먹을 게 못 되는데?"

"그렇지 않아~."

"네. 와이번 고기는 특색이 강합니다만, 씹는 맛이 최고로 뛰어난 만족감을 줍니다."

"그, 그래. 그러면 육지에 가서 함께 먹자구."

아인 소녀들의 와이번 담론에 떠밀린 선장이 말했다.

"흥미. 너는 미지의 미식을 제공해야 함."

"그다지 추천은 못 드립니다만……."

카리온 신까지 의욕을 보였다.

"미식을."

"알겠습니다."

물러서지 않는 결의를 품은 표정으로 말하면 거절 못하지.

어쩐지, 우리 애들의 영향을 받아서 카리온 신의 먹보 캐릭터가 가속되는 것 같아.

우리는 멀리 영웅 반도를 보면서 도서 지대를 빠져나가, 쌍둥이 반도를 따라 나아가 쉐리퍼드 법국에 도착했다.

◆

"여기가 쉐리퍼드 법국이네요."

루루가 항구 사람들을 둘러보았다.

파리온 신국과 비슷한 느낌의 나라다. 의상은 중동풍보다는 옛날 그리스풍에 가깝다. 염색 안 한 옷을 입고 있는 사람이 많고, 병사나 높은 사람도 수수한 색조의 옷을 입고 있어서 「회색의 나라」 같은 인상을 받았다.

맵 정보에 따르면 인간족이 선체의 8할을 님고, 수인이나 새수인이 나머지를 차지하고 있었다. 우리온 중앙신전이 있어서 그런지, 다른 곳과 비교하여 우리온 신에서 유래된 기프트 「단죄의 눈동자」를 가진 사람이 많다.

"다, 단단해. 보통 해체 식칼은 상처 하나 안 나는데."

"대검이나 도끼라도 가져와서 벨까?"

"이봐, 농담은 관둬. 이렇게 상처 하나 없는 와이번의 시체는 두 번 다시 안 나온다고. 나는 금화 몇 닢이든 살 거야!"

뭍에 올린 와이번 주변에 상인들이 모였다. 와이번 가죽은 좋은 방어구가 되니까.

"루루, 해체해줄래?"

"알겠습니다."

"그런 아가씨한테는 무리—."

요정 가방에서 루루가 꺼낸 장대한 참치 해체 식칼을 보고 어부들의 말이 멎었다.

남들 보는 앞이니까 황금색 오리하르콘제는 아니고, 언뜻 평범한 철로 보이는 아다만타이트 합금제 특제 식칼이다.

"—에잇."

귀여운 기합과 함께 와이번이 가볍게 해체된다.

이 광경을 보고 있으면, 루루는 접근전에서도 활약할 수 있지 않을까 싶단 말이지.

"이러면 될까요?"

"그, 그래. 고맙습니다요. 완벽하옵니다요."

루루의 깔끔하기 짝이 없는 해체를 봐서 그런지, 어부들의 존댓말이 이상해졌다.

쿡쿡 소매를 당기기에 돌아보자, 우리 아이들이 아니라 카리온 신이었다.

"미식을. 속히 제공해야 함."

와이번을 먹고 싶은 모양이다.

어쩔 수 없으니까 해체한 고기를 나눠 받아서, 와이번 고기에 흥미를 가진 어부들에게 부뚜막을 빌려 조리하게 됐다.

"루루, 도와줄래?"

"네, 맡겨주세요."

가녀린 팔로 알통 만드는 포즈를 취하는 루루가 귀엽다.

일단, 심플한 꼬치구이와 맛을 얼버무릴 수 있는 토마토 조림 둘로 가자.

와이번 고기는 힘줄이 많고 특색이 강하니까, 힘줄을 잘 끊어주고 냄새를 지우는 허브를 바른 다음에 잠시 재워뒀다.

"독기는 제거해야 함."

카리온 신이 주색 빛을 띠고 가볍게 팔을 휘두르자 와이번의 고기에 남아 있던 독기가 깔끔하게 사라져 버렸다. 내가 정령광을 전개했을 때보다도 극적으로 빠르네.

"수프 준비가 됐습니다."

"그러면, 이걸 부탁해."

조림을 하기 좋을 법한 부위를 루루에게 건네고, 나는 꼬치구이를 시작했다.

아인 소녀들이 먹을 고기 덩어리와 얇게 저며서 말아둔 고기 두 종류를 제공해야지. 전자는 씹는 맛이 우선, 후자는 먹기 쉬운 걸 우선해 봤다.

다 구운 꼬치구이를 카리온 신과 동료들에게 나누어 줬다.

"역시 고기는 최강인 거예요."

"딴딴맛나."

"와이번은 씹는 맛을 참을 수가 없습니다."

아인 소녀들이 와이번 고기를 절찬했다.

"……미묘."

카리온 신이 기대하는 표정으로 입에 옮겼지만, 금방 쓴 약을 먹은 어린애 같은 표정을 지었다. 뭐 그렇겠지.

흥미진진하게 와이번 고기를 요청하는 항구 사람들에게도 제공했는데, 몇 명 예외를 빼면 카리온 신과 비슷한 반응이었다. 굳이 따지자면, 얇게 썰어서 돌돌 말아 구운 고기가 호평이었다.

"주인님, 마무리 부탁 드려요."

루루 말을 듣고 토마토 조림의 조정을 했다.

거의 손질이 필요 없지만, 아주 약간 소금을 더하자 괜찮은 느낌이 되었다. 고기 부분을 조금 시식해봤는데, 냄새도 없고 평범하게 먹을 수 있다.

"고기도 씹는 맛이 있고, 토마토의 산미가 고기의 감칠맛을 끌어내 줍니다."

"맛나맛나~?"

"와이번 고기 토마토 조림도 아주 맛있는 거예요."

아인 소녀들의 반응은 예상대로다.

"헤에, 나쁘지 않네."

"예스, 아리사. 와이번 고기라고 생각하기 어렵다고 고합니다."

아리사와 나나의 반응도 괜찮군.

미아는 입 앞에 가위표를 만들어 거부했고, 마지막으로 카리온 신에게 토마토 조림을 내밀었다.

"드세요, 이건 맛있습니다."

"……고기 없는 편이 미식."

카리온 신이 말한 다음, 「개량한 성과는 찬사를 받아야 함」 하더니 마지막까지 먹었다.

혹시 격려를 해준 걸지도 모르겠군.

◆

"건물도 회색이네."

해체한 와이번의 경매를 항만 직원에게 위탁하고, 우리는 카리온 신의 선도를 받아 우리온 중앙신전을 향해 메인 스트리트를 나아가고 있었다.

"건축 자재의 색 같네요."

"본래는 새하얀 돌이었나 봐."

건축 중인 집은 새로 내린 눈처럼 새하얗다.

기후적인 문제로 회색이 되어 버리는 거겠지.

"오락이 적다고 고합니다."

"무뚝뚝."

나나가 말한 것처럼 길에는 실용 일변도의 가게들만 있고, 미아가 느낀 것처럼 길을 가는 사람들이나 장을 보는 사람들의 표정이 딱딱하다.

"그렇네. 웃음소리가 부족해."

어쩐지 출퇴근 러시아워의 직장인 같은 인상인 사람이 많다.

"조미료는 적지만, 본 적 없는 야채가 잔뜩 있어요."

"버섯도."

"우후후, 버섯도 종류가 많으니까 잔뜩 사가요."

이 쉐리퍼드 법국과 도시국가 카리스오크는 험준한 산맥을 끼고 반도의 반대쪽에 위치하고 있는데, 카리스오크의 주식이었던 카사바 비슷한 다람쥐꼬리 토란은 보이지 않는다. 이 나라에서는 쉐리퍼 토란이라는 길쭉한 토란이나 리퍼 콩이라는 갈색 콩이 주식인 모양이다.

"주인님, 저건 뭘 하고 있는 걸까요?"

길 옆에 있는 공원에서 사람들이 모여 뭔가 하고 있었다.

높아 보이는 사람 몇 명과 위병 몇 명, 그리고 조잡한 차림의 남자가 사람들 중심에 있었다.

"주문, 피고 밧가를 노역 3년에 처한다. 이유—."

귀를 기울이자 그런 목소리를 엿듣기 스킬이 포착했다.

"재판인가 보다."

"심의관의 재판 같은 거?"

"아닌 것 같아."

맵 정보에 따르면 여기에 심의관은 없다. 대부분의 심의관은 도시의 중심에 있는 중앙 사법궁에서 일하고 있으며, 과반수가 「과로」 상태였다.

"그러면『단죄의 눈동자』보유자?"

"아니, 그것도 아닌가 봐."

우리온 신의 기프트인「단죄의 눈동자」스킬을 가진 자도 이 자리에는 없는 모양이다.

"그러면 평범하게 재판을 하는 거구나.『이의 있소!』라고 외치는 걸까?"

그건 편견이라고 생각하는데, 아리사도 역전으로 유명한 재판 게임을 알고 있구나.

"야외 재판."

"마스터, 또 재판을 발견했다고 보고합니다."

메인 스트리트를 걷고 있으니 길거리나 공원에서 종종 작은 법정이 열리고 있는 게 보였다.

"법국이라고 해서 그런지, 재판을 좋아하는 걸까?"

소송 국가라면 살기 어려울 것 같아.

관광을 쭉 해보고, 얼른 다음 나라로 가야겠어.

"하하하, 여기는 우리온 신의 터전이니까."

지나가던 신사가 가르쳐 주었다.

듣자니 우리온 신은「심판과 단죄」를 다스린다고 한다.

메인 스트리트는 녹음이 풍부한 공원으로 이어지고, 그 너머에 피라미드 상부를 커팅한 깃 같은 건물이 보였다.

"뉴뉴뉴?"

"유적 아저씨를 발견한 거예요!"

타마가 놀라고, 포치가 유적이라고 판단한 건 저 건물이겠지.

AR표시에 따르면 중앙 사법궁이라는 건물이다. 관광성의 자료에 따르면 법국의 정치 중심이 되는 장소로, 사법 관련의 총본산이기도 하다.

"저기가 목적지?"

"부정. 우리온의 신전은 저쪽."

왼쪽에 장엄한 건물이 있었다.

이 대공원 여기저기서도 열리고 있는 야외 재판을 무시하고 신전으로 갔다.

공원을 빠져나가자 신전의 정면으로 나왔다. 공원의 나무들에 가려져서 눈치 못 챘지만, 건물의 정면에는 예각적인 오브제가 돋아 있어서 상당히 전위적인 느낌이다.

커다란 정문 위쪽에 홍색의 돌로 만들어진 우리온 신의 성인이 있으니, 여기가 우리온 중앙신전이 틀림없겠지.

"예배당은 평범한 예배당이네."

"아리사, 그렇지도 않은가 봐."

루루가 가리킨 곳에, 야외 재판에서도 본 판사 같은 차림을 한 사람들의 집단이 예배당 안에 있는 철문 너머로 걸어갔다.

"저쪽에 뭐가 있는 걸까?"

고개를 갸웃거리는 아리사 앞을 카리온 신이 마이페이스로 걸어갔다. 그 방향은 아리사가 신경 쓰던 철문 쪽이었다.

"기다리세요. 이쪽은 신전 재판에 참가하는 자와 사전에 예약한 방청자만 들어갈 수 있어요. 방청자라면 예약권을 보여주세요."

철문 앞에 서 있던 신관들이 카리온 신의 길을 막았다.

"무례. **조아리거라.** 신이 가는 길을 막는 것은 죄라는 것을 알아야 함."

우리온 신의 한 마디에 신관들이 일제히 무릎을 꿇었다. 우리온 신의 신관을 상대로도 영향력은 다르지 않은 모양이다.

힐끔 돌아봤는데, 우리 애들은 진지한 표정을 짓고 있지만 언령에 따라 무릎을 꿇지는 않았다. 동료들 말고는 카리온 신의 목소리가 들리는 범위에서 모두 함께 무릎을 꿇었다. 레이에게 받은 「루고의 팔찌」는 충분히 효과를 발휘하는 모양이다.

무릎을 꿇은 신관 옆을 지나 철문 너머로 갔다.

"뭐~야, 평범한 법정이잖아."

아리사는 그렇게 말했지만 넓이가 보통이 아니다.

내가 아는 법정하고는 규모가 다르다. 국회가 열릴 법한 넓이야.

카리온 신은 가고 싶은 장소가 아니었는지, 조금 기분 틀어진 표정을 지었다.

"위."

"마스터, 뭔가 떠 있다고 고합니다."

"주인님, 저건 뭘까요? 천칭 같은 걸로 보이는데요."

미아, 나나, 루루가 발견한 것은 투명한 구가 감싸는 황금색 천칭이었다. 공중에 떠 있는 것처럼 보이지만, 실제로는 투명도가 높은 네 구조체로 지탱되는 모양이다.

천칭을 장식하는 루비 같은 보석은 홍법석이라는 건데 낯설었다.

"자네들은 천칭 재판은 처음인가? 저건 우리온 신의 신기. 『죄를 재는 천칭』우릴라브야."

뒤에서 답을 가르쳐준 것은 콧수염이 잘 어울리는 신사였다. 직업란에는 방청 평론가라고 되어 있고, 칭호란에는 「방청의 프로」라는 것이 있었다. 재판 평론가가 아니라 방청 평론가라니……. 역시 이세계, 여러 가지 직업이 있군.

"황금의 천칭이라— 라이브라는 역시 노사지……. 지금이라면 젊은이 버전이나 여체화 버전이 있을지도 몰라."

아리사가 작은 소리로 망언을 흘리고 있었다.

원 소재는 알고 있지만, 조금 자중해라.

"천칭 재판이라면, 저 천칭을 재판에 쓰는 건가요?"

그러고 보니 「사법국가」 쉐리퍼드에는 별난 재판 방법이 있다고 관광성 자료에 있었다.

"그래 맞아. 저 신기로 심의관의 『간파』나 기프트인 『단죄의 눈동자』로 알 수 없는 죄를 재는 거지."

평론가는 그걸로 설명이 끝이라고 말하듯 팔짱을 끼더니 묵직하게 고개를 끄덕였다. 평론가라면 조금 더 자세히 말을 해주지.

"그거 굉장하네요."

나는 적당히 맞장구를 쳤다.

정확하게는 모르겠지만, 「간파」로 거짓말을 알아낼 수 없다거나 「단죄의 눈동자」로 악인지 아닌지 판별이 안 되는 성가신 재판에 쓰는 거겠지.

세세한 건 카리온 신의 용건이 끝난 다음에 신전 사람들에게 물어봐야지.

"무녀장님?"

"무녀장님이 천칭 재판에 참가하시다니, 드문 일이군."

"무슨 일이 있었던 걸까요?"

주변 사람들이 웅성거리기 시작했다.

그 시선 끝을 따라가자, 무녀들의 행렬이 이쪽으로 오는 게 보였다.

선두에 걸어오는 건 추운 겨울의 아침 같은 분위기의 40대 여성이었다. 그녀가 우리온 중앙신전의 무녀장인가 보다.

그녀들은 카리온 신 앞으로 나서더니, 뭐라고 말하기 전부터 그녀 앞에 무릎을 꿇고「고귀하신 분」이라고 불렀다.

"우리온 님께서 부르십니다. 신전의 성역까지 와주실 수 있을까요?"

"긍정. 너는 속히 안내해야 함."

재판에 모여 있던 사람들의 혼란을 완전히 무시하고, 무녀의 안내를 받아 카리온 신이 걸어갔다.

"일행 분은 여기서 기다려 주세요."

성역 입구에서, 아리따운 신전기사가 제지했다.

유감. 우리온 신의 성역에는 못 들어가는군.

"부정. 너희들은 필요."

"고귀하신 분의 말씀입니다. 당신들도 오세요."

카리온 신의 말에 따르는 무녀장의 재촉을 받아, 우리도 성역에 발을 들였다.

전에 갔던 파리온 신국의 성녀궁에 있는 성역과 비슷하다.

"이제부터 성별 의식에 들어갑니다. 여러분은 여기서 기다려

주세요."

"불필요. 내 힘으로 정화는 끝난다."

주색의 빛을 띤 카리온 신이 팔을 한 번 휘두르자, 빛의 베일이 생기더니 무녀들에게 쏟아졌다.

반짝반짝하는 빛이 사라져도, 무녀들은 희미하게 하얀 빛을 띠고 있었다.

"신이여. 우리들이 받드는 공정한 신이여—."

무녀장이 하늘을 우러르며 의식을 시작했다.

길고 긴 축사가 끝을 맞이하자 하늘에서 빨간 빛이 쏟아졌다.

카리온 신의 성광보다도 짙다. 선명한 홍색이다.

—《질문》《카리온》《현현》.

몇 가지 의미가 겹친, 말 이전의 의식 덩어리 같은 것이 내려왔다.

홍색의 빛을 올려다보는 카리온 신이 재는 표정으로 말했다.

"그릇. 낮은 코스트로 현현할 수 있다."

—《바람》《그릇》《현현》.

"긍정. 너는 그릇을."

"카리온 님의 그릇과 같은 것 말인가요?"

내가 확인하자, 카리온 신이 수긍했다.

"알겠습니다. 조금 시간을 주시면 준비하겠습니다."

보르에난 숲에서 받은 세계수의 가지는 방주를 몇 척 만들 수 있을 정도의 사이즈니까, 가공용으로 커팅한 것도 나름대로 많다. 카리온 신의 그릇과 같은 그릇이라면 몇 개든 만들 수 있어.

―《기대》《그릇》《현현》.

우리온 신이 그렇게 말하더니, 홍색의 빛이 하늘에서 사라졌다.

아무래도, 우리온 신과 컨택트는 일단 끝난 모양이다.

"어딘가 작업할 수 있는 장소를―."

"여기면 된다."

무녀들은 난처한 표정이었지만, 신의 말씀을 거스를 수 없는지 마지못해 고개를 끄덕였다.

아무래도 미안하니까, 「작업하기 안 좋다」라고 주장하여 다른 작업실을 준비해 달라고 했다.

점심때까지 세 시간 정도 있으니까, 그때까지 조각상을 만들어야겠군.

"나는 여기서 작업할 건데, 다들 어떡할래?"

"여기 있어도 방해가 될 것 같으니까, 우리온 중앙신전의 주변을 어슬렁거릴래."

"타마는 같이 조각할래~."

포치는 망설이는 것 같았지만, 아리사의 「뭔가 먹을 거 파는지 찾아보자」라는 말에 져서 따라갔다.

잠시 타마와 둘이서 딱딱 그릇의 상을 깎았다.

설계는 카리온 신의 상을 만들 때 쓴 걸 이용했으니, 생각보다 편하다.

그림책에서 읽은 신화를 보면 우리온 신의 이름이 반드시 카리온 신 앞에 있으니까, 카리온 신이 그릇으로 쓰는 조각상보다 조금만 언니 같이 해봤다. 생김새는 거의 그대로지만 바디 라인을 조금 더 여성답게 어레인지했다.

"—이거면 될까?"

대강 완성된 조각상을 체크했다.

법국에서 신봉되고 있으니까, 조금 고지식한 표정으로 해봤다.

옆에서 타마가 「뉴뉴뉴」 하면서 상을 파고 있었다. 몇 가지 속성석을 사용한 인술을 병용하는 탓인지, 조각상이라고 생각하기 어려울 정도로 약동감이 있는 매력적인 상이다.

손에 든 접시에서 흐르는 빛이— 아니다. 빛의 표현으로 보인 건 야키소바였다. 양배추랑 고기도 날아오르고 있었다. 그렇다면 반대쪽 손에 든 건 짧은 지팡이가 아니라 젓가락인가!

춤추며 야키소바를 먹는 소녀— 상당히 두려움을 모르는 의욕작이군.

"흠. 이것이 인간의 부자유함. 흥미롭다."

말을 듣고 돌아보자, 내가 만든 조각상이 수육한 소녀의 모습이 되어 움직이고 있었다.

"우리온 님이신가요?"

"긍정."

우리온 신이 홍색 빛을 띤 손으로 머리칼을 만지자, 길었던 머리칼이 잘려서 보브컷 같은 머리모양이 됐다.

바닥에 흩어진 새하얀 머리칼은 본래의 조각상으로 돌아가지 않고, 평범한 머리칼 그대로였다.

우리온 중앙신전 사람에게 건네면 성유물로 숭배할 것 같으니, 일단 「이력의 손」을 뻗어서 스토리지에 회수했다. 나중에 선물해야겠군.

"너는 내 사도가 되어야 함. 카리온도 그렇게 말했다."

"말 안 했다. 우리온의 망상."

우리온 신의 말을 부정한 것은 전이로 돌아온 카리온 신이었다.

직후에 아리사가 원거리 통화로 『카리온 신이 사라졌다』고 보고하기에, 여기 있다고 알려주었다.

"이것은 내 사도에 걸맞다. 우리온은 사양해야 함."

"부정. 함께 사도로 삼으면 된다. 그걸로 해결."

신들도 둘이 모이니 정겹군.

본래 비슷한 만듦새였기도 하지만, 이렇게 보니까 쌍둥이 같군.

"저는 신의 사도가 될만한―."

거부하기에는 조금 늦은 모양이다.

〉칭호 「카리온의 사도」를 얻었다.
〉칭호 「우리온의 사도」를 얻었다.

경합하는 것처럼 칭호를 부여하지 좀 마세요.

"네 이름을 고해야 함. 카리온도 그렇게 말했다."

"말 안 했다. 하지만 우리온에게 동의."

"시가 왕국의 관광 부대신, 사토 펜드래건 자작입니다."

카리온 신에게는 말을 했었지만, 신경 쓰지 않고 또 한 번 말했다.

"저건 무엇?"

동료들과 합류하여, 우리들은 이제 막 현현한 우리온 신의 호기심을 채우기 위해 쉐리퍼드 법국을 산책했다.

"야외 재판 말야? 내용은— 속옷 도둑이네."

"악행을 밝히고 정의의 심판을 내리는 것은 좋은 일."

우리온 신이 진지한 표정으로 고개를 끄덕였했다.

그러고 보니 우리온 신은「심판과 단죄」를 다스린다고 했었지.

"미식의 향기."

"이 냄새는 저기서 나는 거예요!"

카리온 신의 말에 반응한 포치가 노점 쪽으로 모두를 안내했다.

요즘에는 달려가기 전에 배에 두른 알 포대기를 손으로 누르는 게 버릇이 된 모양이다.

"여기인 거예요!"

포치가 안내한 곳에는 리퍼 콩의 노점이 있었다.

"풋콩을 가지째로 삶다니 와일드하네~."

"가지에 소금기가 있어서 같이 찌면 만드는 비용이 줄어들거든."

헤~ 역시 이세계. 그런 식물도 있구나.

"가지 하나에, 1쉐밀이야."

"—쉐밀?"

"동화 말이야. 쉐밀 동화라고 하거든. 은화는 에밀 은화라고 하지."

"그랬군요. 몰랐어요."

나는 항구에서 환전한 동화로 가지 몇 개를 샀다.

가지 하나에 꽤 많은 꼬투리가 달려 있어서 사람 수만큼 가지를 사면 남을 것 같단 말이지.

이 나라에서는 길을 걸으면서 먹으면 안 된다고 하기에, 노점의 뒤쪽으로 돌아가서 다 함께 풋콩을 먹기로 했다.

"소금기가 절묘해서 맛있네."

그래, 맛있다. 골 아플 정도로 차가운 맥주가 있으면 좋겠는데.

길을 걷는 사람들을 바라보면서 풋콩을 먹었다.

"이것이 미각. 흥미롭다."

"이것은 미식. 우리온은 표현을 정확하게 해야 함."

소녀신들도 풋콩이 마음에 들었나 보군.

문득 시선을 깨닫고 돌아보자, 조금 떨어진 장소에서 배고픈 아이들이 보고 있기에 남을 것 같은 가지를 나눠주었다.

이 나라에서는 구걸이 금지되어 있어서, 위병에게 발견되면 재판도 생략하고 노역을 하게 되는 모양이다.

"뉴!"

풋콩의 꼬투리를 입에 문 타마가 고개를 들더니 길에 시선을 보냈다.

"주인님, 물러나 주세요."

마창이 아니라 풋콩의 가지를 든 리자가 내 앞으로 이동했다.

리자 너머에 외투를 두른 크고 작은 두 명이 있었다. 깊숙하게 눌러쓴 후드에서 송곳니가 돋은 입이 튀어 나와 있었다. 도마뱀 수인으로 보이는데, 거한 쪽은 천으로 감싼 전투도끼를 지고 있었다.

『놈들인가?』

거한의 도마뱀 수인이 말하자마자 스킬을 습득했다.

〉「드라그 국어」 스킬을 얻었다.

내해 공통어와 비슷한 말이기 때문에 처음부터 어느 정도는 알아들었다.

이 근처의 말보다 조금 억양이 억세군. 일단 스킬 포인트를 분배하여 액티베이트 했다.

『네, 전사 타란. 저들 중 누군가가 가지고 있습니다.』

AR표시에 따르면 그들은 드라그 왕국이라는 북방 나라 사람인가 보다. 관광성의 자료에 따르면 여기서도 보이는 동서로 길고 험준한 산맥을 넘어간 곳에 있는 북방3국 중 하나로, 녹룡이 수호하는 나라로 유명하다고 한다.

──녹룡이라.

어쩐지 용이랑 인연이 있네.

『이봐, 너희들.』

거한이 전투 도끼에 감아둔 천을 땅에 떨어뜨리고 이쪽으로 걸어왔다.

『훔쳐간 것을 내놔라. 그러면 고통 없이 죽여주마.』

어이쿠. 어쩐지 뒤숭숭한 말을 꺼내시는데.

『처음 뵙겠습니다. 전사 타란.』

『여자 뒤에 숨는 겁쟁이에게 용건은 없다.』

거한의 실례되는 말을 들은 리자가 살기를 뿜어냈다.

그러고 보니 엘프의 번역 반지가 있으니까 그들의 말도 알 수 있었지.

『좋은 표정이군』

거물 행세를 하는데, 거한의 레벨은 42나 되니까 그럴 만은 하다.

뭐 리자를 이기진 못하겠지만, 길거리에서 싸움을 하는 것도 좀 그렇네.

『우리는 도둑질을 한 적이 없습니다. 당신들이 찾는 것은 무엇입니까?』

『이 지경에 이르러서도 시치미를 떼나.』

리자 옆으로 나서서 물어보자, 거한이 말하더니 흉악한 미소를 지었다.

다음 순간, 거한이 전투 도끼를 휘둘렀다.

"ㅡ느려."

리자가 도끼를 회피하고, 가지로 거한의 눈 옆을 때렸다.

『크윽.』

거한이 비명을 지르며 도끼를 당기고자 했지만, 그럴 수는 없지. 힘차게 땅바닥에 파고든 도끼는 내가 발끝으로 끄트머리를 밟아 움직이지 못하게 했다.

"그만 하세요. 더 이상 거스르면 용서치 않습니다."

리자가 요정 가방에서 꺼낸 마창 도우마의 끝을 거한의 목덜미에 들이댔다.

"언어 및 폭력에 따른 의사소통은 효율이 나쁘다. 카리온도 그렇게 말했다."

"말 안 했다. 하지만, 동감. 사토는 『녹룡의 알』을 소지하지 않았다고 어서 말해야 함."

트러블 따위 산들바람 취급하며 풋콩에 열중하여 먹고 있던 신들이 조언해 주었다.

포치가 알 포대기 위로 「백룡의 알」을 지키듯 손으로 감싸고, 타마가 방패가 되려고 포치 앞에 나섰다.

"포치의 알은 상관없어."

아리사가 차분하게 가르쳐 주었다.

일단 맵 검색을 해봐도 기지의 맵에 「녹룡의 알」이 없다.

"용의 알?"

노점 주인이나 이쪽을 살피는 구경꾼들이 그렇게 말하며 술렁거리고 있기에, 바람 마법 「밀담 공간」으로 소리를 차단했다. 어째선지 신들의 말은 언어의 벽을 넘어서 만인에게 통한단 말이지.

『말 실수를 했구나! 도둑이 아니라면, 「녹룡의 알」이라는 말이 나오지 않을 거다!』

거한이 승리를 뽐내는 표정으로 말했다.

이번에는 신의 말이 만인에게 통하는 것이 나쁜 쪽으로 작용해 버렸다.

"너는 무례. 신을 도둑이라 부른 죄는 용서받을 수 있는 것이 아니다. 카리온도 화내고 있다."

"우리온 말이 맞다. 죄는 갚아야 한다."

카리온 신이 그렇게 말하자, 도마뱀 수인들이 자신들의 의지와 상관없이 이마를 땅에 대며 엎드렸다.

거한은 경악한 표정으로, 말을 하지도 못하고 있었다.

"죄송합니다만, 벌을 내리기 전에 심문을 해도 괜찮을까요?"

"긍정. 허가한다."

역정을 내면서도 우리온 신이 허가를 해주기에, 거한이 아니라 자그마한 쪽의 도마뱀 수인에게 물었다. 이쪽은 여성이다. 녹룡 신전의 무녀인가 보다.

『방금 전에 이 분이 말씀하신 것처럼, 우리는 당신들이 찾고 있는 「녹룡의 알」을 가지고 있지 않습니다. 당신들은 어째서 우리가 「녹룡의 알」을 가졌다고 생각한 건가요?』

"용침계라는 마법 도구가 있다고, 이 여자는 생각하고 있다. 통역은 귀찮다. 너희들은 사토의 물음에 속히 대답해야 함."

용무녀는 묵비했지만, 대신 카리온 신이 가르쳐 주었다.

『용침계는 용의 알을 찾아내는 마법 노구인가요?』

『—요, 용침계는, 용의 부위를, 발견한다.』

신의 언령에 거스를 수 없는지, 용무녀가 고통스런 표정으로 가르쳐 주었다.

『당신이 감지한 것은 이거겠죠.』

내가 말하고, 품속을 경유해 스토리지에서 꺼낸 흑룡의 비늘을 보여주었다.

두 사람이 감지했을 「백룡의 알」을 보여주면 새로운 트러블이 일어날 것 같으니까, 용침계가 감지할 법한 아이템으로 얼버무렸다. 힘내라, 사기 스킬.

『이럴 수가…….』

『성룡의 비늘인가. 그렇다면 용침계의 반응도 납득할 수 있다.』

두 사람이 분한 기색으로 말했다.

『어떤 자가 훔친 건지 짚이는 곳이 있나요?』

이름이나 소속이라도 알 수 있다면 맵 검색으로 알려줘야지.

『모른다. 도둑은 검은 옷을 입은 자들이었다. 남자는 화려한 마법을 쓰고, 여자는 미궁산으로 보이는 강력한 마법의 채찍으로 날뛰었다. 놈들이 날뛰는 틈에 다른 검은 옷들이 사당에서 「녹룡님의 알」을 훔쳤다.』

─검은 옷이라.

역시, 피핀이 추적하는 현자 솔리제로의 제자들 중 한 명일까?

그건 그렇고 「백룡의 알」에 「녹룡의 알」이라……. 적룡의 모습을 봤으니 「적룡의 알」도 훔쳤을지 모르겠군.

"용의 알을 훔쳐서 뭘 하려는 걸까?"

"미식?"

아무래도 그건 아니겠지.

미식을 위해 성룡을 적으로 돌릴 것 같지는 않다.

"알을 부화시켜서 병아리처럼 각인시켜서 용을 거느리려는 걸까?"

"그거 있을 법하네."

현자의 제자가 혼자서 할 수 있는 일은 많지 않겠지만, 용을 사역하면 기동력과 전투력이 치솟는 건 틀림없다.

『너희들은 짚이는 것 없어?』

『불손하기 짝이 없지만, 그 소녀가 하는 말이 옳다고 생각한다.』

거한도 아리사와 같은 의견인 모양이다. 무녀도 작게 고개를 끄덕였다.

"심문은 끝났다. 단죄를 한다."

우리온 신이 홍색 빛을 띤 손을 휘두르자, 두 사람 머리 위에 길로틴 같은 빛의 칼날이 나타났다.

일의 전말을 지켜보고 있던 통행인과 노점의 주인들이, 표정이 굳어지면서 뒤로 물러났다.

"기다려, 신님."

아리사가 우리온 신을 제지했다.

"이런 무례한 자를 위해 소중한 신력을 낭비하는 건 아까워."

우리온 신은 흥미롭다는 표정으로 다음 말을 기다렸다. 그녀는 아리사의 에두르는 구명 탄원의 의도를 읽어낸 느낌이다.

"이 녀석들한테는 신들에 대한 감사와 경건한 기도를 바치도록 하면 돼. 그렇지, 종이 울릴 때마다라고 하면 어때?"

"그것은 벌이 아니다. 사람이 인계에서 살아가기 위해 **필요한 의무.**"

"그러면, 노역을 지도록 하는 건 어떨까? 신의 위대함을 논하고, 사람들이 신께 기도를 하도록 하는 역할을 내리는 거야."

"그것은 신관들의 영예로운 역할. 죄인에게 시킬 일이 아니다."

"그러면—."

"퀘스트를 내리는 건 어떨까요?"

아리사가 말문이 막혔기에 거들어봤다.

"퀘스트?"

"네. 이 자에게 퀘스트— 신의 시련을 내리는 건 어떨까요? 시련을 거치는 사명을 내리고, 그걸로 속죄를 하는 겁니다."

내 말을 들은 우리온 신이 「시련」이라고 하면서 어려운 표정을 지었다.

혹시 시련을 내리는 것도 영예로운 행위일지도 모르겠다.

"우리온은 빨리 결단해야 함. 미식이 기다린다."

"—미식. 그것은 중요."

소녀신들은 심각한 표정으로 고개를 끄덕인 다음, 도마뱀 수인에게 차가운 시선을 보냈다.

"시련을 내린다. 악행을 밝히고, 정의의 심판을 내리라."

우리온 신이 고한 다음 길로틴을 없앴다.

그걸로 이야기가 끝났다는 것처럼, 소녀신들이 척척 걸어갔다.

어떻게 반응해야 할까 난처해하고 있는데, 소녀신들이 돌아보면서 입을 모아 말했다.

""미식을.""

『위대한 신이여! 우리들은 어떤 악행을 밝혀내야 하는가.』

"이미 시련은 내렸다. 너희들이 스스로 찾아야 함."

우리온 신은 거한이 필사적인 느낌으로 한 말을 가볍게 흘렸다.

『용의 알을 써서 뭔가 꾸미는 자들이 있는 모양입니다. 그 악행을 밝혀내면 되지 않을까요?』

매정한 대응을 받은 거한이 가엾기에 복화술로 남자에게 귓속말을 했다. 이거라면 시련을 거치면서도, 그들이 찾는 「녹룡의 알」도 찾을 수 있으니까.

""미식을!""

소녀신들이 못 기다리는 눈치기에 곧장 뒤를 따랐다.

"너희들은 속히 물러가야 함."

모여든 구경꾼들은 우리온 신이 언령을 발하여 쫓아냈다.

이 나라의 명소를 구경하면서, 이 지방 사람들이 가르쳐주는 유명한 가게로 갔다.

줄곧 알을 손으로 감싸고 있던 포치도, 드라그 왕국의 두 사람이 안 보이게 되자 드디어 안심했는지 안도의 한숨을 흘렸다.

"푸석푸석— 입 안의 수분을 빼앗겨 먹기 어렵다. 이것은 미식?"

"이 토란 요리는 콩찜과 함께 먹는 게 좋을 것 같아요."

"짜고 맵다. 맛이 단조롭다. 이 가게의 요리사는 너희들을 본받아 징진해야 함."

훌륭한 모습의 오래된 레스토랑에 들어갔는데, 쉐리퍼드 법국 사람들은 식사에 대한 욕구가 낮은 건지 요리의 간이 영 서툴러서 맛이 별로다.

그리고 보니 파리온 신국의 추기경이 내해 요리 풀코스를 대접해줬을 때, 쉐리퍼드 법국에서는 명주 「신의 온정」만 나왔었지.

"다음."

우리온 신이 말하고 자리에서 일어나더니, 그대로 척척 나가 버리기에 우리도 계산을 마치고 뒤를 따랐다. 아인 소녀들은 식사를 남기는 게 마음에 걸리는지, 노호 같은 기세로 나머지를 입 안에 욱여넣었다.

그 다음에도 몇 군데의 식당과 레스토랑을 다니며 먹어봤지만 소녀신들의 입에 맞는 요리는 나오지 않았다.

"이 나라의 요리에 실망."

"풋콩은 맛있는 거예요?"

포치가 곧장 옹호해 주었다.

"동의. 그것 말고는 전멸."

우리온 신이 유감스런 표정으로 고개를 좌우로 흔들었다.

"미식을 찾아 출국해야 함. 카리온도 그렇게 말했다."

"말 안 했다. 하지만, 우리온에게 동의. 사토는 배를 준비해야 함."

소녀신들이 심통이 났다.

"알겠습니다. 하지만 중앙신전에 들르지 않아도 될까요? 아마도 신전 사람들이 우리온 신 강림의 축제를 준비하고 있을 겁니다만?"

"부정. 신은 인간의 사정에 좌우되지 않음을 알아야 함."

생각보다도 완고하네. 어지간히 쉐리퍼드 법국의 요리가 입에 안 맞은 모양이다.

"축제라고 하면, 비장의 요리나 특별한 봉납의 춤 같은 게 있겠지."

아리사가 타이밍 좋게 어시스트를 해주었다.

"……기회를 내린다. 그것이 마지막이라고 알아야 함."

"신전의 요리사에게 전달하겠습니다."

다행이다. 방금 공간 마법 「멀리 보기」로 확인했는데, 무녀나 신관들이 필사적으로 축제 준비를 하고 있었단 말이지.

만약을 위해서, 신전의 높은 사람들에게 「원거리 통화」로 우리온 신의 오퍼와 요리점에서 어땠는지 알렸다. 주방에서 준비하고 있는 요리가 방금 우리온 신이 낙제점을 준 거랑 똑 같은 라인업이라서 끼어들지 않을 수가 없었다.

"축제의 준비가 끝나는 건 저녁일 테니까, 그때까지 시장을 다니면서 명소 관광이라도 하죠."

내 제안을 소녀신들이 받아들이고, 시장에서 쉐리퍼드 법국다운 기념품을 찾으며 명소를 돌아보았다.

시장에서 푸석푸석한 식감의 쉐리퍼 토란이나 포만감이 괜찮아 보이는 리퍼 콩을 잔뜩 샀다.

전에 마신 명주 「신의 온정」도 찾아봤는데, 애당초 술을 다루는 가게가 대단히 적었다. 몇 안 되는 가게에서도 「신의 온정」은 전혀 구할 수 없었다. 듣자 하니 그 술은 우리온 중앙신전의 주조소에서 만드는 것이니까, 축제 때 나눠줄 수 없는지 물어봐야겠는걸.

"딱딱한 책이 많아."

책방에는 육법전서 같은 두꺼운 법률서나 역사서가 많기에,

적당히 유명한 걸 사들였다.

포치가 그림책을 발견했지만, 내용이 어린이용이라고 하기 어려울 정도로 난해한 탓에 사지 않은 모양이다. 포치 말로는 「알 아가의 교육에 좋지 않은 거예요」라고 한다.

"마법서 없어."

"요리책도 없네요."

판례를 적은 책은 산더미처럼 있는데, 일상에 도움이 될 법한 책은 거의 없다.

마법서가 없는 이유는 가게 주인이 가르쳐 주었다.

"마법서의 구입은 중앙 사법궁의 허가와 예약이 필요해."

듣자니 범죄 방지를 위해서라고 하는데, 나라에 등록한 마법사만 허가를 받을 수 있다고 했다.

그 덕분에 범죄 자체는 적은 모양인데, 시정에는 생활 마법사조차도 부족한 상황이라고 했다.

마법서조차 그런 제약이 있으니까, 누구든지 쓸 수 있는 「마법의 두루마리」는 시내에 유통되지 않았다.

"미식."

"말린 토란의 꿀절임이군요."

이상하게 비쌌지만, 소녀신들의 입에 맞는 음식이 있어서 다행이다.

시내 관광을 하는 도중에 몇 개의 야외 재판을 마주쳤다. 아리사가 「스토커 피해를 호소하는 여성」에게 뜨겁게 동의하여 변호에 참가하거나, 「직장 괴롭힘으로 함정에 빠진 수인」의 부당

해고와 임금 사기를 화려하게 해결하거나, 재판관과 원고의 유착을 우리온 신이 폭로하기도 했다.

"이제 슬슬 축제 준비가 끝났을 것 같네요."

가마를 준비한 무녀들이 길 너머에서 다가왔다.

신관들과 신전기사들을 데리고 오는 대집단이다.

우리는 후드를 깊숙하게 눌러쓰고, 행렬에 뒤섞여 몰래 동행했다.

◆

"미식. 더 미식을."

"우리온은 춤도 봐야 함."

대성당에서 열린 우리온 신 강림의 축제— 겸 카리온 신 방문의 축제는 기분 좋은 소녀신들을 중심으로 대성황을 보이고 있었다.

우리온 신의 입에 맞아서 다행이다. 원거리 통화로 괜한 참견을 한 보람이 있네.

"사도님도 한 잔 하시죠."

노인 주교가 술잔을 건네주었다.

달콤한 향이 나는 황금색 술은 본 적이 있었다.

"이것은 『신의 온정』이로군요?"

"역시 사도님. 알고 계셨습니까. 신께서 강림하신 자리에 이만큼 걸맞은 술은 없을 것입니다."

나는 주교 나리에게 동의하고, 극상의 벌꿀주를 기울였다.

"미식의 향이 난다. 카리온도 그렇게 말했다."

"말 안 했다. 하지만, 맛에는 흥미가 있다."

무녀들과 대주교에게 환대를 받고 있던 우리온 신과 카리온 신이 순간이동으로 내 앞에 나타났다.

"두 분도 드시겠어요?"

겉보기에는 미성년이지만, 신이니까 음주를 해도 괜찮겠지.

만약을 위해서, 숏 글래스 정도의 작은 술잔을 골랐다.

"긍정. 미식을 어서."

내민 술잔을 우리온 신과 카리온 신이 받아 들이켰다.

"미식. 술 장인은 찬사를 받아야 함. 카리온도 그렇게 말했다."

"우리온에게 동의. ─둥실둥실 신기한 감각. 취기를 실감하는 것은 처음."

소녀신들의 얼굴이 빨갛게 물들고, 비틀비틀 몸이 흔들렸다.

알코올 도수가 낮은 벌꿀주인데 작은 잔으로 취해버린 모양이다.

"유쾌. 이것이 취기. 이것이 즐겁다는 감각. 카리온도 즐기고 있다."

"동의. 의사에 상관없이 웃음이 나온다. 취기는 흥미롭다."

소녀신들이 술잔을 거듭해 들이켰다.

그녀들이 술잔을 비울 때마다 그녀들의 의사를 따르는 무녀들이 술을 따르는 탓에, 점점 자리가 달아올랐다.

"너희들도 마신다. 취기를 즐겨야 함. 카리온도 그렇게 말했다."

"말 안 했다. 우리온의 망상. 몸이 둥실둥실해서 춤추고 싶어진다."

우리온 신의 언령을 받은 신관들이 거하게 술을 나누고, 춤추기 시작한 우리온 신에 맞추어 무녀들과 신관들이 춤을 췄다.

"훌라훌라훌라~?"

"포치는 매혹의 댄서인 거예요."

포치와 타마가 카리온 신과 함께 춤을 추고, 미아가 즐거운 곡을 연주했다. 아리사와 나나가 이끌자 루루도 부끄러운 듯 함께 춤을 추었다. 포치는 알 포대기를 머리에 이동시켜서 제법 코미컬하다.

리자는 홀로 조용히 연회 요리를 먹고 있지만, 꼬리가 즐겁게 리듬을 타고 있었다.

언령도 이렇게 쓴다면 환영일까?

—그렇게 생각한 것도 잠시.

"덥다. 구속구가 방해."

"우, 우리온 님?!"

어이쿠. 우리온 신이 갑자기 옷깃을 풀어헤쳐 버렸다.

"너희들도 벗어라. 달아오른 몸에 바깥 공기가 기분 좋다."

"너희들도 춤춰라. 춤추면 취기가 늘어나 즐겁다."

카리온 신도 옷을 벗고, 그 옷을 휘두르며 웃었다.

언령에 영향을 받은 신관과 무녀들도 옷을 벗고 춤을 추었다. 마치 사바트 같군.

우리 애들은 괜찮다. 함께 춤을 추고 있지만 옷은 그대로다.

포치, 타마, 나나 셋이 주위에 이끌려 벗으려고 했지만, 다른 애들이 막아주었다.

나는 사바트 회장이 된 대성당에서 전이로 날아다니는 소녀 신들 곁에 축지로 접근했다.

"우리온 님, 카리온 님, 미식입니다."

나는 벌꿀맛 술 깨는 약을 소녀신들에게 건넸다.

소녀신들이 벌컥 마법약을 들이켰다.

술이 깰 무렵을 재서, 소녀신들에게 스토리지에서 꺼낸 옷을 걸쳐 주었다.

"지독한 추태를 보였다. 너희들은 지금 일을 모두 잊어야 함. 카리온도 그렇게 말했다."

"긍정. 추태는 잊어야 함."

언령을 받은 사람들이 멍한 표정을 지었다.

"신님. 남자들은 재우고, 여자들은 옷을 입도록 명해줘."

아리사의 부탁을 받은 우리온 신이 그것을 실행해서, 여성이 옷을 다 입고 퇴장한 참에 남성들을 깨워서 옷을 입혔다. 물론, 남성의 수치심을 고려해서 중요한 부분이 보이지 않도록 「이력의 손」으로 옷을 덮어 두었다.

신들도 수치심이 있는지, 이튿날 일찍 우리들은 쉐리퍼드 법국을 출발했다.

우리온 신의 사도 취급인 덕분에, 일반에 판매되지 않는 명주 「신의 온정」을 큰 통으로 대량 획득했다.

마지막이 좀 너저분했지만, 이건 상당한 수확일까?

음악의 나라

"사토입니다. 음감이나 음악 센스가 한 조각도 없습니다만, 연인이나 친구들과 콘서트나 연주회에는 자주 갔었습니다. 노래방은 친구들에게 평이 안 좋아서 주로 듣기만 했지만요."

"바람이 기분 좋다."

아리사가 메인 마스트에 기대 눈을 가늘게 떴다.

쉐리퍼드 법국을 떠난 우리는 남동쪽 먼 바다에 떠 있는 커다란 섬을 차지한 뮤시아 왕국의 항구를 목표로 항해하고 있었다.

이번에는 트러블에 대비하여, 몰래 앞바다에 띄워둔 부유 범선을 사용했다.

"정말로 목적지는 어디든지 괜찮은 건가요?"

"긍정. 미식이나 기쁨이 있는 땅을 희망."

내 물음에 카리온 신이 고개를 끄덕였다.

나는 분명히 가장 가까운 중앙신전이 있는 나라— 자이크온 중앙신전이 있는 피아로오크 왕국이나, 테니온 중앙신전이 있는 오베르 공화국을 희망할 거라고 생각했는데, 소녀신들은 유람을 할 수 있으면 되는 모양이다.

"음악은 근사하다. 마음을 적셔준다. 우리온도 귀를 기울여야 함."

미아의 연주를 카리온 신이 차분하게 듣고 있었다.

아리사가 「인류가 만들어낸 문화의 극치야」하고 말하며 크후크후 웃었다. 원 소재가 유명하니까 그 반응은 이해를 하겠는데, 소녀의 존엄이 흔들릴 법한 웃음은 관두는 게 좋지 않을까?

"미식. 술은 목을 축여준다. 카리온도 마셔야 함."

우리온 신은 마이페이스로 럼주를 들이켰다.

어느 틈엔가 알코올 내성을 획득했는지, 지금은 술을 마셔도 얼굴이 빨개지지 않는다.

"이 과일 주스가 맛있다고 고합니다."

"바나나 주스도 맛있는 거예요!"

나나와 포치가 좋아하는 주스를 권했다.

"미식. 우리온도 마셔야 함."

"카리온이 말한다면— 미식."

우리온 신이 들고 있던 럼주 잔을 떠넘겼다.

아무래도 과일 주스가 더 취향에 맞나 보다.

"신계에는 술이나 주스가 없는 건가요?"

"없다. 신계는 빛이 가득 넘치는 세계. 물질에 지배되는 인계와 다르다."

"고차원 세계 같은 거야?"

"차원의 높고 낮음이 아니다. 세계를 구성하는 차원의 수나 구성 요소가 다를 뿐."

"흐~응, 어려운 이야기는 잘 모르겠지만, 신계가 그런 세계라면 식사도 없겠네."

"그러면, 맛있는 걸 잔뜩 먹어야죠!"

아리사가 동정하고, 루루가 팔을 걷어붙였다.

"피~쉬~?"

"커다란 물고기인 거예요!"

선미에서 낚싯줄을 늘어뜨린 리자가 커다란 가다랑어를 낚았다.

타마가 재빨리 달려 가다랑어에 뛰어들더니, 함께 파닥파닥 하고 있다. 알을 감싸느라 늦은 포치도 손을 뻗어서 가다랑어를 누르고 있지만, 조그만 두 사람은 커다란 가다랑어를 억누를 수 없어 보였다.

"가세한다고 고합니다."

나나가 붙들고, 달려간 루루가 재빨리 가다랑어를 마무리했다.

아무래도 배 위의 점심 식사는 가다랑어 요리가 될 모양이군.

◆

"여기가 뮤시아 왕국인가요?"

"맞아. 저기 보이는 커다란 건물이 소문에 들은 대음악당인가 봐."

여기에 있는 대음악당은 미아가 가보고 싶어한 장소였다.

음악의 나라라고 불리는 만큼, 항구에도 길거리 음악가가 있어서 곡을 연주하며 돈을 벌고 있었다.

섬에 도착했을 때는 「태교에 좋은 거예요」라고 하며 음악에 귀를 기울이던 포치도, 맛있어 보이는 냄새에 져서 재빨리 구운 과자 장사가 있는 장소로 달려갔다. 역시 포치는 꽃보다 경단이군.

"신기한 소리."

어디선가 들리는 음색에 미아가 귀를 기울였다.

"듣고 있기만 해도 신기하게 즐거워져. 아주 어메이징해. 정말이야? 무슨 악기인지 알고 싶어. 아리사랑 사토는 알겠어?"

"현악기 같은데, 뭘까? 어디서 들어본 적이 있단 말이지~."

"아마, 하프 같은데, 이 정도로 중후한 소리는 안 날 거고…… 뭘까?"

음원이 대음악당 같은데, 공간 마법「멀리 보기」로 먼저 대답을 엿보지 않고 다 함께 정답을 보러 가게 됐다.

소녀신들은 포치랑 타마와 함께, 장사꾼에게서 산 구운 과자에 열중해서 듣고 있지 않았다.

"후후훙, 후훙."

여기저기서 길거리 음악가가 곡을 연주하는 뮤시아 왕국이 맘에 들었는지, 상륙한 뒤부터 미아는 계속 콧노래를 흥얼거릴 정도로 기분이 좋았다.

통통 뛰는 바람에 후드가 벗겨질 뻔 했지만, 주의를 줄 정도는 아니었다.

"—주성(奏聖)님?"

"저건 소르르니아 님 아니야?"

미아의 얼굴을 본 사람들이 미아를 보면서 주성의 이름을 말했다.

아무래도, 미아랑 주성을 착각한 모양이다. 아마 주성은 엘프인가 보네.

"사탕 가게."

"포치가 사오는 거예요!"

"구운 과자 장수."

"타마가 사와와~."

이 나라는 과자 산업이 융성한지, 여기저기서 과자를 파는 노점이나 장사꾼이 보였다.

"이 달콤함은 설탕하고 조금 다르네요. 잔뜩 먹어도 끈질기지 않고, 뒷맛이 깔끔해요. 반죽에 버터를 쓰지 않아서 그럴까요?"

루루는 연구에 여념이 없구나.

"저기에 가게가 있으니까, 조금 보고 가자."

식료품을 다루는 도매점 같은 가게가 있기에, 루루와 함께 들여다보았다.

"설탕? 설탕 산호라면 있어. 우리는 도매점이니까 커다란 자루 단위인데. 중심가로 가면 소매를 하니까, 거기로 가는 편이 좋지 않을까?"

가게를 보는 남성이 시식을 허락해주면서 친절하게 가르쳐줬지만, 괴지 만들기에 편리해 보이니까 자루 단위로 잔뜩 샀다. 항구에서 반출할 경우는 무거운 관세 대상이 된다고 했다.

남성의 이야기를 들어보니, 설탕 산호는 이 섬 근방에만 자라는 유독한 산호였다. 독을 없애는 정제 방법은 왕가가 독점하고 있으며, 함부로 정제소 근처에 가면 위병에게 붙잡힌다고 가르쳐 주었다. 위험했다. 라라기의 설탕 공장 때처럼, 냄새에 이끌려 저도 모르게 갈뻔했어.

"저건 무엇?"

도매점을 나서서 길을 걷고 있는데, 카리온 신이 뭔가 발견했다.

"과자의 집인 거예요! 달콤한 냄새가 나니까 틀림없는 거예요!"

"귀여워~?"

정말로 과자의 집 같은 느낌의 가게다.

"카페 같아."

"조금 들러보죠."

소녀신들은 내 말을 기다리지 않고 가게에 돌격했다.

여전히 흥미가 생기면 일직선이군.

"흥 후흥."

"가게 안에도 연주가가 있네."

귀여운 가게 안의 구석에서, 콘트라 베이스 같은 커다란 현악기를 쥔 연주가가 나긋한 곡을 켜고 있었다. AR표시를 보니 가게의 오너인가 보다.

인기가 있는 가게인지, 손님이 잔뜩 앉아 과자와 차를 즐기고 있었다.

젊은 여성이 많지만, 연배가 있는 사람이나 남성도 제법 많았다.

""미식을.""

소녀신들의 대략적인 주문에 웨이트리스가 난처한 표정을 짓기에, 추천하는 과자를 다 주문했다.

장사꾼이나 노점에서 파는 것과 같은 과자가 많았지만, 여기는 가격이 높은 만큼 버터나 버터크림을 듬뿍 사용해서 촉촉하고, 노점에서는 별로였던 퍼석퍼석한 느낌이 사라졌다.

이 지방 과일의 설탕 절임을 끼운 크레이프나 갈레트도 맛있지만, 생크림을 사용하지 않아서 조금 쓸쓸하다.

그때 주인공 상품이 나왔다.

"판타스틱~?"

"사탕 공예네. 먹는 게 아까워."

실처럼 가공된 사탕으로 만든 사탕 공예가 예술품처럼 섬세했다.

"우후후, 사탕 공예는 덧없는 과자니까, 눈으로 즐긴 다음에 금방 먹어 주세요."

사탕 공예를 가져온 웨이트리스가 미소를 남기고 물러갔다.

"미식. 이 가게는 축복받아야 함. 카리온도 그렇게 말했다."

"말 안 했다. 하지만 축복에는 동감. 그 정도의 가치는 있다."

소녀신들이 주색과 홍색의 빛을 띤 손을 휘두르자, 가게와 주방에 빛의 커튼이 쏟아졌다.

손님들도 웨이트리스도 오너도, 눈을 깜박거리며 갑작스런 기적에 놀라고 있었다.

어떤 효과가 있는지는 모르지만, 이 일이 소녀신들의 신자에게 전해지면 지금 이상으로 손님이 쇄도하겠군. 이걸로 가게도 걱정이 없겠어.

◆

"대음악당."

미아가 기대를 가득 담은 표정으로 돔 구장처럼 커다란 대음악당을 바라보았다.

카페에서 과자를 탐닉한 우리는 이 나라에서 목적지였던 「대음악당」으로 찾아왔다.

대음악당 앞에는 사람이 잔뜩 있었다.

"주인님, 입장권을 사오겠습니다."

리자가 말하기에 맡겼다.

타마가 스르르 움직이며 그림자처럼 리자 뒤를 따라갔다. 아마 닌자 수행의 일환이겠지.

"─중지? 연주회가 중지라니 무슨 소리야?"

엿듣기 스킬이 주위 소리를 포착했다.

"그럴 수가! 이 연주회를 기대하고 있었는데……."

"듣자니 성악기의 조율을 못하고 있다는 모양이야."

"그건 정말이야? 조율백이 주성님과 함께 부재중이라지만, 조율백의 제자들이 몇 명이나 있을 텐데."

"조율에 사용하는 『몽향(夢響)의 소리굽쇠』를 도둑맞았다는군."

"어머나, 무서워라."

기껏 찾아왔는데 대음악당의 연주회를 못 들으면 너무 아쉽다.

그렇게 생각하여 맵 검색으로 「몽향의 소리굽쇠」를 찾아봤지만 이 나라나 기지의 맵에는 없었다. 아마도 범인이 아이템 박스나 「마법의 가방」 안에 수납하고 있는 거겠지.

"주인님—."

돌아온 리자가, 방금 전에 엿듣기 스킬로 들은 것과 같은 정보를 가지고 돌아왔다.

"사토."

쿡쿡 양쪽에서 소매를 끈다. 한쪽은 유감스런 표정의 미아고, 또 한쪽은 역정이 난 느낌의 카리온 신이었다.

"너는 어떻게든 해야 함. 우리온도 그렇게 말했다."

"말 안 했다. 카리온은 내 흉내를 그만둬야 함."

평소랑 반대 패턴으로 무모한 지시를 하시네.

"저는 리듬감이 없어서 자신이 없습니다만, 뭔가 힘이 될 수 없는지 물어보죠."

조율사의 칭호나 스킬 레벨 최대인 「마법 도구 조율」 스킬, 「연주」 스킬도 있으니까 돕는 것 정도는 할 수 있겠지.

"미아, 도와줄래?"

"응, 맡겨둬."

음악을 좋아하는 미아가 도와준다면 든든하지.

우리는 대음악당의 사무국으로 이어지는 직원용 입구로 갔다.

"죄송합니다만, 이쪽은 관계자 전용의 통로입니다. 연주회의 티켓 환불이라면, 저쪽 발권소에서 하고 있으니 줄을 서주세요."

입구에 있던 경비가 정중한 어조로 우리를 가로막았다.

소녀신들의 언령에 의지만 할 수도 없으니까, 사기 스킬로 노력해봐야겠군.

"갈래."

내가 입을 열기 전에, 미아가 후드를 내리면서 요구했다.

"주, 주성님!"

"어, 어째서 소르르니아 님이!"

"아니—."

"부디, 들어가 주세요. 다들! 주성님이 돌아오셨다!"

미아가 부정하는 것보다 빠르게, 경비 직원들이 문을 열고 안으로 달려가 버렸다.

"갈래."

망설이지 않고, 미아가 통로 안쪽으로 움직였다.

뭐 괜찮겠지. 수고가 줄었네.

"소르르니아 님—이 아니시군요?"

"응, 미아."

복도를 달려온 미녀의 질문에 미아가 답했다.

"엘프님으로 보이십니다만, 소르르니아 님과 동향이신가요?"

"아냐."

휙휙 고개를 젓는 미아를 보고 미녀가 당혹한 표정을 지었다.

"처음 뵙겠습니다. 저는 사토라고 합니다. 그녀는 보르에난 숲의 미사날리아. 성악기의 조율에 고생하고 있다는 이야기를 듣고서, 뭔가 도울 수 없을까 하여 달려왔습니다."

"보르에난 숲의……."

미녀가 작은 소리로 중얼거렸다.

"알겠습니다. 엘프님이라면 조율이 가능할지도 몰라요. 부디 저희들에게 힘을 빌려주세요."

아무래도, 사기 스킬과 엘프의 네임 밸류가 승리한 모양이다.

"소개가 늦었습니다. 저는 음악당의 당장인 라라벨이라고 합니다."

우리를 안내하면서 미녀가 말했다.

"마법소녀 같은 이름이네."

아리사가 뒤에서 조용히 중얼거렸다.

"이것이 성악기 벨라룰라입니다."

당장이 성악기가 있는 홀로 안내해 주었다.

아리사가 뒤에서 「아깝다!」라는 말을 흘렸지만, 뭘 말하는 건지 모르겠으니까 넘어갔다.

"그레이트~?"

"거미줄 같은 거예요."

"거미줄이라면 가로줄이 필요하다고 지적합니다."

성악기는 방사형으로 뻗은 긴 현을 가진 하프의 일종인가 보다.

가장 긴 현은 50미터쯤 될 것 같다. 현이 집중되는 장소가 다섯 군데 있고, 긱긱의 장소에 연주자가 앉아서 소리를 조정하고 있었다.

바로 앞에 지휘봉을 든 사람이 한 명 있는데 조율의 지휘를 하고 있는 사람일까?

"각각의 현 수는 256개. 현의 장력뿐 아니라, 현에 흐르는 마력량에 따라서 소리가 바뀝니다."

당장이 설명해 주었다.

"안 돼. 안 돼! 한 자리라면 모를까 다섯 자리 전부를 조정하는 건 무리야!"

조율 지휘를 하고 있던 남성이 머리를 쥐어뜯으며 외쳤다.

"쓰러졌어."

"큰일난 거예요!"

남성이 풀썩 쓰러졌다.

조수가 황급히 남성 곁으로 달려갔다.

"의무실로 옮기세요!"

당장의 지시를 받은 직원이 남성을 옮겼다.

조율에 협력해준 연주자들도 피로가 극에 달했는지 좌석에 주저앉았다.

당장이 연주자들을 보살피라고 직원에게 말한 다음, 이쪽으로 시선을 돌렸다.

"꼴사나운 모습을 보였습니다. 평소에는 『몽향의 소리굽쇠』에 의지하여 조율을 하고 있다 보니, 그것이 없으면 만족스럽게 조율도 못하는 꼴입니다."

"그러고 보니, 『몽향의 소리굽쇠』를 누군가 훔쳤다고 했나요?"

"네. 채찍을 휘두르는 검은 옷을 입은 자가 빼앗아 도망쳤습니다."

―채찍을 쓰는 검은 옷.

드라그 왕국에서 「녹룡의 알」을 훔친 도적과 똑같네.

"채찍을 쓰는 검은 옷의 여성이었나요?"

"알고 계시는 건가요?!"

"아뇨, 드라그 왕국에서도 비슷한 사건이 있었다고 합니다. 어쩌면 동일범일지도 모른다고 생각해서요."

─용의 알 여러 개와,「몽향의 소리굽쇠」.

그들이 뭘 꾸미고 있는지는 모르지만, 이렇게 가는 곳마다 사건을 일으키면 아무래도 신경 쓰이는데. 현자 솔리제로가 부정적인 유산을 남기지 않았기를 기도해야지.

"사토."

미아가 내 소매를 끌었다.

아무래도, 얼른 조율하라는 것 같다.

나는 당장에게 말해서 사람이 물러간 성악기 곁으로 갔다.

"성악기 벨라룰라는 이 장갑─『주자의 손끝』을 장착하고 소리를 연주합니다."

당장이 자리에 앉아서, 연주를 실제로 보여주었다.

깊이 있는 근사한 소리다.

"그러면 조율을─."

재촉을 받아서 앉고, 하얀 장갑을 끼었다.

미약하게 마력이 장갑에 빨려 들어가기는 감각이 있다. 이걸 통해서 성악기에 축적된 마력이 현을 통해 소리에 마력적인 진동을 만드는 모양이다.

연주 스킬과 마법 도구 조율 스킬의 도움을 빌려서, 현을 퉁겨봤다.

마검이나 마법 도구에 흔히 있는 응어리는 없지만, 현의 품질이 제각각인 것 같다. 이게 의도적인 건지 열화한 건지는 모르겠다.

"미아, 이거 연주할 수 있니?"

"응, 맡겨둬."

당장이 하는 것을 보고 기억했는지, 미아가 위태로움 없는 동작으로 성악기를 다뤘다.

방금 전에 내가 한 것처럼 현을 하나씩 퉁겨서 확인한 다음, 미아가 자주 켜는 엘프의 악곡을 연주—하는 도중에 뜯는 걸 멈추었다.

"이 현이랑 이 현이랑 이 현. 그리고 이거랑 이걸 동시에 칠 때 이 현—."

내가 발견한 것과 같은 불량 현 몇 개와, 조합했을 때 미묘한 현을 더욱이 몇 개 발견해줬다.

"이 조합은 문제없어?"

"응, 의도적."

미아에게 물어보길 잘했군.

하마터면 변경할 필요 없는 곳까지 건드려서 악화시켜버릴 참이었어.

나는 미아의 정보를 기반으로, 연주 스킬과 마법 도구 조율 스킬의 도움을 빌어 성악기의 조율을 진행했다. 나 자신에게 음감이 있으면 한 방에 조정이 가능했지만, 센스가 없는 건 어쩔 수가 없으니 미아랑 2인 3각으로 조율을 완성시켰다.

"이거면 될 거야. 미아, 시험해봐."

"응."

당장의 제안으로, 다 함께 객석에 앉아 연주를 확인했다.

—오옷.

내가 조율했을 때는 그냥 뱃속에 울리는 묵직하기만 했던 소리가, 미아 손에 걸리자 다른 것으로 변했다.

굉장하군. 이게 성악기의 진가구나…….

하나하나의 소리가 명확하게 느껴지는데, 모든 소리가 대립하지 않고 입체적으로 조화하여 깊이 있는 다른 차원의 음악을 만들어낸다.

매끄러운 소리의 연속이 파도치듯 내 몸을 감싸고, 마음 편한 리듬이 나를 채워준다.

어느샌가 비어 있던 네 자리에 연주자가 앉아서 미아의 연주에 맞추어 곡을 연주하기 시작했다.

엘프의 민속 악곡이라서 아마 악보를 모를 텐데, 즉흥적으로 맞추는 실력은 프로 연주자라 가능한 거겠지.

평소의 곡에 맞추어 포치와 타마와 나나가 노래를 흥얼거리고, 아리사의 권유로 동료들이 거기에 맞춰 노래를 시작했다.

뒤쪽에서 곡에 맞추어 허밍하는 맑은 노랫소리가 들렸다. 의상을 보니, 음악대의 소년소녀들인가 보다.

처음의 장엄함은 사라져버렸지만, 이런 식으로 떠들썩해야 본래의 즐거운 곡조에 잘 어울린다.

어느샌가 카리온 신과 우리온 신까지 합창을 했다. 사람들을 매료하는 노랫소리가 미아의 연주와 어우러져 사람들에게 감동을 전한다. 이것이 사람과 신의 향연이군—.

나는 의자에 깊숙하게 앉아서, 울려 퍼지는 멋진 연주에 귀를 기울였다.

—이거 상당히 사치스런 시간이네.

◆

"바이바이비~."

"또 만나는 거예요!"

항구에서 손을 흔드는 사람들에게 커다랗게 손을 흔들면서 출항했다.

"""미아 니이이임~."""

멀리서 미아의 팬들이 커다란 깃발을 흔들었다.

성악기 조율을 마친 다음날부터 사흘 정도, 당장의 간곡한 요청으로 미아가 연주회의 센터를 맡았다. 뮤시아 왕국에서 주성의 재래라고 절찬을 받았다. 팬클럽이 생길 정도다.

"과자는 맛있었지만, 관광은 살짝 모자랐어."

"그렇지도 않아."

길거리 음악회도 좋았고, 맛있는 과자를 먹으면서 듣는 연주도 괜찮았다.

미아가 즉흥으로 연주하기만 해도, 근처에 있는 아이들이 자연스럽게 섞여서 합창을 하는 것도 즐거웠지.

"다음은 어디?"

뮤시아 왕국의 항구가 보이지 않게 되자, 카리온 신이 다음 목적지를 물었다.

표정은 진지하지만, 뮤시아 왕국에서 산 커다란 캔디를 핥으면서 물어보니 도통 위엄이 없다.

"어디보자. 항로 앞에는 환락도시 베로리스가 있습니다만—."

"안 돼."

"그래! 절대 안 돼."

환락도시라는 이름에 끌려서 말해봤는데, 철벽 페어가 재빨리 저지했다.

"흥미."

"환락이 어떤 것인지 설명을 요구. 너는 속히 대답해야 함."

소녀신들은 흥미진진하다.

"안 돼. 그런 거에 흥미를 가지면."

"응, 독기 잔뜩."

아리사와 미아가 필사적으로 설득했다.

결국 두 사람의 설득이 결실을 맺어서, 항로를 환락도시 베로리스에서 돌리게 되어 버렸다.

우리는 광산의 나라에서 미스릴 광석을 사고, 해초와 새의 섬에서 바닷새와 해초 찜에 혀를 내두르고, 때때로 공격해오는 해적을 퇴치하며 여행을 했다.

"모락모락~."

"산에서 연기가 나는 거예요!"

전방에 화산섬이 보였다.

"저게 다음 목적지야."

저기는 포치가 만나고 싶어한 사무라이 대장이 있다는 소문의 흑연도다.

광산의 나라 북방에 있는 수라산에서는 검성을 만나지 못했으니, 흑연도의 사무라이 대장에게는 기대를 품고 있었다.

흑연도로 접근하는 걸 막는 암초나 소용돌이를 빠져나가, 우리들의 배는 흑연도의 항구로 다가갔다.

흑연도

"사토입니다. 화산의 연기가 가까이 보이는 장소에 사는 친구 말에 따르면, 분화의 위험성도 그렇지만 나날이 생활하는데 화구 상공의 바람을 신경 써야 한다고 했습니다. 기껏 세탁한 빨래를 화산재가 망쳐버리는 일이 있다고 해요"

"여기도 전쟁의 흔적이 있네요."

"정말로 내해 쪽 나라는 인간들끼리 전쟁이 많네."

항구 주변의 건물에 그을린 흔적이나 포탄 따위로 부서진 흔적이 여기저기 보였다.

이 섬은 사가 제국 출신의 사무라이 대장을 중심으로 하는 무투파가 실효 지배를 하는 자치령이다.

관광성 자료에 따르면 전략 물자인 불 광석이 화구에서 풍부하게 채취되며, 금광맥도 있다. 농작물의 수확량은 적지만, 해산물이 풍부하며 자급자속이 가능하다고 힌다.

"파리온의 분별없는 사랑 탓."

우리온 신이 중얼거렸다.

"사람을 지키는 일이 결과적으로 다툼을 조장하는 일도 있다."

카리온 신이 덧붙였다.

파리온, 사랑, 지키는 일―「파리온 신의 등불」이구나!

내해를 항해하는 선박에서 마물을 쫓아내는 「파리온 신의 등불」이 국가 간의 전쟁을 유발하는 사태를 일으켰다고 말하는 거겠지.

이건 파리온 신이 나쁘다기보다는, 풍요로움 탓에 침략 전쟁을 꾸미는 녀석들이 나쁜 거라고 생각하지만. 어쩌면 파리온 신국이 각국의 분쟁을 중재하는 건 이게 관계가 있는 걸지도 모르겠다.

"마스터, 조각배가 접근 중이라고 보고합니다."

항구 쪽에서 네다섯 명의 사공을 태운 배가 빠르게 접근한다.

언뜻 소규모 해적처럼 보이지만, AR표시를 보니 항만 직원이었다.

"기모노."

"정말이네. 옷고름도 끈으로 묶었고 머리띠도 했어. 복장도 일본풍이네."

사가 제국에서 이민한 사무라이가 많다고 들었는데, 복장까지 일본풍인 건 예상 밖이었다.

『여기는 흑연도! 강자만 상륙이 용납되는 수라의 섬!』

―무슨 만화냐.

무심코 내심 태클을 걸었다.

세기말의 구세주 만화에 나올 법한 설정은 필요 없어요. 부탁이니 포근한 판타지 노선을 부탁하고 싶습니다. 아리사가 말도 못할 정도로 좋아하면서 흥분하잖아.

"내 이름은 리자 키슈레시가르자! 시가 왕국 펜드래건 자작의 직신이며, 세리빌라 미궁의 『계층의 주인』을 토벌한 미스릴의 탐색자! 이 배에 탄 자는 모두, 일기당천의 강자이니!"

리자가 마창 도우마를 한 손에 들고 힘차게 대답했다.

이런 리자는 보기 드물단 말이지. 무심코 「녹화」랑 「녹음」 마법으로 용맹한 모습을 촬영해 버렸다.

『좋다! 밧줄을 내려라. 사무라이 대장 제일의 가신이자 텐넨리 스인류 개전 곤로크 님이 간파해주마!』

곤로쿠 같은 이름을 가진 중년 사무라이가 조각배에서 외쳤다.

리자가 「괜찮을까요?」라고 물어보기에 고개를 끄덕였다.

밧줄을 내리자 원숭이처럼 민첩한 움직임으로 중년 사무라이가 부유 범선의 갑판에 올라왔다. 나 말고는 여자와 아이들뿐이라 놀랐지만, 딱히 아무 말 없이 리자와 마주섰다.

"사무라이 님인 거예요!"

중년 사무라이를 가까이서 본 포치가 좋아했다.

"—그러면, 당당히 승부!"

쿠로코 같은 차림을 한 아리사가 중년 사무라이와 리자의 결투를 지휘했다.

아마 게임의 코스프레 같은데, 인제 갈이입었지?

『이럴 수가!』

한순간 눈을 뗀 사이에 승부가 났다.

순동으로 순식간에 간격을 좁힌 리자의 창이, 거합을 하려던 중년 사무라이의 칼코등이를 찔러 막은 것이다.

『이토록 손도 못 쓰고 당한 것은, 대장이나 검성 나리 말고는 처음이다!』

중년 사무라이가 껄껄 웃었다.

그가 아래서 기다리는 동료에게 「강자다!」 하고 외치자, 조각 배가 순순히 부유 범선에서 떨어져 우리를 선도해 주었다. 중년 사무라이는 항구까지 동승하는 모양이다.

"리자랑 싸울 때 기합 발도는 안 되는 거예요! 포치는 언제나 막혀 버리는 거예요."

『호오. 아직 어린데도 거합술을 다루는 것인가.』

"그런 거예요! 카운도한테 배운 거예요!"

『카운도? 혹시 스인 카아게류의 천재, 변환자재의 카운도인가!』

사가 제국의 사무라이 카운도 씨한테 그런 별명이 있다는 건 몰랐네.

『그 카운도 공에게 가르침을 받았다면, 참으로 재능이 있는 것이겠지.』

『카지로 선생님이랑 루도루한테도 배운 거예요.』

『제도 지 게인류의 루도루 공과 원조 지 게인 류의 카지로 공인가! 둘 다 지 게인류의 유명인이 아닌가!』

사무라이의 세계는 좁은가 보다.

우리는 중년 사무라이에게 사무라이의 유파나 유명인 이야기를 들으면서 입항했다.

외양선이 접현할 수 있는 잔교가 없어서, 우리들의 부유 범선은 항구 근처에 닻을 내리고 조각배로 들어갔다.

봄부터 초여름의 기후가 많은 다른 도시와 달리, 이 항구는 한여름처럼 덥다.

나는 로브를 벗고 셔츠의 소매를 걷었다. 동료들도 겉옷을 요정 가방에 수납했다.

"항구의 창고 말고는 오두막 같은 곳이 많네요."

"마을 안에는 훌륭한 목조 건축도 있지만 수가 적네. 흑연도는 건축 자재가 비싼 걸지도 모르겠군."

우리는 중년 사무라이의 선도를 받아 흑연도의 복잡하고 좁은 길을 나아갔다.

목적지는 사무라이 대장의 저택이다.

"길에 모래가 쌓여 있는 거예요."

"정말이네? 근처에 모래 구릉이라도 있는 걸까?"

『그건 화산재야. 평소에는 지금과 같은 방향으로 바람이 불지만, 가끔 마을 쪽으로 불지.』

그렇군. 가는 모래처럼 보였는데 화산재가 쌓인 거구나.

『연마제로 쓰기 좋아서, 내해의 상인이 가끔 사러 오지.』

중년 사무라이가 뜻밖의 특산품을 가르쳐 주었다.

""미식을.""

"작은 생선이나 오징어 구이밖에 없는데 상관없나요?"

소녀신들의 요청이 왔지만, 이 근처는 심플한 요리를 다루는 가게밖에 없다.

"긍정. 같아 보여도, 다른 미식이 있다."

"카리온에게 동의. 미식은 깊다."

그렇게 되어, 포치 선생님의 코가 맛있어 보이는 느낌이 오는 가게를 찾았다. 요리를 사들이고 그것을 먹으면서, 기다려준 중년 사무라이와 함께 저택으로 갔다.

◆

"잘 왔다, 강자. 내가 사무라이 대장 스인겐이다."

기모노를 입고 머리를 넘긴 초로의 남성이 위엄 있는 목소리로 자기소개를 했다.

우리는 낮은 돌담 위에 선 무가 저택 같은 집의 다다미 방에 있었다. 여기는 풍습도 일본풍인지, 방에는 신발을 벗고 들어가는 식이었다. 나와 아리사 말고 다른 멤버들은 그런 관습이 익숙지 못해서 당황했다. 지금도 풀로 엮은 깔개 위에 앉아 있다.

"처음 뵙겠습니다, 스인겐 각하. 저는 시가 왕국의 사토 펜드래건 자작이라고 합니다."

나도 자기소개를 하고, 리자와 동료들을 간단히 소개했다.

"그쪽의 비늘 종족 아가씨가 곤로크를 가볍게 제압한 달인인가……?"

사무라이 대장이 사냥감을 바라보는 맹수 같은 표정을 지었다.

"겨루기는 뜰에 가서 해라. 또 벽이나 도장을 부수면 누우메한테 혼날 거다."

양장을 입고 하얀 머리칼을 보브컷으로 자른 노령의 여성이 마루 쪽 장지문에 기대고 있었다.

AR표시에 따르면 그녀의 이름은 블루메 쥬레바그. 「검성」이나 「용사의 종자」란 칭호를 가졌고, 검술 스킬 따위의 근접 전투 계통 말고도 벼락 마법이나 「신성 마법: 파리온 교」의 스킬을 가졌다.

　아마도 그녀가 바로 수라산에서 만나지 못한 검성이겠지.

　가문명이 같으니까, 시가8검 필두인 「부도」의 쥬레바그 씨 친족이 틀림없다.

　"그러지. 가자, 리자."

　사무라이 대장이 일어섰다.

　리자가 돌아보며 허가를 구하기에 고개를 끄덕였다.

　"알겠습니다."

　"포치도 결투하는 거예요."

　"타마도 하고 싶어~?"

　"저도 사무라이 마스터와 승부를 희망한다고 고합니다."

　리자가 일어서자, 전위진이 신이 나서 일어섰다.

　"포치, 격렬하게 움직일 거면 알은 맡아줄게."

　"네, 인 거예요. 소중하고 소중한 알이니까 소중하게 해주는 거예요."

　"오게이~ 맡~거만 둬!"

　"……정말로 정말로 괜찮은 거예요?"

　"아하하, 정말로 괜찮으니까 안심해."

　포치가 걱정하면서 배에 두른 알 포대기를 아리사에게 맡겼다.

　수행중에는 방해가 될 테니, 내일부터는 내가 맡아주면 되려나?

"―미식은?"

쿡쿡 내 소매를 끌어당긴 카리온 신이 물었다.

"뭐야? 배가 고픈 거냐? 누우메! 손님한테 식사다!"

칼을 손에 들고 툇마루로 나서던 사무라이 대장이, 집 안쪽을 향해 외쳤다.

멀리서 「네~에」 하고 활기찬 여자애의 목소리가 들렸다.

"술은?"

"조금 기다려라. 그건 승부가 끝난 다음이다."

"수락. 싸움을 지켜본다."

우리온이 거창한 동작으로 고개를 끄덕이고 툇마루에 앉았다.

발을 붕붕 흔드는 모습을 보면, 그녀의 정체가 신들 중 하나라고 상상할 수가 없다.

"일단 리자부터다."

"―알겠습니다."

사무라이 대장이 뽑은 칼을 중단으로 겨누었다.

그는 레벨이 51이나 되니까, 리자도 그렇게 방심할 수 없다.

"움직였다."

떨어지는 나뭇잎이 두 사람의 시선을 가린 순간, 리자가 전광석화 같은 기술로 공격했다.

사무라이 대장은 리자의 노호 같은 공격을 아슬아슬하게 흘려냈다.

"―으음."

예기치 못한 공격에 사무라이 대장이 감탄을 했다.

한 번 물러난 것처럼 보인 리자가, 돌아선 순간에 꼬리로 발후리기를 했다.

그래도 사무라이 대장은 곧장 후퇴하여 꼬리를 피했다.

그다지 넓지 않은 뜰에서 두 사람이 위치를 교대해 가며 격렬한 공방을 펼친다.

리자가 밀어붙이고 있지만, 사무라이 대장은 종이 한 장 차이로 간파하여 흘리고 반격의 틈을 만들어낸다.

스피드나 파워 같은 건 리자가 위다. 그러나 노련함과, 무엇보다도 오랜 세월 쌓아 올린 경험은 사무라이 대장이 압도적으로 위였다. 적어도 현시점에서 대인전은 그가 조금 더 유리해 보였다.

드워프 자치령의 도하루 노인이랑 싸웠을 때도 생각했는데, 나이 든 전사의 노련한 경험은 배울 점이 많아.

"저 녀석, 제법이군."

내 옆에 서서 말을 건 것은 검성이었다.

등을 쭉 뻗은 모습도 그렇고, 생기가 넘치는 기백도 그렇고, 도저히 88세로 보이지 않는다.

"너희들은 시가 왕국에서 왔지? 그러면 시가8검은 알고 있겠지? 저 애가 스인겐을 이기면 소개장을 써주마."

—필요 없어요.

"시가 왕국 최강이니 『부도』니 불리면서 잘난 척하는 우리 바보 아들 콧대를 꺾어줘라."

아차. 시가8검에 천거하는 소개장이 아니라, 결투를 위한 소

201

개장이구나.

아들인 제프 씨도 꽤 근육으로 생각하는 타입이었는데, 어머니도 같은 타입이구나.

"검성님께서는 제프 쥬레바그 씨의 자당이셨군요."

"자당이라고 거창하게 말 안 해도 된다. 나는 검성이나 이미 버린 가문명이 아니라, 블루메라고 이름으로 불러라."

블루메 여사가 털털한 어조로 말했다.

대화하는 중간에 누가 뒤에서 꾹꾹 셔츠를 당겼다.

"불만."

돌아보자 불만스런 표정의 카리온 신이 나를 올려다보았다.

그 뒤에는 난처한 표정의 낯선 소녀가 있었다. AR표시에 따르면 이름은 누우메, 사무라이 대장의 딸인가 보다.

방에는 작은 상에 놓인 다갈색 주먹밥과 장국이 있었다.

"죄송해요. 주방장인 라드파드 씨가 있으면 조금 더 공들인 음식을 낼 수 있는데, 지금은 바다에 식재료를 찾으러 가서요."

"주방을 빌려도 될까요?"

"네. 대단한 식재료는 없지만, 그래도 괜찮다면."

허가를 받았으니, 루루를 불러서 주방에 갔다.

만약을 위해 공간 마법 「멀리 보기」와 「멀리 듣기」를 발동하여 리자의 상태를 확인하자.

"불 광석을 사용한 부뚜막이네요. 조미료는 소금과 술, 그리고 검은 건 된장이에요. 여기 있는 건 간장일까요?"

"그건 어장인데, 라드파드 씨가 걸러놓은 거예요. 비린내가 없어서 맛있어요."

루루가 생생한 표정으로 주방을 체크했다.

식재료와 조미료는 우리가 가져온 걸 쓰려고 생각했는데, 루루가 즐거워 보이니까 그대로 뒤에서 지켜봤다.

"내 주방에서 먹을 걸 뒤지는 놈이 누구냐!"

반라의 남자가 주방에 뛰어 들어왔다.

"라드파드 씨, 어서 오세요."

"으으음, 누우메! 설마 네가!"

"『설마 네가』가 아니잖아요. 라드파드 씨가 없으니까 손님한테 요리를 만들어 주려고 한 거예요."

근육을 괜히 강조하는 무더운 이 남성이 요리사 라드파드 씨인가 보다.

머리에 올라간 미역은 패션일까? 그냥 바다에 다녀오느라 묻은 걸까? 판단이 어렵군.

"손님?"

"시가 왕국의 손님이에요."

누우메 양이 라드파드 씨에게 설명하고 이쪽을 돌아보았다.

"사토 님. 이 사람이 우리 집의 요리사인데, 『천변만화의 요리사』 라드파드 씨예요. 뭐, 다른 데서는 『변태 요리사』라고 불리는 일이 더 많지만요. 겉모습이랑 언동 말고는 평범한 사람이니까 미지근한 눈으로 봐주세요."

누우메 양이 도무지 감싸주는 것 같지 않은 말로 라드파드 씨를 소개했다.

"누우메! 그러면 내가 이상한 사람이라고 말하는 것 아니냐!"

"이상한 사람이라고 말한 거예요."

두 사람의 만담을 보는 사이에, 리자와 사무라이 대장의 시합이 끝났다. 뜰 쪽에서 환성이 들린다. 결과는 무승부인가 보다. 승리 직전까지는 가면서도 완전히 이기지 못한 탓인지, 리자가 굉장히 분한 기색이다.

"그러면 라드파드 씨. 손님한테 뭔가 만들어 주세요."

"무사수행을 하러 온 녀석이면 점심 때 남은 국이랑 주먹밥이라도 주면 되잖아. 그 녀석들은 배만 부르면 불만이 없는 녀석들이다."

"부정. 차가운 국은 그럭저럭 미식. 그렇지만 맛의 깊이가 부족하다."

카리온 신이 끼어들었다.

"당신이 손님이야? 제법 맛을 아는구만."

"미식을."

"그것은 요리사에 대한 도전이군! 기다려라! 찍 소리도 안 나오는 맛있는 걸 먹여주지!"

라드파드 씨의 발언을 들은 카리온 신이 흡족하게 고개를 끄덕였다.

"자, 잠깐만요, 라드파드 씨! 그건 저녁 식사 재료 아니에요?"

"그게 어쨌다고! 손님의 혀를 만족시키지 못할 바에는, 다른 녀석이 저녁을 굶어도 상관없다!"

"상관있어요! 다들 수행이나 일하고 돌아와서 얼마나 배가 고플 거라고 생각하세요!"

누우메 양이 주방의 지갑을 쥐고 있는지, 라드파드 씨도 그 이상 강행하지 못하는 모양이다.

"부족한 식재료는 저희가 구해올게요."

"오오, 그런가! 그러면 부탁하지! 도와라, 누우메."

"죄송해요. 손님한테 그런 걸 시켜서."

"상관없어요."

루루는 라드파드 씨의 요리에 흥미가 있는 것 같으니, 부족한 식재료는 나 혼자서 사오기로 했다.

"사토."

현관으로 가는 도중에 미아가 따라왔다. 같이 장을 보러 가주는 모양이다.

"손님. 여기는 외부인이 돌아다니면 바보가 시비를 겁니다. 시종을 붙일 테니 짐꾼이나 몰이꾼으로 쓰십쇼."

문지기가 친절하게 종자를 붙여주기에, 개구쟁이 같은 소년과 함께 식재료를 사러 어부들의 선착장으로 갔다.

소년은 짚신에 홑옷 한 장을 입었다. 수습인지 진검이 아니라 목도를 밧줄 허리띠에 끼웠다.

미아에게 한눈에 반하기라도 했는지, 얼굴이 빨개져서 미아 쪽을 힐끔거리며 보고 있었다.

"있잖아, 당신네 주인님은 강해?"

항구로 가는 거친 골목을 내려가는데, 한가했는지 소년이 나

에게 말을 걸었다. 그의 시선이 힐끔거리며 미아 쪽을 보지만,
나한테 질문한 모양이다.

"내가 당주야. 스인겐 씨가 봐주고 있는 건 내 동료들이다."

아무래도 그는 내가 심부름꾼이라고 생각한 모양이다.

"에엑? 시가 왕국은 높은 사람이 심부름을 가는 거야? 주인
나리도 큰 나리도, 자기가 장보러 안 가는데?"

어지간히 놀랐는지, 미아를 힐끔거리는 것도 잊고 나를 보았다.

"시가 왕국에서도 마찬가지야."

"당신, 별난 사람이네."

소년이 기가 막힌다는 표정을 지었다.

그야 뭐 이 대륙의 상식에서는 벗어난 걸지도 모르지.

소년이 함께 온 덕분에, 대단한 트러블 없이 부족한 식재료를
사들일 수 있었다. 몇 번인가 미아의 빼어난 귀여움에 매료된 남
자애들이 소란을 피웠지만, 소년이 얼굴이 빨개져서 쫓아냈다.

"있지. 검은 소용돌이의 큰 도미를 그렇게 많이 사도 돼?"

"상관없어. 너도 먹고 싶지?"

"응, 그야 그렇지. 우리들 시종들도, 정월에는 도미나 다금바
리를 쓴 된장국을 먹을 수 있어."

소년이 기쁜 기색으로 말했다.

"우웅, 버섯."

"버섯은 산에 있지. 산에 가면 캘 수 있으니까 마을에서는 안
팔아. 먹고 싶으면 캐올게."

드디어 미아와 대화를 해서 기쁜지, 소년이 엄청나게 빨리 말

했다.

"부탁해."

"알았어! 맡겨만 둬! 산나물도 캐올게!"

소년은 볼을 붉히면서, 안내 역할도 잊고 산으로 달려갔다. 미아의 매력은 무시무시하군.

도울까 생각했지만, 소년이 자기 능력을 보일 찬스를 없애면 미안하니까 먼저 저택으로 돌아가야겠다.

"어서 오십쇼, 손님. 헤슷케 녀석을 붙여드렸는데― 고놈이 일을 팽개쳤구만요. 망할 놈 같으니."

저택의 문지기가 일을 까먹은 소년에게 역정을 냈지만, 우리가 용건을 부탁했다고 해서 달래뒀다.

전위진과 사무라이 대장의 시합은 끝났고, 지금은 검성 블루메 여사의 지도 타임이 되어 있었다.

"돌격의 속도는 좋다. 하지만, 주위도 더 잘 봐라!"

"네, 인 거예요!"

블루메 여사가 포치의 일격을 유연한 검기로 받아 흘렸다.

"고양이 귀는 주위는 잘 보고 있지만, 일격이 가볍다. 쌍검으로 공격 횟수를 늘릴 기리면 더 기술의 종류를 늘려라!"

"네잉."

사각에서 덤비는 타마의 쌍검을, 블루메 여사의 강검이 한 번에 쓸어버렸다.

레벨은 포치랑 타마가 더 높을 텐데, 대인전은 블루메 여사가 몇 단계 위였다.

"아직 멀었어~ 인 거예요!"

"원 모어 트라이~."

포치와 타마가 기죽지 않고 도전했다.

"미식. 조림의 간이 절묘. 갓 지은 백미는 사토보단 떨어지지만, 국과 맞추면 맛이 늘어난다."

"백미라…… 이 섬에서는 쌀이 안 나니까 갈레온 동맹의 교역선에서 사는 수밖에 없단 말이다. 뭐 좋은 쌀 있으면 좀 나눠줄 수 있나?"

카리온 신이 툇마루에서 작은 상에 올라간 식사를 먹고 있었다.

옆에 있는 요리사 라드파드 씨가 후반의 말을 나에게 했다.

"네, 상관없어요. 시가 왕국의 오유고크 공작령산입니다만, 그거면 될까요?"

"오오! 최고급품이잖아! 그걸 준다는데 불평을 하는 녀석이 어디 있겠어!"

루루가 시식용 그릇에서 여기서 먹는 밥을 먹여 주었다. 이 주변은 길쭉한 장립종의 쌀이 주류인가 보군.

"탁주는 끈질기다. 미주(米酒)는 조금 맵지만, 미식. 벌꿀주나 럼주의 승리."

"마실래? 소주도 있어."

"긍정. 잔에 따르는 것을 허락한다."

벌거벗은 상반신의 땀을 닦고 있던 사무라이 대장이 우리온 신과 술을 나누었다.

"라드파드 씨. 놀지 말고 저녁 식사 준비를 해야죠! 저녁때까지 안 끝나요!"

누우메 양이 주방에서 나왔다.

"알았어. 안다고. 젊은 나리, 식재료 구해 왔어?"

"네, 여기 있어요."

내가 식재료가 든 「마법의 가방」을, 근육을 자랑하는 포즈를 하고 있는 라드파드 씨에게 건넸다.

"오옷, 눈썰미가 있구만. 상한 식재료가 하나도 없어. 덤으로 검은 소용돌이의 큰 도미가 여섯 마리나 있잖아! 이거 실력을 발휘할 보람이 있군!"

반라의 라드파드 씨가 희희낙락한 표정을 지으며 주방으로 달려가고, 남겨진 누우메 양이 서둘러서 따라갔다.

루루도 조리를 돕는다면서 주방으로 갔다.

"지쳐써~."

"흐늘흐늘인 거예요."

타마와 포치가 툇마루에 푹 엎드렸다.

아무래도 블루메 여사의 지도는 끝난 모양이다.

"자, 포치."

"아리사, 고마워인 거예요."

포치가 아리사에게 받은 알 포대기를 자기 배에 감았다.

지쳐서 늘어졌지만, 포대기 너머로 알을 쓰다듬는 포치가 행복해 보인다.

그런 포치가 나를 올려다보았다.

"주인님, 포치는 더더더더 강해지는 거예요."

"타마도, 모어 스트롱거~."

잠꼬대처럼 중얼거린 두 사람의 배에서 꼬르르르, 성대한 소리가 났다.

"이제 곧 밥 먹을 시간이니까, 그때까지는 이걸로 얼버무리자."

나는 두 사람 입에 고래 육포를 넣어 주었다.

"프아워 백빼인거에요."

"델리~셔스~."

두 사람은 거의 잠들어가면서도 우물우물 육포를 씹었다.

"미지의 미식."

"미식을."

카리온 신과 우리온 신이 불쑥 나타났다.

"맛있어 보이는군. 나도 좀 주게."

사무라이 대장까지 잔을 한 손에 들고 나타나 손을 내밀기에 원하는 사람에게 나눠줬다.

"헤~. 맛이 꽤 좋군. 포도주에도 잘 어울리겠어."

블루메 여사가 소주를 저키 잔으로 들이켜 수분 보급을 하면서, 술안주로 육포를 씹었다. 상당히 와일드하군.

"마스터, 피로가 피크라고 고합니다. 다이렉트한 마력 공급 필요를 호소합니다."

마지막으로 블루메 여사를 상대한 나나가 내 등에 기댔다.

상당히 지쳤나 보네.

"길티."

"자, 잠깐! 나나! 달라붙는 거 금지!"

철벽 페어가 곧장 한 마디 했다.

"마스터 성분을 보급하고 있습니다. 차지 종료까지 3,600초—."

"길어! 그건 길어!"

"우웅, 마법약."

보기 드물게 나나가 어리광을 부리기에 순순히 마력 공급을 해줬다.

요즘엔 익숙해져서, 몸만 접촉하고 있으면 이런 부자연스런 상태에서도 가능하다.

옆에서 새근새근 숨소리가 들렸다.

"포치스케랑 타마스케는 잠들었군. 사토, 이 녀석들은 강해질 거다."

포치와 타마는 사무라이 대장 마음에 들었나 보다.

"돌아왔습니다. 한 수만 더, 지도를 부탁드립니다."

리자가 뒷문으로 돌아왔다.

아무래도, 산을 달리고 오라고 했나 보군.

"오늘은 끝이다. 내일부터는 블루메 할멈한테 배워라. 너라면 나보다 블루메 할멈한테 더 배울 게 많아. 나나, 너도 블루메 할멈한테 배워라."

"—할멈? 애송이가 많이 컸구만?"

"당신은 내가 애송이였을 무렵부터 할멈이었잖아!"

"거짓말 마라. 너랑 처음 만났을 때는 아직 서른줄이었어."

사무라이 대장과 블루메 여사가 사이좋게 싸운다.

"블루메 공, 한 수 지도 받을 수 있을까요?"

"노인을 혹사시키지 말거라. 오늘은 꼬맹이들과 저기 금발을 상대하느라 지쳤다. 내일 상대해주마."

"알겠습니다."

리자가 보기 드물게 풀이 죽은 느낌이다. 꼬리도 기운이 없네. 오랜만에 사력을 다해 싸운 게 즐거웠던 모양이다.

"리자, 나라도 괜찮으면 상대해줄까?"

"정말인가요!"

리자가 활짝 꽃피는 것처럼 두근거리는 표정을 지었다.

"저녁 먹을 때까지야."

"네! 주인님!"

나는 뜰을 빌려서 리자와 가볍게 시합을 했다.

레벨 차이가 몇 배나 나는 데다가, 더욱이 「수 읽기: 대인전」 스킬을 써도 서늘한 일격을 하니까 방심할 수가 없다.

기울어진 해가 긴 그림자를 만들 때까지, 리자와 마음껏 전투를 즐겼다.

"─리자."

피로로 무릎을 짚은 리자에게 손을 뻗었다.

"어느샌가, 참 강해졌구나."

내 손을 붙잡은 리자가 힘을 다한 만족스런 미소를 지었지만, 금방 표정을 긴장시켰다.

"고맙습니다. 그렇지만, 아직 멀었습니다. 저는 주인님께 땀 한 방울 흘리게 할 수 없었어요."

리자는 성실하네.

어깨를 빌려주어 툇마루 쪽으로 돌아왔다.

―어라?

동료들 말고는 몇 명 없었을 텐데, 어느샌가 어마어마한 수가 우리를 보고 있었다.

다들 흥분한 기색으로 옆에 있는 자와 대화하고 있었다.

리자의 성장이 기뻐서, 사람들 앞이라는 걸 잊었네.

"그렇군. 『주인님은 저보다 강하다』라는 건 주인을 추켜세우는 게 아니라, 말 그대로의 의미였구만."

"내일은 나하고도 대련을 해야겠어?"

"물론, 나도 하마."

아무래도, 내일은 블루메 여사와 사무라이 대장과 대련이 기다리는 모양이다.

◆

"사토 공, 욕탕은 이쪽이옵니다."

딱히 땀을 흘린 건 아니지만, 사무라이 대장의 저택에는 천연수를 이용한 노천탕이 있다고 하기에 저녁 먹기 전에 입욕을 하기로 했다.

사무라이 대장과 젊은이들은 여름에 온탕 따위 들어가겠냐하면서, 근처의 시냇물로 땀을 닦으러 갔다.

김이 넘치는 욕탕은 자연석이 여기저기 배치되어 있고, 대나무 울타리로 가려 놓았다. 참으로 일본풍이네.

"여름에 들어오는 온천도 좋구나."

바위 욕탕의 온천에 몸을 담그자, 온천의 독특한 편안함에 무심코 소리가 흘러나올 것 같았다.

레이더에 접근하는 광점이 비쳤다. 모두 시냇가에 간 건 아닌 모양이네.

"실례하지."

예상 밖의 목소리에 무심코 돌아볼뻔했지만, 그건 전력으로 참았다.

"—후우. 정말이지. 이런 좋은 온천이 있는데 일부러 시냇가에 가는 신경을 알 수가 없어."

조금 떨어진 장소에 몸을 담그고 만족스럽게 숨을 내쉰 것은, 검성 블루메 여사였다. 그녀는 온천파인가 보다. 어깨가 보이는 느낌의 욕의를 입었다. 전라파인 사람이 아니라 다행이야.

"주인님, 있어~?"

우르르르 동료들이 들어왔다. 블루메 여사와 같은 욕의를 입고 있었다.

포치는 알이 온수에 잠기지 않도록 알 포대기를 머리에 둘렀다.

"기, 길티?"

"잠깐, 주인님! 아무리 연상을 좋아해도, 나이 차이가 너무 나잖아!"

미아는 의문형이었지만, 아리사는 스트레이트로 불평을 했다.

"노, 아리사. 연령차이라면 아제가 더 많다고 고합니다."

나나가 이해하기 어려운 옹호를 했다. 아제 씨는 1억 살을 넘었어도 귀엽잖아.

그리고 보니 블루메 여사보다도 미아가 연상이지.

"내 증손자보다 어린 애송이를 잠자리로 부르는 취미는 없으니 안심하거라."

블루메 여사는 딱히 기분 상한 기색이 아니다.

"일부러 대량의 물에 잠기는 신기함. 카리온도 신기해하고 있다."

"말 안 했다— 우리온은 페인트 금지. 따뜻한 물에 잠기는 걸로 혈액순환을 촉진한다고 추측할 수 있다."

소녀신들도 들어온 모양이다.

그녀들은 그릇에 현현한 뒤로 지금까지 입욕을 한 적이 없었나 보군.

두 신들이 첨벙첨벙 온수를 건너 내 앞에서 몸을 담갔다.

"미끈한 온수의 감촉이 쾌감."

"그건 온천이라서 그래요. 그냥 물을 데운 온수는 이 정도까지 점성이 없어요."

신기한 기색으로 온천수를 손으로 뜬 카리온 신에게 가르쳐 주었다.

어려운 표정을 짓고 있는 우리온 신과 달리, 카리온 신은 온천이 마음에 든 모양이다.

"몸에 달라붙는 옷이 불쾌."

—으엑.

우리온 신이 욕의를 벗어 던졌다.

내 시야에 미발달된 소녀의 나신이 정통으로 뛰어들었다.

철벽 페어가 나신을 감추는 것보다 빠르게, 우리온 신에게서 시선을 돌렸다. 그리스 신화에 나오는 아르테미스 신의 일화를 비롯해서, 여신의 입욕 장면을 목격하면 제대로 된 꼴을 못 보는 게 정석이니까.

"이것은 좋다. 온수가 몸을 마사지하는 듯 하다. 카리온도 벗어야 함."

"긍정. 우리온의 발견은 위대. 온천은 알몸으로 들어가는 것이 정의."

소녀신들의 말에는 동감이지만, 그건 그렇다 치고 혼욕을 할 때 욕의 매너를 지켜주면 좋겠다.

듬뿍 온천을 탐닉한 우리는 허드렛일을 하는 여성이 준비해준 유카타로 갈아입고 방으로 돌아갔다.

◆

"기다리게 해버렸나요?"

방에는 이미 식사가 준비됐고, 결식아동이 아닌 결식 사무라이들이 우리가 돌아오는 걸 목이 빠져라 기다리고 있었다.

포치와 타마는 졸린 눈으로 코를 킁킁거렸다.

두 사람 머릿속에서는 공복과 수마가 싸우고 있을 거야.

"우리도 지금 막 돌아온 참이다."

우리가 자리에 앉자, 사무라이 대장이 커다란 잔을 손에 들고 일어섰다.

"자, 연회를 시작한다!"

""""예에!""""

사무라이 대장이 외치자 연회가 시작됐다.

리자가 포치와 타마를 깨워서 식사를 시켰다. 처음에는 졸린 기색이던 두 사람이었지만, 멧돼지 통구이가 들어오자 눈을 파앗, 뜨면서 깨어났다. 역시 두 사람의 영혼을 뒤흔드는 건 고기인가 보다.

"미식. 아까보다도 미식. 요리사는 찬사를 받아야 함."

"포도주도 미식. 카리온도 그렇게 말했다."

"말 안 했다. 우리온은 떫은맛이 없는 포도 주스가 미식이라는 것을 알아야 함."

카리온 신이 절찬한 것처럼, 변태 요리사 라드파드 씨가 만든 일본식은 일품이었다.

"이건 어느 나라의 요리인가요?"

"이거? 이건 사가 제국의 귀 종족 자치령이 있는 『히가시노 섬』의 향토 요리야. 몇 백 년 전인가 옛날의 용사님이 고향의 맛을 재현하고 싶어서 만든 요리라던데."

역시, 용사가 퍼뜨린 일본 요리인 모양이군. 귀 종족의 보호 구역이 있다는 얘기는 전에도 들은 적이 있지만, 그게 섬이라는 건 처음 알았다.

내가 아는 일식하고 미묘하게 다르지만, 그건 조미료나 조리 기구가 다르기 때문이겠지.

"루루 공이 나눠준 최고급 간장과 된장 덕분이야."

그의 요리기법을 배우는 대신, 미림과 후추, 와사비 같은 것도 여러모로 나눠줬다고 한다.

"주인님도 얼른 먹어봐. 전부 다 맛있어."

"그래. 먹자."

바다의 산물에 산의 산물, 여러 가지 요리가 일본식 상 세 개 위에 비좁게 놓여 있었다.

카리온 신도 칭찬했지만, 조림이 맛있다. 특히 조린 생선을 밥에 올려서 함께 먹으면 최고다.

우리도 흔히 먹을 수 없는 맛있는 요리의 퍼레이드에 자신을 잊고서 먹고 있었다.

"맛있어? 내가 캐온 산나물이랑 버섯을 썼다니까."

"응."

장보기를 안내해준 소년이 미아에게 자기 공을 어필하고 있다.

미아의 반응은 둔하지만, 자기가 캐온 산나물을 미아가 오물오물 먹는 걸 보기만 해도 만족하는 모양이다.

"헤슷케! 안 먹으면 내가 다 먹는다."

수염 사무라이의 말에 조바심이 난 소년이 불평을 하면서 날아가듯 놀아갔다. 성장기라 그린지 연애보다는 식욕이 우선인가 보군.

"리자 공! 아까 전에 본 창놀림은 훌륭했소이다! 부디, 내일은 본관도 한 수 배우고 싶소이다."

"나나 공의 검기도 멋졌소이다. 사무라이의 기술과 다르지만 같은 검사. 함께 지고의 기술을 노려보지 않겠소이까!"

식사가 끝나자, 탁주와 잔을 든 무더운 사무라이들이 리자와 나나에게 말을 걸기 시작했다. 두 사람은 권하는 술은 거절했지만, 시합의 요청은 곧장 흔쾌히 수락했다.

"미식. 이건 무엇?"

"인절미야. 저기 있는 녹색이 즌다콩을 쓴 즌다인절미고. 루루 공이 설탕을 나눠줬으니까 공주님들한테 만들어봤지."

"미식. 너는 축복을 받아야 함."

카리온 신이 말하자, 라드파드 씨의 몸을 주색 빛이 감쌌다. 근육에 맺힌 땀이 반짝거리며 빛나서 무덥군.

AR표시에 따르면, 그의 칭호란에 「축복: 카리온 신」이라는 게 늘어났다. 카리온 신 나름대로 감사하는 거겠지.

카리온 신의 권유로 먹어본 우리온 신도 화과자가 마음에 들었는지, 열중하며 먹고 있었다.

동료들도 함께 먹어 봤는데, 포치랑 타마 둘은 멧돼지 통구이를 먹는 도중에 힘이 다해서 잠들어 버렸다. 역시 꽤 지친 거구나. 누우메 양에게 부탁하여 조금 나눠 놨으니까 내일 아침밥으로 먹여줘야지.

다음날부터 수행의 나날이 시작됐다.

사무라이 대장은 포치가 마음에 들었는지 맨투맨으로 특훈을 시작했고, 리자와 나나는 검성 블루메 여사에게 기술을 배운

다. 타마도 처음에는 포치랑 같이 배웠는데, 타마의 인술에 놀란 닌자 두령과 함께 산에서 닌자 수행을 시작해 버렸다.

나는 하루에 몇 번 사무라이 대장이나 블루메 여사와 겨루기를 하는 정도고, 그 다음은 사무라이 대장에게 빌린 사무라이 마법의 비전서를 아리사와 미아와 함께 읽고 있었다. 사무라이 마법이라는 건 사무라이들이 실전에서 쓰기 위해 만들어낸 각종 속성의 마법인 모양이다. 유감이지만 「사무라이 마법」이라는 스킬을 가진 사람은 없었다.

루루는 라드파드 씨와 요리 기술을 교류하고 있었다. 그의 변태성은 배우지 않으면 좋겠다.

소녀신들은 온천이 마음에 들었는지, 마음 내키는 대로 온천을 즐겼다. 루루와 라드파드 씨가 만드는 시험작 요리를 시식하거나, 섬 안에 있는 광산을 견학하러 가거나, 염소 무리를 바라보는 등 섬 생활을 만끽하고 있었다.

그녀들이 섬에 질리면 출발일까?

그런 식으로 느긋하게 생각하고 있던 어느 날, 밖에서 사건이 찾아왔다.

◆

"대장~! 항구에 도적입니다!"

피투성이 사무라이가 저택으로 뛰어 들어왔다.

"미아!"

"응, ■■……."

미아가 치유 마법 영창을 시작했다.

맵을 확인하자 항구에 무수한 빨간 점이 나타났다. 레벨 20 이하의 용병이나 낭인 같은 느낌의 어중이떠중이가 많지만, 레벨 30대 후반부터 40대 전반의 강자가 몇 명 섞여 있는 모양이다.

그 녀석들이 굉장한 기세로 저택까지 언덕을 올라온다.

"대장! 도적이 이쪽으로 오고 있소이다!"

파수탑에서 경장의 사무라이가 외쳤다.

"정문에서 맞서 싸운다!"

"대장! 놈들이 세 방향으로 갈라졌다!"

"곤로크! 1번대를 데리고 왼쪽으로! 할멈은 2번대를 데리고 오른쪽! 나머지는 나를 따라와라!"

신발을 신은 사무라이들이 세 방향으로 갈라져서 요격하러 갔다.

"주인님, 우리는 어떡해?"

나는 맵으로 적의 고레벨 배치와 스킬 구성을 확인했다.

블루메 여사나 사무라이 대장이 있는 쪽은 어떻게 되겠지만, 지휘를 하면서 싸우기가 어려워 보인다. 특히 블루메 여사가 있는 쪽에는 고레벨 마법사도 있으니까.

"리자는 곤로크 씨 쪽으로, 나나는 블루메 씨 쪽, 포치는 정문으로 가줘!"

백은 갑옷도 입었으니까, 저택에 있는 전위진을 각 방면에 지원군으로 보냈다.

"예!"

"예스, 마스터."

"라져인 거예요. 아리사, 알 아가를 맡아주는 거예요."

"오케이, 맡겨둬."

알을 맡긴 포치가, 집을 지키던 사무라이들과 함께 사무라이 대장을 따라갔다.

"루루, 아리사, 미아 셋은 나랑 같이 파수탑으로 가자."

"오케이. 타마는 괜찮을까?"

"괜찮아. 닌자 두령이 같이 있어. 도적이 온 방향하고 정반대인 산 속이기도 하고."

타마는 닌자 두령이랑 함께 깊은 산에서 닌자 수행을 하고 있다.

"—장벽이야."

저택에 거점 방위용 방어 장벽이 전개됐다.

이곳 지하에는 그것을 지탱하는 대형 마력로가 있는 모양이다.

"대장님의 지시로 왔어. 여기는 맡겨줘."

"알았다. 적의 증원을 발견하면 종을 쳐서 알려라."

우리는 파수꾼 사무라이와 교대하여, 파수탑에서 마법 지원 및 저격을 한다.

이번에는 상대가 인간이니까, 루루는 금뢰호총이 아니라 불 지팡이 총을 쓴다. 나는 위력을 억누를 수 있는 단궁이다.

"미아, 실프를 불러서 상공 지원을 부탁해. 아리사는 적절하게 마법으로 지원."

"응. ■■……."

"장벽도 있으니까, 강화 마법을 써야겠네—."

정문에서 섬광이 발생하고, 장벽 일부가 부서졌다.

조금 늦게 좌우의 장벽에도 마법 공격이 작렬하여, 장벽에 균열이 생겼다.

"루루, 정면의 장벽이 부서진 곳에서 활과 지팡이를 든 녀석을 노리자."

"네! 주인님!"

나는 지팡이를 우선했다.

포치의 팔랑크스가 있지만, 저건 효과 범위가 좁다. 광범위 공격 마법을 받은 사무라이들 사이에 희생자가 나오면 곤란하지.

"마법을 쓸 수 있는 게 네놈들뿐이라고 생각지 마라! ■■ 열선." ^{히트 메이저}

허리를 낮추고 자세를 잡은 사무라이 대장이 칼을 든 반대쪽 손바닥에서 불꽃 마법의 붉은 열선을 뿜었다.

"그래! 사무라이라면 그 기술이야! 디—."

그걸 보고 흥분한 아리사의 말을 폭발음이 지워버렸다.

원 소재는 알고 있으니까 들리지 않아도 뭐라고 했는지는 대강 알겠다.

"잔챙이에게 무사의 혼인 칼은 아깝다! 대장을 따라라! 사무라이대, 포격!"

사무라이 대장의 부하들도 비슷한 마법으로 문 앞의 적을 공격했다.

마법을 못 쓰는 사무라이는 장궁으로 요격을 시작했다.

"저쪽은 괜찮아 보이네."

"사토, 오른쪽."

굉음과 흙먼지가 저택 오른쪽에서 피어올랐다.

장벽이 깨진 모양이다.

"공격 마법으로 눈가림을 하고, 그 사이에 담을 뛰어넘은 모양이에요."

보아하니 빠르게도 적이 침입한 모양이다.

벽을 부순 고레벨 적은 검성 블루메 여사와 나나의 페어가 상대하고 있었다.

"사무라이들도 꽤 하네."

"그래. 접근전 중심의 잔챙이는 맡겨도 되겠어."

나는 아리사와 대화하면서 활과 불 지팡이를 든 적을 쓰러뜨렸다.

원거리 공격은 럭키 히트로 희생이 나와 버리니까.

"…… ■ 바람정령 창조."
크리에이트 실프

미아의 정령 마법이 발동하고, 바람의 의사정령 실프가 그녀 곁에 현현했다.

"작은 실프로 분열시켜서 회복지원을 부탁해. 몇몇은 하늘의 경계를 부탁해도 될까?"

"응, 알았어."

미아가 실프에게 명하자, 작은 실프들로 분열해서 퐁퐁 바람 소리를 연주하며 사무라이들의 지원을 시작했다.

"주인님, 왼쪽에!"

루루가 경고했다.

검은 옷의 대검사가 장벽과 함께 담을 부수고 침입하여, 사무라이들을 쓸어버리고 있었다.

지금은 사무라이 대장의 제일 가신인 곤로크 씨가 상대하고 있는 모양이다.

"아앗, 날아가 버렸어."

칼과 함께 대각선으로 베인 곤로크 씨가, 힘차게 튕겨 날아가 근처의 오두막을 부수고 멈췄다.

대검사가 추가 공격을 하려고 했지만, 루루의 저격이 그걸 막았다.

대검사가 넌더리가 난다는 눈으로 이쪽을 올려다보았다.

"—대검이 변형했어!"

아리사가 신이 나서 말했다.

대검사가 든 칠흑의 검이 중심선에서 위아래로 갈라지고, 그 사이에 빨간 빛이 반짝였다.

만화나 애니메이션으로 익숙한 광경이지만, 이쪽 세계에서 볼 줄은 몰랐다.

"어쩐지, 위험해 보이네."

"괜찮아."

격리벽을 준비하는 아리사의 손을 미아가 막았다.

왜냐하면—.

"순동— 나선창격!"

붉은 빛을 끄는 리자가 대검사에게 뛰어들었기 때문이다.

대검사가 곧장 사선을 리자에게 돌리고 붉은 열선을 뿜어냈지만, 이미 때는 늦었다. 리자의 창이 두른 나선의 흐름이 대검을 쳐올리고, 열선이 하늘 너머로 허망하게 흩어졌다.

　그래도 대검사는 아슬아슬하게 포기하지 않고, 나선창격에 방어장벽을 깎이면서도 대검을 버리고 물러나고자 했다.

　"―열(烈)."

　리자가 열화 같은 기합을 외치자, 마창이 두르고 있던 마력의 흐름이 산탄처럼 뿜어져 나가 주위를 파헤쳤다.

　대검사에게 산탄이 차례차례 명중하여, 부서지기 직전이었던 방어장벽이 완전히 부서지고 갑옷과 로브가 깎여 나갔다.

　본 적이 없는 기술이니까, 이 흑연도에서 수행하는 사이에 만들어낸 신기술이겠지.

　대검사는 피투성이가 되면서도, 아이템 박스에서 예비 대검을 꺼내 리자와 대치했다.

　승부는 한순간―.

　리자와 대검사가 서로 순동으로 뛰어들어, 붉은 빛을 뿌리면서 필살기의 응수를 나누었다.

　그 결과 대검이 부서지고, 리자의 마창에 어깨와 무릎을 꿰뚫린 남자가 땅에 쓰러졌다.

　역시 리자야. 기대를 배신하지 않아.

　"저쪽의 검은 옷도 블루메 씨랑 나나한테 당했나 봐."

　얼음 계통 상급 마법을 쓰는 강적이었지만, 나나와 블루메 여사가 순동으로 접근하자 호위가 한순간도 버티지 못하고 쓰러졌다. 그러자 발동이 빠른 하급 마법으로 전환하여 두 사람의 접근을 막으려 했다.

올바른 대응이지만, 상대가 안 좋아.

불 지팡이와 다를 바 없는 속도로 재빨리 뿜어낸 마법 공격은 제법이었지만, 블루메 여사와 나나는 그것을 쉴 새 없이 베어내며 파고들었다.

마지막까지 꼬이지 않고 마법 주문을 영창한 담력은 좋았지만, 마지막에는 얼굴에 절망을 드러내면서 쓰러졌다. 적이지만 조금 가엾군.

"정문도 사무라이 대장이 검은 옷을 쓰러뜨렸어요."

정문에서는 검은 옷과 싸우지 못한 포치가 조금 불만스러워 보였다.

일단, 검은 옷이 아닌 강자는 포치가 쓰러뜨렸지만.

"사토."

미아가 뒷문을 가리켰다.

여기서는 안 보이지만, 세 방향의 화려한 공격을 양동 삼아 뒷문에서 본대가 침입한 모양이다.

공간 마법 「멀리 보기」를 실행하여 그쪽 상황을 부감 시점으로 확인했다.

"전이로 사선이 통하는 장소에 갈까?"

"아니, 그쪽은 됐어."

산에서 돌아온 타마가 침입자들을 그림자에 끌어들이는 게 보였으니까.

타마랑 같이 산에 틀어박혔던 닌자 두령은 저택 밖에서 대기하고 있는 도적 관측원에게 몰래 다가가 그를 암살했다. 이쪽 사람들은 도적한테 가차 없다니까.

"이제 곧 전투도 끝일까?"

패색이 짙어지자, 고용된 걸로 보이는 도적의 대부분이 저택에서 달아났다.

사무라이들이 반 단위로 추격전을 시작했다.

"사토, 해안."

주위를 경계하고 있던 작은 실프가 해안에서 접근하는 거대 골렘을 발견한 모양이다.

골렘은 사람 모양이 아니라, 4족보행을 하는 요새 같은 골렘이다.

나는 종을 쳐서 사무라이들에게 경고했다.

"기간트가 왔다. 이제, 너희들은 끝이다."

리자에게 쓰러진 대검사가 그렇게 말했다.

그 기간트라는 거대 골렘에서 폭발이 발생하더니, 연쇄적인 폭발이 다리를 날려버리고, 대포나 구조물이 차례차례 폭발에 휩쓸려 부서졌다.

마지막에는 화려한 폭발이 거대 골렘을 감싸고 활동이 정지됐다.

♦

"—젊은 나리."

파수탑에 두 명이 나타났다.

루루가 반사적으로 총구를 두 사람에게 겨누었다.

"기, 기다려! 나야, 나라고!"

필사적으로 자신을 어필한 것은 에치고야 상회의 첩보원으로 일하는 전직 괴도 피핀이었다. 함께 나타난 건 전에 「용의 알」을 맡기러 왔을 때 같이 있던 「현자의 제자」 소녀구나.

"저 거대 골렘은 피핀 쪽에서 쓰러뜨렸나?"

"그래, 나는 조금 도운 것뿐이지만."

피핀이 시선을 소녀에게 돌렸다.

"늦어서 미안하다. 놈들이 여기를 공격하기 전에 막고 싶었지만, 기간트를 처리하는데 시간이 들어 버렸다."

소녀가 사무라이 대장에게 사과하고 싶다고 하기에 피핀과 함께 아래로 내려갔다.

"사토, 그 소녀도 포로인가?"

"아뇨, 그녀는—."

" 세레나! 네 짓이냐! 네가 사무라이들에게 우리의 습격을 알렸군!"

사무라이 대장과 내 대화를 가로막은 것은 블루메 여사와 나나 페어에게 패한 검은 옷의 얼음 마법사였다.

"카무시무로군……. 바잔은 어디 있지?"

모르는 이름이 나왔다.

카무시무는 얼음 마법사의 이름일 테고, 바잔이라는 건 누구지?

"바잔이라는 건 세레나가 추적하고 있는 『현자의 제자』야."

피핀이 작은 소리로 알려주었다.

"바잔은 봉인을 풀러 갔다. 세레나, 나를 도와라. 바잔이 현자님의 가르침을 일탈하는 건 시간문제다. 나는 놈에 대한 억지력이 되는 부유 요새를 입수하기 위해서 여기에 왔다."

"─부유 요새? 루루키에 시대에 무적을 자랑한 부유 요새가 여기에 있다는 거야?!"

어쩐지 심각해 보이는 분위기로 자기들 얘기가 시작됐다.

"그딴 건 없다."

"─어?"

"그러니까, 이 섬에 그런 건 없다."

사무라이 대장이 말하자, 현자의 제자들의 시선이 모였다.

"그런 말로 얼버무릴 수 있을 것 같나! 우리는 뒷 사회에 떠도는 소문을 듣고, 부유 요새가 이 섬에 숨겨져 있다는 명확한 증거를─."

"그 증거라는 걸 뿌린 게 나다. 내가 닌자들에게 명해서 뒷 사회에 소문과 증거를 뿌렸지."

"어, 어째서 그런 짓을……."

"그거야, 너 인마─."

사무라이 대장이 씨익 입가를 끌어올렸다.

"─소문을 믿은 악당 놈들이 쳐들어 올 거 아니냐. 강해지기 위해서는 강한 녀석들과 목숨을 걸고 진검승부를 하는 게 제일이야. 소문을 믿고 쳐들어오는 악당이라면 베어 버려도 마음이 아프질 않고 말이다."

"심장에도 털이 숭숭 나 있는 녀석 주제에 섬세한 체 하지 말거라."

"아 시끄러, 할멈."

사무라이 대장의 말에 충격을 받았는지, 카무시무라는 얼음마법사가 잠꼬대처럼 「거짓말」이라고 반복했다.

"사냥감~?"

타마가 발치의 그림자에서 고개를 내밀고, 그 안에서 「영차」하며 기합을 넣더니 글래머러스한 검은 옷의 여자를 끌어 올렸다.

그녀는 그림자 안에서 쇠약해졌는지 비틀거렸다.

그래도 만약을 위해서 복면을 벗기고 양손과 양발을 묶어 구속해뒀다. 미인이랄 정도는 아니지만, 묘하게 색기 있군. 밤의 거리에서 인기를 끌 법한 느낌이다.

"케르마레테까지 바잔 편에 섰구나……."

"모범생인 세레나한테 당하다니, 나도 갈 때가 됐나 보네."

이 여자도 현자의 제자인가 보네.

이름을 말한 건 세 명뿐이지만, 이름을 모르는 검은 옷을 포함하면 문제아들밖에 없는 것 같아.

"포기해, 케르마레테. 『알』 하나가 이쪽에 있는 한, 바잔이 의식에 필요한 셋을 모두 모으는 건 불가능해."

"아하하하하! 이거 웃기는데!"

"뭐가 우습지!"

"우스워. 바잔은 지금쯤 모두 모았을 거다. 내가 드라그 왕국에서 녹룡의 알을 손에 넣었어. 지금쯤 내 부하가 바잔에게 전달했을 거야."

"마, 말도 안 돼……."

지금은 용들의 산란시기인가?

아니면 연단위로 알 상태가 이어지는 걸까?

용의 생태에 대한 수수께끼가 깊어지지만, 지금은 그런 생각을 하고 있을 때가 아니다.

세레나가 진지한 표정으로 사무라이 대장에게 달려갔다.

"사무라이 대장님. 제 식구가 저지른 잘못은 저희들의 책임. 이 놈들의 처분은 저에게 맡겨주실 수 없을까요?"

"말을 멋대로 하는군. 내가 승낙할 리 없지 않나?"

세레나의 말에 사무라이 대장이 코웃음을 쳤다.

"―사무라이 대장님."

"끈질기군. 더 이상 입을 열면 사토의 지인이라도 용서 않는다."

사무라이 대장이 단호한 어조로 말하자, 세레나는 쓰디쓴 표정으로 물러났다. 그 이상 항변할 수 없었으리라.

"있지. 거기 사람 좋아 보이는 소년."

글래머러스한 여자가 몸을 비틀자, 가슴팍을 묶어둔 끈이 풀려서 가슴이 절반쯤 드러났다.

포박당했을 때 쓰는 미인계용 기믹인가 보다.

무심코 깊은 골에 눈길이 끌릴뻔했다.

─위기 감지.

여자가 묶여 있던 양팔로 가슴을 끼우자, 가슴 골에서 칠흑의 액체가 뿜어 나왔다.

나는 가볍게 피했지만, 그 액체가 등 뒤에 널브러져 있던 얼음 마법사에게 쏟아졌다.

"크아아아아아아아아아아아아!"

"카무시무!"

얼음 마법사가 절규를 지르고, 세레나가 외쳤다.

"아~아. 기껏 비장의 수를 썼는데……. 뭐 카무시무라면, 아슬아슬하게 성공?"

"이 무례한 것!"

사무라이 대장의 칼이 여자의 목을 베었다.

그로테스크한 건 거북하니까, 그런 바이올런스한 건 눈앞에서 하지 말아주세요.

"주인님!"

긴박한 리자의 목소리에 돌아보았다.

참수형에 정신이 팔려 대응이 늦었다.

얼음 마법사의 몸이 안쪽에서 갈라지고, 검은 옷의 복장과 함께 뒤집히더니 근육선유와 뼈가 드러났다.

─흑선.

얼음 마법사의 뒤집힌 몸에서 검은 번개 같은 흑선이 방사됐다. AR표시되는 그의 상태가 「부정」이 되어 있으니, 용사를 좀먹었던 「마신의 저주」─ 과거 시가 왕국에 소환된 「마신의 찌꺼기」의 잔재와 같은 게 틀림없어.

"큭, 연옥 저주를 받았나."

세레나가 얼음 마법사와 거리를 벌렸다.

방금 여자가 가슴팍에서 뿜어낸 검은 액체가 그거였겠지.

세레나가 말하는 「연옥 저주」라는 건 마신 잔재를 가공한 주구 같은 게 틀림없어.

뒤에 빨간 광점밖에 없어서 피했는데, 섣불리 받아냈으면 또 검은 팔 같이 됐을지도 모르겠다.

"스에에레에에에에에에에에에누아아아아아아아아아!"

얼음 마법사였던 이형의 괴물이 포효를 지르고, 기이하리만치 길게 뻗은 손가락과 머리카락을 촉수처럼 휘두르며 주위 사람과 건물을 휩쓸었다.

"─거리를 벌려!"

내 경고를 들은 동료들과 블루메 여사가 괴물과 거리를 벌렸다.

도망치는 게 늦은 사무라이들이 얼음 칼날이 된 촉수에 베이고 절단면부터 마신 잔재에 침식되는 게 보였다.

─그렇겐 안 되거든?

나는 언제나 발동하고 있는 「이력의 손」으로 사무라이들을 끌어당겨, 그들의 몸에 파고들려는 마신 잔재를 붙잡아 떼어냈다.

"크으으으으으으으......"

등에 차가운 칼날을 들이민 것 같은 불쾌함이 온몸을 좀먹는다.

붙잡은 손에 마신 잔재가 침식해온다.

"주인님!"

"타아~인 거예요!"

움직임이 멎은 나를 노리고 촉수가 공격해 왔지만, 그건 리자와 포치가 베어내고, 타마와 나나가 사무라이들을 안전권으로 대피시킨 덕분에 위험에서 탈출할 수 있었다.

우리한테 괴물의 의식이 향한 틈을 타서, 등 뒤에 있는 블루메 여사와 사무라이 대장이 필살기를 뿜었다.

괴물은 목이 떨어지고 몸이 찢어져 커다란 대미지를 입었지만, 동영상 역재생 같은 움직임으로 복원돼 버렸다.

"괘, 괜찮아?"

"……걱정하지마."

걱정하는 아리사에게 대답하고, 손에 성인을 둘러 마신 잔재에 저항했다.

시야 구석에서 메뉴가 멋대로 AR표시되더니, 스킬 일람의 무언가를 유효로 전환하는 게 살짝 보였다.

지금 나는 그것을 알아볼 기력도 없었지만, 스으윽 불쾌감이 흐려지고 내 손을 파먹으려던 마신 잔재가 손의 손톱 끝에 모이더니 멋대로 떨어졌다.

낙하한 땅바닥을 침식하지 않도록 곧장 스토리지에 수납했다.

"마스터! 괴물이 거대화했다고 고합니다."

괴물이 사람의 모양을 잃고 거대한 부정형 물체로 확대됐다.

용맹과감한 사무라이 대장과 블루메 여사도 괴물에게 먹히지 않도록 거리를 벌렸다.

"주인님. 우리도 검성 나리와 사무라이 대장 각하께 가세할까요?"

"—아니. 아마, 놈에게 보통 공격은 안 통할 거야."

나는 호흡을 정돈하면서, 사람들 앞에서 신검을 써야 하나 고민했다.

—따르지 않는 것.

누군가 말했다.

"지저분하다. 저것은 이 세계에 있어선 안 된다. 카리온도 그렇게 말했다."

"맞다. 저것은 세계를 더럽히고, 섭리를 썩게 만든다. 인계에 존재해선 안 된다."

머리칼에서 온천수를 떨어뜨리는 소녀신들이 나신을 드러내며 괴물과 대치했다.

언제나 표홀한 두 사람이지만, 괴물을 보고 불쾌하게 표정을 찡그렸다.

"파렴치."

"멋 부리는 건 옷을 입고 나서 해!"

미아와 아리사가 소녀신들에게 유카타를 걸쳐주었다.

"의복 따위 장식."

"우선 사항은 저것을 소멸시키는 것."

"전사들이여. 신의 신탁이다."

"이 세계에 있어선 안 되는 부정을 토벌하라."

우리온 신이 든 오른손에 홍색 빛, 카리온 신이 든 왼손에 주색 빛이 들어왔다.

"전사들이여. 우리온의 이름 아래, 부정을 치기 위한 단죄의 칼날을 내린다."

"전사들이여. 카리온의 이름 아래, 부정에서 몸을 지키는 성스러운 수호를 내린다."

소녀신들의 말과 동시에, 이 자리에 있는 싸울 수 있는 자들의 무기와 방어구가 홍색과 주색 빛을 띠었다.

AR표시에 따르면「신의 가호」가 부여된 모양이다.

"오오옷, 힘이 끓어오른다!"

"굉장하군. 전성기가 떠오르는구나."

사무라이 대장과 블루메 여사가 괴물을 베었다.

두 사람 다 촉수에 베이면서, 물러서지 않고 촉수를 베어내며 접근했다.

그들이 마신 잔재에 침식되는 기색은 없었다. 신의 가호가 가진 힘이겠지.

"주인님, 저희들도."

"마스터, 전력이 부족하다고 고합니다."

리자와 나나가 재촉했지만, 후위진의 수호를 소홀히 할 수는 없다.

"수호는 만전. 카리온의 수호를 돌파할 수 있는 건 용신뿐."

"우리온은 괜한 한 마디를. 그렇지만, 걱정 없다. 분령이라도, 저 정도의 잔재에 돌파되는 일은 없다."

우리온 신과 카리온 신이 보증해 주었다.

그러면 염려 없겠지.

"알았어. 가자."

나는 허리에 차고 있던 용아단검을 뽑아서, 리자와 포치를 데리고 괴물 퇴치를 하러 나섰다.

마왕전도 이러랴 싶을 격전을 상정하고 있었는데, 우리온 신이 부여한 「단죄의 칼날」에 깃든 힘이 근사하다. 괴물은 재생하지 못하고 마신 잔재와 함께 정화 섬멸되었다.

이렇게 말하면 실례되지만, 생각보다도 신들의 힘이 강해서 놀랐다.

전에도 느낀 거지만, 어째서 마왕 퇴치에 용사 소환이 필요한 건지 신기하다니까. 구두 같은 예외는 그렇다 치고, 신들의 힘이 깃든 영웅이 싸우면 보통 마왕 정도는 퇴치할 수 있을 것 같은데.

◆

"위대한 신이여. 조력에 감사드리옵니다."

소녀 세레나가 근엄한 어조로 소녀신들에게 인사를 고했다.

"세계를 외적에서 지키는 것은 신의 역할."

"그렇지만, 감사는 받는다. 너희들도 우리들에게 감사와 경건한 기도를 바쳐야 함. 카리온도 그렇게 말했다."

"말 안 했다. 우리온은 너무 경박하다. 더 관록을 중요시해야 함."

맨날 배고픈 카리온 신이 말해도 설득력이 없어.

그녀들이 정말로 신이라는 것에 블루메 여사와 사무라이 대장을 위시한 사람들이 놀라고 있지만, 금방 언령으로 진정되어서 탈 없이 넘어갔다. 편리하다니까, 언령. 좀 가지고 싶을지도 몰라.

"젊은 나리. 미안하지만 『알』은 조금 더 맡아줘."

"그건 상관없는데, 피핀은 이제부터 어떡할 거지?"

"우리는 피아로오크로 갈 거야. 그 제자— 바잔이 갔을 가능성이 높다고 하니까."

피핀이 나에게 말했다.

"나도 동행할까?"

성가신 일에 고개를 들이미는 취미는 없지만, 피핀에게는 파리온 신국 일로 빚이 있으니까.

"이것은 우리들 일문의 문제야. 참견쟁이 피핀이 따라오는 건 포기했지만, 더 이상의 개입은 필요 없다고 하고 싶어."

"소녀의 발언에 동의. 너는 우리들의 사도. 멋대로 떨어져선 안 된다. 카리온도 그렇게 말했다."

"말 안 했다. 하지만, 안내인이 필요한 것은 동의."

세레나가 난색을 표하고, 소녀신들이 거부했다.

"그렇지만, 바잔이란 녀석이 있는 장소에 방금 전처럼 마신 잔재를 띤 자가 있을지도 모릅니다."

"걱정 없다. 인계에서 대처 불가능한 재앙이라면 신탁이 내린다."

카리온 신이 자신 있게 말했다.

"알겠습니다. 동행은 포기하죠."

뭐 카리온 신이 그렇게 말한다면 믿어보자.

"피아로오크 왕국 방면은 맡겨줘. 뭐 갈레오크 시나 오베르 공화국일 가능성도 버릴 수는 없다고 하지만."

"그러면, 오베르 공화국에는 갈 예정이 있으니까 좀 살펴볼게."

"그래, 미안해. 이 일이 끝나면 술을 실컷 살게."

"그런 것보다, 바잔과 대치하기 전에 쿠로 공에게 반드시 연락을 해. 방금 전 같은 게 나오면, 우리 같은 평범한 사람들은 대처가 불가능해."

"그래, 그럴 거야. ─젊은 나리가 평범한 사람이란 생각은 안 들지만."

피핀이 말하고 소녀 세레나 쪽으로 갔다.

이걸로 피핀이 그 제자와 대치하기 전에 연락이 올 테니까, 최악의 사태가 나기 전에 나나시로서 도우러 갈 수 있을 거야.

나나시의 모습이라면 사양 않고 신검을 쓸 수 있고, 신들의 도움이 없어도 괜찮을 테니까.

"제 동문의 잘못은 훗날 반드시 갚으러 오겠어요."

소녀가 말하고 피핀과 함께 저택을 떠났다.

"포치스케. 성가신 놈들과 인연이 있구나."

사무라이 대장이 포치 머리에 커다란 손을 올렸다.

"인연이 있는 건 저희가 아니라, 방금 전에 본 친구입니다만—."

"친구가 인연이 있으면, 너한테도 인연이 있는 거나 마찬가지야."

블루메 여사가 내 말을 막았다.

그녀는 「신의 가호」가 사라진 검을 휘두르며, 그때의 감각을 떠올리는 모양이다.

"신들 등에 업혀서 싸우기만 하면, 너희들도 실력을 뽐낼 수가 없지?"

블루메 여사의 말을 들은 동료들이 고개를 끄덕였다.

"조금 힘을 빌려줘야겠군. 안 그러냐—."

"—흐흠."

블루메 여사와 사무라이 대장이 아이 컨택트를 나누었다.

"산으로 가자, 포치스케! 너한테 내가 괴물 퇴치에 쓰기 좋은 필살기를 전수해주마."

"그러면, 리자와 나나는 나랑 같이 와라. 너희들한테는 장벽 파괴의 범위 기술과 마법 파괴의 범위 기술을 전수해주마."

"타마는~?"

너무 닌자답게 숨어서 사무라이 대장과 블루메 여사에게 잊혀진 타마가 조금 쓸쓸해 보인다.

"타마 공에겐 소인이 인술의 오의를 모두 전수하리다."

닌자 두령이 타마 앞에 나타났다.

"그 대가로 타마 공의 인술을 가르쳐 주시게. 괜찮으신가?"

타마가 시선으로 물어보기에 고개를 끄덕여 주었다.

"네잉."

"그러면, 가세나."

두 명의 닌자가 산으로 사라졌다.

세 군데서 시행된 오의 전수 수행은 사흘 밤낮 동안 이어졌다.

수행은 전위진만 한 게 아니었다. 아리사와 미아도 내가 개량을 거듭한 마법을 새롭게 익히고, 루루도 변태요리사 라드파드 씨와 요리 연구에 힘을 쏟았다.

소녀신들은 온천 삼매경에 빠지면서 루루와 라드파드 씨의 신작 요리에 만족했다.

오의 전수를 마치고, 흑연도를 떠나는 날—.

항구에 도착한 조각배 앞에서 우리는 이별을 나누었다.

"포치스케, 더 강해져라."

"네, 인 거예요. 포치는 더더더 강해지는 거예요!"

사무라이 대장이 포치와 굳은 악수를 나누었다.

"리자, 나나, 죽지 말아라. 너희들한테는 아직 더 가르치고 싶은 게 있어. 반드시 살아서 돌아와라."

"예스, 블루메. 어그레시브한 디펜스는 분명히 습득하고 싶다고 고합니다."

"블루메 공에게 배운 기술은 반드시 소화하겠습니다."

블루메 여사가 나나와 리자를 끌어안았다.

수행에서 돌아온 어젯밤의 살벌한 모습이 거짓말처럼, 애절한 분위기다.

"루루 공, 다음은 시가 왕국에서 만나지!"

"네, 미궁도시나 왕도의 저택에 와주세요."

근육을 어필하는 반라의 라드파드 씨와 루루가 작별을 아쉬워했다.

요리로 의기투합한 건 좋지만, 루루는 앞으로도 라드파드 씨의 성벽에 영향을 안 받았으면 좋겠어.

"신님. 이건 좋아하셨던 온천 달걀과 온천 만쥬입니다. 간식으로 드셔 주세요."

사무라이 대장의 딸 누우메가 소녀신들에게 선물을 건넸다.

"미, 미아 님."

수습 사무라이 헤슷케 소년이 긴장한 표정으로 미아 앞에 나섰다.

소년 뒤에서 사무라이들이 마른 침을 삼키며 지켜보고 있었다.

"나, 나도 더 강해질 거야. 곤로크 님보다도, 스인겐 님보다 강해질 거야."

"응."

"그, 그러니까— 또, 이 섬에 와줘."

후반의 말을 듣더니 지켜보고 있던 사무라이들이 맥이 빠졌다.

분명히 순정파 소년이 미아에게 고백할 거라고 생각했겠지.

"약속."

"응!"

미아가 새끼손가락을 내밀자, 소년이 꽃이 피는 것처럼 웃음을 보이며 미아와 재회의 약속을 나누었다.

"그러면, 가자."

아리사의 말에 따라 조각배를 출발시켰다.

조각배에서 부유 범선으로 옮겨 타고 출항할 때까지, 사무라이 저택 사람들이 손을 흔들어 주었다.

"주인님, 다음 목적지는?"

나에게 묻는 아리사에게 대답했다.

"꽃과 사랑의 나라, 테니온 중앙신전이 있는 오베르 공화국이야."

꽃과 사랑의 섬

"사토입니다. 꽃의 도시라고 하면 파리라는 이미지가 있습니다만, 친구 말에 따르면 피렌체야말로 꽃의 도시에 걸맞다고 합니다. 친구는 뜨겁게 말했습니다만, 딱히 꽃의 도시를 하나로 정하지 않아도 된다고 생각해요. 왜냐면, 둘 다 멋진 도시니까요."

"섬, 잔뜩."

우리는 부유 범선을 전속력으로 항행하여, 흑연도를 출발한 날의 다음날에 테니온 공화국이자 오베르 공화국이 영유하는 도서군에 도착했다.

모든 맵 탐사의 마법을 써서, 「꽃과 사랑의 나라」 오베르 공화국의 정보를 획득했다.

경계하고 있던 현자의 제자들은 아무도 없었다. 마족이나 마왕 신봉자나 전생자도 없다.

나는 남몰래 가슴을 쓸어내리면서, 획득한 정보를 살폈다.

이 나라는 인간족이나 새 수인족이나 지느러미 수인족— 인어가 대다수를 점하고 있었다. 특필할 점은 남녀 비율이다. 청소년용 만화처럼 여성의 수가 남성의 10배 가까이 많다. 남성은 대부분 뱃사람이나 외국의 상인들이다.

관광성의 자료에 따르면, 국내의 농업이나 산업이 약하기 때문에 남자들이 대부분 돈벌이를 하러 나가기 때문인 모양이다.

"좋은 냄새~?"

"여러 가지 꽃이 피어 있는 거예요."

꽃들이 흐드러진 섬들을 둘러보면서, 타마와 포치가 기분 좋게 눈웃음을 지었다.

"설탕 항로의 섬처럼 향기로 유인한 생물을 숙주나 영양분으로 삼는 건 아니지?"

"괜찮아. 여기는 보통 꽃이야."

아리사가 불안한 표정으로 말하기에 웃어 넘겼다.

"여기는 봄의 기후가 섬들까지 퍼져 있네요."

"예스, 루루. 쾌적하다고 고합니다."

루루와 나나도 마음에 든 모양이다.

"타마, 파수대에 올라가세요. 섬 그늘에서 해적이 나올지도 모릅니다."

"아이아이서~?"

"포치도 가는 거예요! 포치는 감시의 프로인 거예요!"

리자가 지령을 내리자, 척 포즈를 취한 타마와 포치가 마스트로 올라갔다.

타마는 금방 술술 올라갔지만, 포치는 알 포대기를 머리로 이동시킨 다음에 타마를 따라서 파수대의 바구니 안에 들어갔다.

그걸 올려다보는데, 누가 쿡쿡 소매를 당긴다.

""미식을.""

배고픈 소녀신들이다.

"바람이 기분 좋으니까, 갑판에서 크레이프라도 구울까요."

루루에게 크레이프 준비를 부탁하고, 카리온 신이 좋아하는 벌꿀이 들어간 과실수와 우리온 신이 좋아하는 달콤한 벌꿀주를 유리잔에 따랐다.

""미식.""

소녀신들이 기분 좋게 잔을 기울였다.

물어본다면 이 타이밍이겠군.

"―따르지 않는 것."

조용히 중얼거린 말에 소녀신들이 과민할 정도로 반응을 보였다.

모두 꿰뚫어 보는 것 같은 깊은 눈동자로 나를 보았다.

"흑연도에서 칠흑의 부정에 침식된 자를 보고 그렇게 말씀하셨습니다만, 그건 그런 이름인가요?"

"그것은 금기."

"사람은 알아야 할 것이 아니다."

금기라……. 그러고 보니 전파탑이나 철도나 활판 인쇄도 금기였지? 의외로 금기의 범위가 넓어.

"그런가요―『세계를 외적에서 지키는 것이 신의 역할』이라고 하셨습니다만, 따르지 않는 것은 외적인가요?"

"너는 질문이 많다. 사람이 알아야 할 일이 아닌 것에 고개를 들이밀어선 안 된다. 카리온도 그렇게 말했다."

"말 안 했다. 우리온의 망상. 하지만, 지금 그 질문은 **금기에**

속한다."

"―카리온!"

우리온 신이 날카로운 목소리로 카리온 신의 말을 막았다.

―그렇군.

우리온 신이 막은 걸로 알았다. 카리온 신이 말하는 「금기」는 「따르지 않는 것」을 가리키는 것처럼 들리지만, 「외적인가 아닌가」의 부분에 대한 말이었구나. 카리온 신은 「따르지 않는 것」이 외적이라고, 세계에 해를 끼치는 존재라고 에둘러서 가르쳐 준 것일지도 모른다.

"철도나 전파탑이나 활판 인쇄도 금기라고 들었습니다만, 그것도 같은 이유인가요?"

"……여러 번 말하지 않는다. 인계의 사람이 신계의 정보를 알아선 안 된다. 카리온도 그렇게 말했다."

"말 안 했다. 하지만, 동의. 금기는 금기이기에 충분한 이유가 있다. 그 이유를 아는 것은 **금기를 범하는 것과 같은 뜻**인 경우가 있다고 알아야 함."

―아는 것은 금기를 범하는 것과 같은 뜻?

그러니까, 이유를 알아 버리면, 금기를 범하는 것과 같은 영향이 있다는 건가?

철도나 전파탑이나 활판 인쇄의 공통점이라면―.

카리온 신이 찰싹 손뼉을 마주쳐서 커다란 소리를 냈다.

"사고를 정지해야 함. 그 이상의 사고는 세계에 해가 된다. 우리들도 천벌은 바라지 않는다. 우리온도 그렇게 말했다."

"카리온에게 동의. 신력의 낭비는 엄격하게 삼가야 함."

이런 부분의 고찰은 소녀신들과 헤어진 다음에 하자.

어떤 건지는 모르지만, 아무리 그래도 천벌은 싫거든.

"커다란 섬~?"

"배가 잔뜩 있는 거예요!"

마스트 위의 파수대에서 타마와 포치의 활기찬 목소리가 들렸다.

사고를 소녀신들에게서 돌리자, 동료들이 이쪽을 걱정스레 보고 있었다.

아무래도, 조금 걱정을 끼친 모양이네.

◆

보통의 속도로 되돌리긴 했지만, 크레이프의 바리에이션이 떨어지기 전에 오베르 공화국의 항구에 도착해 버렸다.

"여기도 외양선은 입항을 기다려야 하는구나."

"내릴 짐이 없는 배는 만에서 닻을 내리고, 조각배로 상륙하는 스타일 같아."

조각배를 내리고 타자, 수많은 인어들이 모여들어서 배를 항구까지 끌어주었다. 도착한 다음에 한 명 당 한 닢의 동화를 요구했지만, 제법 합리적이다. 환전하기 전이라서 다른 나라의 동화였지만, 인어들은 개의치 않고 받았다.

인어들은 내해 공통어가 통했지만, 대화하는 도중에 오베르

국어라는 스킬을 얻어서 스킬 포인트를 분배하여 유효화했다.

"테니온의 신전으로 간다."

잔교에 내려서자, 우리온 신이 선언하고 척척 걸어갔다.

테니온 중앙신전은 만에 닿은 낮은 벼랑 위에 있어서, 여기서도 잘 보인다.

"저게 그거야?"

"예뻐~?"

"보석처럼 예쁜 거예요. 알 아가도 보여주는 거예요."

포치가 알 포대기를 허리에서 풀어 가슴에 고쳐 안았다.

"소재는 비취니까, 보석 그 자체네."

항만 직원과 대화하는 건 아리사와 리자에게 맡기고, 우리는 신관복의 후드를 깊숙하게 눌러쓰고 소녀신들 뒤를 따랐다.

"신관님. 꽃은 어때요?"

"신관님. 오베르 명물 꽃과자는 어때요?"

"신관님, 화주(花酒)도 맛있답니다?"

길가에 늘어선 가게에 꽃이 흐드러지고, 예쁜 누나들이 빛나는 미소를 지으며 부른다.

"우웅."

"주인님, 샛길로 빠지면 신님들을 놓칠 거예요."

지방의 명물에 마음이 이끌리는 나를 미아와 루루가 끌어당겼다.

그러고 보니, 소녀신들이 감미와 술에 흥미를 보이지 않다니 희한하군.

"예뻐."

길 저편에서, 미아가 커다란 건물을 발견했다.

맵 정보에 따르면, 도시 중앙에 있는 하얀 궁전은 오베르 공화국의 의사당인가 보다. 「꽃과 사랑의 나라」의 중심에 걸맞은 세련된 건물이다.

건물 앞을 지나서, 조금 오르막이 된 길을 나아가자 테니온 중앙신전이 보였다.

"테니온 중앙신전에 어서 오세요."

"당신에게 멋진 사랑이 깃들기를."

"테니온 신의 축복이 당신과 함께 하기를."

가련한 수습 신관들이 화사한 목소리로 맞이하는 소리를 들으며 테니온 중앙신전 안에 들어갔다.

카리온 중앙신전의 신관복을 입은 탓인지, 어쩐지 어웨이한 느낌이군.

"기다려 주세요. 여기서부터는 신전 소속인 자만 들어갈 수 있습니다."

성큼성큼 신전 안으로 가는 소녀신들을 미청년 신관이 막았다. 세류 시 갈레온 신전의 신관도 미형이었는데, 이 친구는 뭔가 요염한 느낌이 드네.

"무례하다. 신의 앞길을 막지 말라."

"조아리거라. 조아리고 사죄해야 함."

소녀신들이 말하자, 언령의 영향을 받은 미청년 신관이 고개를 숙이며 두 사람을 보내주었다.

가는 길에 나타나는 신관들도 그 영위를 받아 도미노가 쓰러지는 것처럼 차례차례 무릎을 꿇으며 길을 터주었다.

"테니온 신도 목각상이 필요한가요?"

"부정. 상은 필요 없다. 테니온과 만나는 건 보고를 위해."

카리온 신이 담백하게 대답했다.

보고— 아마도 「따르지 않는 것」이 나타난 걸 보고하는 거겠지.

몰래 테니온 상을 깎아두었는데, 이걸 보니 헛수고가 되겠군. 뭐 언젠가 공도의 세라 씨나 무녀장을 만나러 들를 때, 테니온 신전에 봉납하면 되겠지.

"기다리고 있었습니다. 고귀하신 분."

청정한 공기를 띤 장소에 다가가자, 요염하게 비치는 법의를 입은 무녀들이 기다리고 있었다.

이 신전의 무녀나 신관은 남녀를 가리지 않고 예쁜 사람과 요염한 사람이 많네.

"이쪽으로 오시지요."

무녀장이 듣기 좋은 맑은 목소리로 소녀신들을 성역으로 이끌었다.

베일이 나부껴서 알았는데, 뜻밖에도 무녀장의 종족은 장이족인가 보다. 장이족은 사가 제국의 귀 종족 보호구역이 아닌 곳에서는 희귀한 종족인데, 최근에는 용사의 종자 위이야리나 우울증 마왕 시즈카도 그렇고, 신기하게 장이족이랑 인연이 있네.

""테니온을 만난다.""

"알겠사옵니다."

소녀신들이 테니온 중앙신전의 성역으로 나아갔다.

우리는 무녀들에게 가로막혀서 바깥에서 기다렸다. 쉐리퍼드 법국 때와 달리 카리온 신이 부르지 않았다.

『우리들을 지켜보시는 위대한 신이여.』

희미하게 신을 부르는 소리가 들렸다.

잠시 바깥에서 기다리자, 문 너머에서 녹색 빛이 흘러나왔다. 마음이 따스해지는 청정한 빛이다.

"사토."

미아가 나를 불렀다.

성스러운 빛을 쬐고 있는데, 안쪽에서 문이 열렸다.

"흑발의 소년, 오세요."

무녀장과 다른 무녀가 나를 불렀다.

"어서. 무녀장님은 그리 오래 테니온 신과 교신할 수 없습니다."

무녀가 내 손을 이끌어 성역에 억지로 끌어들였다.

"상을. 테니온의 그릇을."

카리온 신은 내가 몰래 깎아둔 상의 존재를 알고 있었나 보다.

아까 필요 없다고 한 직후라 조금 복잡한 기분이지만, 헛수고가 되는 것보다는 낫다고 생각을 고치며 아이템 박스에서 조각상을 꺼냈다.

테니온 신은 소녀신들보다 어른이란 이미지가 있어서, 공도의 세라를 성장시킨 것 같은 미녀상으로 만들어 봤다.

소녀신들 말에 따라, 성역의 중심에 조각상을 옮겼다.

"테니온."

"준비 완료."

소녀신들이 성역 중심의, 녹색의 빛이 쏟아내는 장소에서 하늘을 올려다보며 불렀다.

하늘에서 내려오는 빛의 입자가 늘어나고, 광량 조절 스킬로도 눈이 안 보일 정도의 빛이 성역을 채웠다.

"이것이 육체……."

아직 빛이 가득하지만, 광량 조절 스킬로 주위 사람들보다 한발 먼저 시야가 회복됐다.

거기에는 녹색 입자가 떠도는 빛의 베일을 두른 미녀가 서 있었다. 아제 씨랑 만나기 전이었으면 초 단위로 프로포즈를 했을 정도로 내 취향의 타입이다. 겉모습만 그런 게 아니라, 분위기가 아주 좋아.

"조금 수수하군요."

미녀가 녹색의 머리칼에 손을 대고 한 번 쓰다듬자 풍부한 웨이브가 생기고, 귓가의 머리칼이 저절로 엮이더니 뒤로 모여서 머리칼을 땋았다. 파티에서 남자들을 한눈에 사랑에 빠뜨릴 정도로 매력적이다.

"테니온은 재주가 좋다."

우리온 신의 말에 미녀가 웃었다.

역시 이 미녀가 테니온 신이 틀림없나 보군.

"저 인간족이 이 그릇을 준비했군요."

"그래. 뛰어난 목각 기술자."

"요리 솜씨도 제법."

직답해도 되는지 몰라 입을 다물었더니, 우리온 신과 카리온 신이 대신 대답했다.

"수고했습니다. 뭔가 포상을 바라나요?"

테니온 신은 인간족한테도 존댓말이군. 아마 존댓말이 기본이겠지.

"만약 용납된다면, 『따르지 않는 것』과 금기의 정보를 주실 수 있다면—."

나는 무녀들에게 들리지 않도록 목소리를 죽여 물었다.

"부정. 그것은 불허한다고 전했다."

"금기는 용납되지 않기에 금기라는 것을 알아야 함."

테니온 신보다 먼저 소녀신들이 부정했다.

"—따르지 않는 것? 말해 버렸어?"

"말실수를 했다. 하지만 자세한 얘기는 안 했다. 카리온도 그렇게 말했다."

"말 안 했다. 그건 우리온의 실수. 우리온은 테니온에게 혼나야 함."

그렇군. 그 말을 한 건 우리온 신이었구나.

"그대 인간족—."

"—사토라고 불러주세요."

"잊으세요."

내 말을 무시하고 테니온 신이 명했다.

어쩐지 언령의 기운이 느껴진다.

"소용없다. 이 자는 언령이 안 통한다."

"신력을 늘려도 효과가 없다. 의미불명."

소녀신들이 불만스럽게 말했다. 그렇게 디스하지 말아주세요.

"난처하군요……."

테니온 신이 손을 휘둘러 무녀들을 물렸다.

"다른 곳에 말하지 말라고 하면 그러겠습니다만, 그것이 무엇인지는 알려주실 수 있을까요? 저는 『따르지 않는 것』― 마신 잔재나 『마신의 찌꺼기』와 몇 번 만난 적이 있습니다."

쓰러뜨렸다고는 안 했다. 그건 용사 나나시의 활약이니까.

"알겠습니다."

""테니온!""

"상관없어요. 금기에 속한 것은 자세히 말하지 않지만, 그래도 되겠나요?"

나는 테니온 신에게 수긍했다.

"그것은 외적입니다."

설마 그걸로 끝은 아니겠죠?

"그건 알고 있습니다. 그러니까 마신과 그 힘을 띤 자들, 예를 들어 마족 따위가 『따르지 않는 것』― 외적이라는 거군요?"

"아닙니다."

―어라? 아닌가.

"마족은 **세계의 한 요소**입니다. 마신 또한 하나의 신."

"도신과 같은 급으로 취급 받는 것이 불쾌. 카리온도 그렇게 말했다."

"말 안 했다. 마신을 별칭으로 부르는 건 금지. 차별은 신격을 흐리게 한다고 알아야 함."

우리온 신은 마신을 싫어하고, 카리온 신은 마신을 옹호하는 느낌인가?

도신이라는 게 마신의 별칭인 걸 안 것은 수확일지도 모르겠다.

"그러면 『따르지 않는 것』은 세계의 요소가 아닌— 그러니까 바깥 세계에서 온 침략자란 거군요?"

"『따르지 않는 것』의 정의나 세부 사항을 알리는 것은 금칙사항입니다."

테니온 신은 대답해주지 않았지만, 여기까지 얻은 정보로 생각하면 틀림없겠지.

아리사가 여기 있었으면 「세계를 오지게 떠들썩하게 할」 초유명 라노벨의 미래인을 연상하여 벙글벙글 웃었을 거야.

"그러니까, 그 외적을 배제하는 일에 지장이 있으니까, 철도나 전파탑이나 활판 인쇄가 금기로 규제되고 있는 건가요…….."

"그것에 대답하는 것은 금칙사항입니다."

테니온 신이 담담히 대답했다.

"철도나 전파탑이나 활판 인쇄처럼, 금기로 규제되는 것이 있으면 알려주실 수 있을까요?"

"그것에 대답하는 것은 금칙사항입니다."

섣불리 개발해서 천벌의 대상이 되는 걸 피하고 싶었는데, 대답을 해주지 않는군.

생각을 정리하면—.

신들이 「따르지 않는 것」이라고 부르는 다른 세계에서 온 침략자가 있고, 신들은 그것들로부터 세계를 지키는 역할이 있다고 생각하면 문제없겠지.

철도나 전파탑이나 활판 인쇄가 금기로 규제되는 이유는 그 역할에 어떤 악영향이 있기 때문일 가능성이 높지만, 진위는 현재로서는 불명.

—이런 느낌이군.

"이제 질문은 없겠죠?"

"마지막으로 하나만. 제가 신계를 방문하는 건 가능한가요?"

테니온 신이 이야기를 마무리 지으려고 했지만, 여태까지 명확한 답이 없었으니까 이 기회에 물어보고 싶은 걸 물어봤다.

"가능합니다."

—오옷, 진짜로?!

"다만, 그것을 위해서는 저희들 신들 모두에게 인정받을 필요가 있습니다."

"사실상, 불가능. 괜한 희망은 오히려 잔혹. 카리온도 그렇게 말했다."

"말 안 했다. 과거에 실현한 자는 있다."

"그건 신. 이 자와 비교하면 안 된다."

지금까지 시련을 해낸 자는 신 하나밖에 없다는 거구나.

이야기의 흐름을 봐서 일곱 신들은 아닐 테니까, 용신이나 마신이겠지.

"테니온 님, 인정받으려면 어떻게 해야 하나요?"

"신들이 내리는 시련을 받으세요. 그 시련을 이루어, 증거를 얻는 것이 신에게 인정받는 것입니다."

어쩐지, 게임의 연속 퀘스트 같네.

—어라? 증거?

그러고 보니 파리온 신국에서 「파리온의 증거」란 칭호를 받은 기억이 있다.

메뉴의 칭호란을 체크해 봤더니, 분명히 있었다. 그렇다면 앞으로 여섯을 모으면 되는 거구나.

"테니온 님, 저에게 시련을 내려주실 수 있을까요?"

"지금은 이루어야 할 시련이 없습니다."

테니온 신이 화사한 미소를 지으며 매정한 말을 했다.

"이야기는 끝. 인간족의 시간은 유한. 끝 모를 꿈에 인생을 낭비하는 건 추천하지 않는다. 카리온도 그렇게 말했다."

"말 안 했다. 시간을 어찌 쓸 것인지는 그 자의 자유. 낭비 또한 인생. 우리온은 모든 것에 의미가 있어야 한다고 사고가 경직되어 있다."

"경직되지 않았다. 카리온의 생각은 위험. 테니온도 그렇게 말했다."

테니온 신은 우리온 신과 카리온 신의 말다툼을 상냥한 눈동자로 지켜보았다.

어쩐지 두 사람의 엄마나 나이 차이가 나는 언니 같군.

"""위대한 테니온 신께 영광 있으라!"""

"""테니온 님, 만세!"""

"""테니온 님께 감사를!"""

테니온 중앙신전에서 테니온 신 강림의 축제가 시작됐다.

바다를 접하고 있는 탓인지 몇 개의 좌식선과 범선이 신전의 앞바다에 와서, 신전의 뜰에 들어온 운 좋은 사람들과 함께 테니온 신에게 기도와 감사를 바치고 있었다.

"""우리온 신께 영광 있으라!"""

"""카리온 신께 영광 있으라!"""

우리온 신과 카리온 신도 테니온 신의 양 옆에 앉아 함께 경배를 받고 있었다.

우리도 신의 사도로서 참석해달라는 무녀장과 신전장의 요청을 받아서, 신들 뒤의 성직자들과 함께 단상의 말석을 차지하고 있었다. 처음에는 신들의 옆 자리를 권했었는데, 그건 무녀장과 신전장 같은 테니온 신을 숭배하는 사람들에게 양보했다. 그들에게는 신과 대화하는 천재일우의 찬스일 테니까.

"주성 소르르니아가 테니온 님께 감사의 곡을 바칩니다."

신전장이 바람 마법에 목소리를 실어서 선언하는 것과 동시에, 장엄한 곡의 연주가 시작됐다.

"엘프."

"브라이난 씨족의 엘프 같네."

주성은 파리온 신국에서 본 프루 제국 시대의 성악기— 하트 모양 더블 하프 같은 악기를 쓰는 모양이다.

파리온 신국에서 만난 성악기 연주자도 능숙했지만, 그녀는 차원이 다르군.

보르에난 숲에서 만난 연주자들에게도 뒤지지 않는 연주다.

신들에게 바치는 곡이 끝나자, 미아가 흥분한 표정으로 일어섰다.

"말하고 싶어."

"기다려, 미아. 내가 주성한테 안내해줄게."

정령시가 있으니까 주성을 만날 수야 있겠지만, 돌아오는 길에 길을 잃으면 어쩔 수가 없으니까.

"있다."

주성은 금방 발견했다.

다들 그녀 곁에 다가가지 못했으니까.

주성의 제자들 몇이 다가가는 미아를 막으려고 했었지만, 내가 미아의 머리카락을 들어 올려 엘프의 특징인 조금 뾰족한 귀가 잘 보이게 하자 주성이랑 아는 사이로 착각해서 통과시켜주었다.

"누구?"

"미아."

"보르에난?"

"그래."

주성도 단문 엘프구나.

단어의 대화가 고속으로 오간다.

상당히 신이 난 모양인데, 대화가 너무 빨라서 미아 검정 1급인 나도 전체를 파악할 수 없을 정도였다.

주성의 요청을 받은 미아가 성악기로 곡을 연주했다.

잠시 귀를 기울이며 듣고 있던 주성이 중간에 장난꾸러기 같은 표정을 짓더니, 미아가 연주하는 성악기에 손을 뻗어 연탄을 시작했다. 미아도 처음에는 조금 조바심을 냈지만, 금방 유쾌한 모습으로 연탄을 즐기기 시작했다.

주성의 제자들을 보니, 어떤 사람은 황홀하게 눈을 감고 귀를 기울이고, 어떤 사람은 질투가 섞인 시선을 미아에게 보냈으며, 또 어떤 자는 기술을 훔치려고 두 사람의 연주에 모든 신경을 집중했다.

"즐거웠어."

"또."

"응."

미아와 주성이 악수를 나눴다.

아마 또 함께 연주하자는 약속을 한 거겠지.

"잘 해."

"아직."

"또?"

"스승."

"흥미."

자동번역이 필요해.

아마도, 주성은 자기도 스승에게는 미치지 못한다고 한 거겠지.

"꺄아아아아아아아아아!"

갑작스런 비명에 이어 사람들의 당황한 소리가 해일처럼 퍼졌다.

—용이다.

거대한 황룡이 오베르 공화국 하늘을 가로질렀다.

"정숙하라."

"너희들은 신의 앞에 있다는 것을 이해해야 함."

소녀신들의 언령으로 패닉을 일으키려던 사람들이 차분함을 되찾았다.

먼 바다 위에서 선회한 황룡이 고도를 낮추어 이쪽으로 온다.

황룡은 포치가 가진 「백룡의 알」을 자기 알이라고 착각한 게 틀림없다.

"미아는 주성이랑 같이 있어줘!"

나는 미아의 대답을 기다리지 않고 그 자리를 벗어나, 사람들의 시야가 황룡을 향하는 틈에 축지를 반복하여 사람들 틈으로 나아가 동료들과 합류했다.

"주인님인 거예요!"

포치가 옆에 나타난 나를 깨달았다.

"포치, 알 잠깐 빌릴게."

"네, 인 거예요."

조금 걱정스런 모습의 포치에게 알 포대기를 빌려서, 귀환전이로 부유 범선에 이동했다.

부유 범선을 급발진시켜, 황룡의 궤도를 중앙신전에서 떼어놓았다.

조금 더 눈에 안 띄는 장소에 귀환전이 포인트가 있으면 용사 나나시로 변신하여 천구로 달려가 황룡과 직접 교섭을 할 수 있는데, 사람들의 시선이 모여 있는 바다 위에서는 그럴 수 없었다.

"어떻게든 떨어뜨렸— 아차."

부유 범선과 황룡 사이에 배 한 척이 떠 있었다.

망원 스킬이 묘령의 여성이 타고 있다는 것을 알려주었다. 베일에 가려 얼굴은 안 보이지만, 체형을 봐서 틀림없다.

"······■ 마사왕 창조."
크리에이트 리바이어선

베일을 쓴 여성이 지팡이를 휘두르자, 해면이 크게 흔들리고 어마어마하게 거대한 바다뱀이 바다를 가르고 나타났다.

"리바이어선이여! 내 적을 치라! —해란(海亂)!"
보텍스

그 목소리와 동시에, 거대한 물의 뱀— 리바이어선이 소용돌이치는 초고밀도의 수류를 다가오는 황룡에게 쏘아냈다.

—CWLOROOOOOOUNN!

황룡의 아가리에서, 포효와 함께 번개 같은 「용의 숨결」이 뿜어져 나왔다.

산을 부수고 바다를 가르는 양자의 공격이 공중에서 격돌했다. 귀가 아플 정도의 굉음과 함께 물보라와 번갯불이 주위에 흩어지고, 대폭우와 폭풍이 동시에 온 것처럼 바다가 흐트러졌다. 하늘로 오른 바닷물이 흐린 하늘을 만들어내 격렬한 비와 벼락을 쏟아 부었다.

격류 속의 나뭇잎처럼 흔들리면서도, 조각배에 탄 베일의 여성을 찾았다.

여성은 리바이어선 곁에서, 조각배와 함께 바닷물의 기둥 위에 올라가 있어서 흐트러진 바다의 영향을 안 받았다.

나는 안도의 한숨을 쉬고 상황을 파악했다.

황룡은 하늘에서 호버링을 하며, 리바이어선과 일정한 거리에서 노려보고 있었다.

이 상황이라면 내 목소리가 황룡에게 닿을 수 있겠어.

나는 용사 나나시의 모습이 되어, 폭풍을 틈타 황룡의 눈앞까지 섬구로 이동했다.

칭호는 용사가 아니라 「흑룡의 벗」으로 했다.

『황룡이여! 나는 대륙 동방의 흑룡 헤일롱의 벗이며, 영봉 후지산 산맥의 천룡과 함께 「마신의 찌꺼기」와 싸운 자다!』

복화술 스킬의 도움을 빌어, 용어로 황룡에게 말을 걸었다.

나나시 말투는 설득이 힘드니까, 평범한 말투를 썼다.

『인간족을 편드는 별종인 천룡은 그렇다 쳐도, 그 난봉꾼 흑룡의 벗이라고?』

묵직한 울림의 울음소리가 폭풍을 날려버렸다.

용어 스킬이 없었다면 위협했다고 오해할 것 같은 무시무시한 목소리군.

『그대가 감지한 건 내가 백룡 나리에게 맡은 「백룡의 알」이다! 다시 한 번, 감지를 다시 해보도록 하라! 이 알이 아닌 반응은 있는가?』

나는 포치에게 빌려온 「백룡의 알」을 들어 올렸다.

『─없다. 그러면 내 알은 어디에?』

『그것은 내가 알지 못하는 일이다.』

박정하지만, 억측으로 피아로오크 왕국의 이름을 말할 수는 없다.

─CWLOROOOOOOUNN!

황룡이 분노로 가득한 소리를 내면서, 특대 벼락을 바다에 뿌렸다.

『작별이다, 흑룡의 벗이여. 내 알을 발견하면 전하러 오라. 크게 보답하리라.』

황룡은 그 말을 남기고, 왔을 때와 같은 기세로 날아갔다.

나는 귀환전이로 부유 범선에 돌아가, 용사 나나시의 복장을 풀었다.

"우리온의 이름으로 명한다. 폭풍이여, 속히 물러가라."

"카리온의 이름으로 명한다. 바다여, 속히 진정하라."

멀리서 소녀신들의 말이 들리는 것과 동시에, 테니온 중앙신전을 기점으로 쾌청한 하늘과 잔잔한 바다가 동심원처럼 퍼졌다. 신들은 기후 조작도 간단한 모양이군.

어느샌가 리바이어선이 사라지고, 조각배도 바다 위로 돌아와 있었다.

베일이 바람에 흩날려 옆모습이 보였다.

"─아제 씨?"

무심코 외친 소리에 베일의 여성이 반응했다.

생김새가 너무 닮아서 외쳐 버렸는데, 자세히 보니 머리색과 머리 모양이 전혀 다르다.

여성이 조각배를 차고, 중력이 느껴지지 않는 움직임으로 부유 범선의 갑판에 내려섰다.

"아제? 보르에난의 아이아리제 말인가?"

여성이 낭랑한 목소리로 물었다.

생김새는 아제 씨지만, 분위기는 전혀 다르다.

"아이아리제 님을 아시는 건가요?"

"알고 있다. 예부터 지인이다. 내가 세계수의 관리인이었을 무렵에 만났다."

—하이 엘프.

AR표시가 그녀의 종족을 가르쳐 주었다.

"나는 뉴제. 브라이난의 숲에서 생을 받은 하이 엘프, 니유니시제다."

흠. 니제가 아니구나.

"숲 바깥에서 하이 엘프 분을 만날 줄은 몰랐습니다."

내 기억이 맞다면, 브라이난 숲에는 하이 엘프가 분명히 정원인 여덟 명 있었을 텐데.

"그런 별종은 나와 시르무후제 정도다. 종족은 하이 엘프지만, 세계수와 접속은 풀렸다. 나는 숲을 버리고, 내해 바다에 잠든 리바이어선의 수호자로 살기를 선택했다."

"리바이어선이라면 방금 전의 정령 마법으로 만들어낸 의사

정령인가요?"

"아니다. 그것의 모델이 된 진짜 신수 리바이어선이다."

"그런 신수가 내해 바닥에……."

맵에는 안 비친다.

분명히 남쪽 바다처럼, 심층은 다른 맵인 거겠지.

한 번 만나고 싶은데.

"언제나 배로 내해를 여행하시는 건가요?"

"아니다. 평소에는 오베르 공화국 영해에 있는 섬 하나에 은거하고 있다. 오늘은 제자에게 신들이 강림하셨다고 전서구가 와서, 섬을 나섰다."

그렇구나. 테니온 신을 만나러 왔구나.

기왕 만났으니, 여러모로 이야기를 하면서 오베르 공화국의 항구로 갔다.

◆

"사토."

마중 나온 동료들과 함께 주성이 있었다.

"아제?"

"스승!"

뉴제 씨를 본 미아와 주성이 동시에 말했다.

역시 뉴제 씨를 부른 제자라는 건 주성이었나 보군.

"그쪽 아이도 엘프인가? 본 적이 없는 얼굴이군. 브라이난 씨족의 엘프가 아닌 것인가?"

"응, 보르에난."

"그렇군. 나는 뉴제. 브라이난의 숲에서 생을 받은 하이 엘프, 니유니시제다."

뉴제 씨가 이름을 밝히자, 미아가 자세를 바로잡고 고개를 숙였다.

"처음 뵙겠습니다, 브라이난의 니유니시제. 나는 보르에난 숲의 가장 젊은 엘프, 라미사우야와 리리나트아의 딸, 미사날리아 보르에난."

미아가 오랜만에 장문으로 자기소개를 했다.

"정령, 엄청나."

"스승이니까."

"무슨 정령?"

"리바이어선."

미아와 주성이 고속으로 말을 나누었다.

"브라이난의 니유니시제. 보르에난 숲의 미사날리아가 바란다. 당신의 근사한 정령 마법을 전수하기를."

"정령 마법의 오의를?"

뉴세 씨가 미아를 보았다.

"……뜻밖이야. 레벨은 충분하다. 보르에난이라면 베히모스는 부를 수 있나?"

"응, 부를 수 있어. 가루다도."

"베리우난 씨족의 가루다도 쓸 수 있다고? 너는 다른 씨족에 인정받을 수 있는 일을 해낸 것이군."

"아니야, 사토."

미아가 고개를 옆으로 붕붕 젓고 나를 가리켰다.

"이 남자애가?"

"응, 세계수."

미아의 설명으로는 의미를 알 수가 없었는지, 뉴제 씨가 나에게 설명을 바라는 시선을 보냈다.

"제가 보르에난 숲을 방문했을 때, 사악한 해파리의 무리들이 여덟 그루의 세계수 모두에 기생하는 사건이 있었습니다. 그것을 퇴치하는 것을 도왔어요."

"사악한 해파리라……. 그렇군, 이해했다. 고향을 구해준 상대가 부탁한다면, 『마사왕 창조』의 오의를 전수하지."

"감사."

다행이다. 이걸로 미아의 정령 마법도 바리에이션이 늘어나겠군.

◆

"미아는 건강하게 지낼까?"

"예스, 아리사. 미아라면 괜찮을 거라고 고합니다."

뉴제 씨와 만난 그 날부터, 미아는 뉴제 씨가 은거하는 섬에서 새로운 정령 마법을 배우기 위한 수행을 하고 있었다.

기껏 신의 강림제에 왔는데, 뉴제 씨는 세 여신들에게 곡을 바친 다음 미아를 데리고 곧장 섬으로 돌아갔다. 우리도 따라가고자 했지만, 수행에 방해가 된다고 해서 물러났다.

"미아의 수행이 끝나면, 또 뉴제 씨의 연주를 듣고 싶네."

"그렇네. 주성의 연주도 근사했지만, 뉴제 씨의 연주는 격이 달랐으니까."

위에는 위가 있다는 걸 통감했다.

"강림제가 끝나면 출발할 거야?"

"그렇네. 며칠인가 오베르 공화국을 관광한 다음에, 여행을 다시 시작하자. 우리온 신과 카리온 신의 오더는 갈레온 동맹에 있는 갈레온 중앙신전인 것 같은데, 중간에 있는 나라에 들러도 된다고 하니까."

듣자니, 갈레온 신에게 그릇을 자랑하러 갈 모양이다.

갈레온 신의 조각상은 절대 만들지 말라고 했기 때문에, 이번에는 준비하지 않는다.

"주인님, 오늘 요리는 『꽃 한 상』이라고 해요! 전부 꽃을 조리한 거래요!"

루루가 기분 좋게 상을 가져왔다.

손님 대우인데도, 루루는 군이 오베르 공화국의 요리를 배우기 위해 주방을 돕고 있었디.

"줸님~."

"포치 또 이긴 거예요!"

"점심 휴식으로 중단했습니다만, 주인님께 우승기를 바치겠습니다."

아인 소녀들은 오베르 공화국의 명소인 투기장에서 삼여신배라는 대회에 출장했다.

"알 아가한테도 포치의 활약을 보여주고 싶었던 거예요."

포치가 내 배에 두른 알 포대기를 살살 쓰다듬었다.

시합하는 사이에는 포치의 알 포대기를 내가 맡아 두었다.

"우승 후보인 오베르 삼총사하고도 싸웠어?"

"아뇨. 그들은 오후 본선에 출전한다고 합니다."

"지역의 우승 후보는 시드 취급이네."

아리사가 의외로 잘 안다. 그녀가 말하는 총사란 것은 마법총을 주장비로 쓰는 오베르 공화국의 독자적인 병과다.

"본선은 응원하러 갈게."

"정말인가요! 그렇다면, 그저 이기기만 해선 안 되겠습니다. 주인님을 위해서도 압승을 하겠습니다!"

리자가 강하게 콧김을 뿜으며 선언했다.

그래, 상대가 죽지 않을 정도로 힘 조절 하는 건 잊으면 안 된다.

"―사도님, 신들께서 부르십니다."

다 함께 꽃 요리를 먹으면서 오후 예정 이야기를 하고 있는데, 수습 신관 한 명이 나를 부르러 왔다.

"뭐지? 용건은 못 들었니?"

"아뇨. 『사도님을 불러라』라고만 들었습니다."

어쩐지 테니온 신이라면 이유를 말할 것 같으니까, 카리온 신과 우리온 신 둘 중 하나가 부른 거겠지.

달콤한 술이나 맛있는 스위츠일까? 그녀들이 바라는 것을 상상하면서 신들이 있는 제단으로 갔다.

　—어라?

　제단에 아무도 없다.

　그 탓인지 축제가 중단됐다.

　"사도님, 이쪽으로. 신들께서는 성역에 계십니다."

　뭔가 긴급 사태가 일어났나?

　나는 발 빠르게 성역으로 갔다.

　"—늦다."

　성역에 들어가자마자 우리온 신에게 혼났다.

　여기 있는 건 신들과 나뿐이다. 안내해준 수습 신관과 무녀장 일행도 성역 밖에서 기다리고 있었다.

　"무슨 일이 있었나요?"

　"정숙."

　카리온 신의 말을 듣고 깨달았는데, 테니온 신이 녹색의 빛이 내려오는 하늘을 올려다보며 굳어 있었다.

　『테니온은 본체에서 정보를 받고 있다.』

　카리온 신이 입의 움직임으로 테니온 신의 행동을 가르쳐 주었나.

　상당히 섬세한 작업인가 보군.

　"……끝났, 어요. 신계에 있는 제가 세계의 위기를 알렸습니다.

　이마에 구슬땀이 맺힌 테니온 신이 거친 숨결을 가다듬으며 말했다.

"또 마왕이 현현한 건가요?"

"아닙니다. 마왕은 사람의 세상에 대해서는 위기지만, 세계의 한 요소이고, 진정한 의미로 세계를 파멸로 이끄는 위기가 아닙니다."

마왕보다도 위험— 마신 잔재, 신들이 말하는 「따르지 않는 것」인가?

"당신의 억측은 아마도 옳을 테니 말하지 마세요."

테니온 신이 먼저 입막음을 했다.

어지간히도 「따르지 않는 것」이란 단어를 듣기 싫은가 보다.

"우리온과 카리온은 사도를 데리고, 자이크온의 신전이 있는 땅으로 가세요."

"테니온은?"

"저는 이 그릇에 대단한 신력을 쏟지 않았어요. 이제 몇 시간 지나면 신력이 떨어져 사라질 겁니다. 당신들을 파견하는 것은 당신들 자신의 판단이기도 합니다. 알겠지요?"

""알았다.""

소녀신들이 고개를 끄덕였다.

한순간 의미를 알 수 없었지만, 그릇을 움직이고 있는 것이 신들의 분령— 카피체였다는 걸 떠올리고 납득했다. 신계에 있는 본체 쪽이 파견을 결단한 거겠지.

"서둘러?"

"인과율은 아직 집속되지 않았어요."

카리온 신의 물음에 테니온 신이 고개를 옆으로 저어 부정했다.

"섣불리 서둘러서 인과율을 휘저어서는 안 됩니다. 딱 좋은 타이밍은—."

테니온 신이 나는 알 수 없는 압축 언어로 카리온 신과 우리온 신에게 정보를 전달했다.

〉「신대어: 압축」 스킬을 얻었다.

앞으로 쓸 길이 있을지는 모르겠지만, 스킬 포인트가 대량으로 남아 있으니 유효화해뒀다.

신들과 교류할 때 말고도, 뭔가 쓸 수 있을지 모르니까.

"알았다. 다녀올게."

"범선으로는 늦는다. 비공정이 필요."

"알겠습니다. 준비 시키죠."

테니온 신이 대답하자, 레이더에 비치는 광점이 성역 앞에서 떨어졌다.

분명히 염화 같은 걸로 신자에게 명한 거겠지. 비공정이라면 나도 가지고 있지만, 기왕 준비하러 간 신전 사람들을 다시 불러오는 것도 좀 그러니까 그대로 두었다.

신이 내린 말씀은 위력이 굉장해서, 1시간도 안 되어 소형 고속 비공정이 준비됐다. 조종사들도 준비를 해줬지만, 여행의 위험성을 고려하여 기체만 빌렸다. 나랑 나나도 조종할 수 있으니까.

"신자들이여, 환영의 축제를 기쁘게 생각합니다. 앞으로도 경건한 기도를 잊지 말고, 사랑을 하고, 아이를 낳아 키우며, 번영하도록 하세요."

제단에 돌아간 테니온 신이 사람들에게 말하고 녹색 빛이 깃든 손을 흔들자, 신자들의 머리 위에 빛의 베일이 나타나 사람들에게 축복을 내렸다.

사람들은 감격의 눈물을 흘리며 오열하고, 입을 모아 테니온 신을 찬양하며 경건한 기도를 바쳤다.

"사랑스런 아이들에게 행복이 있기를—."

테니온 신의 몸이 한층 강하게 빛나고, 갑자기 빛이 사라졌다.

그녀가 있던 장소에 풀썩 묵직한 소리가 나고 하얀 연기가 피어올랐다.

—소금이다.

역할을 마친 테니온 신의 수육한 몸과 의복이 조각상으로 돌아가는 게 아니라, 소금 덩어리가 되어 흩어져 버린 모양이다.

저것도 성유물이란 느낌일까?

신관들이나 무녀들이 눈물을 참으면서 소금을 모으고 있었다.

"간다."

우리온 신의 인도를 따라서, 우리는 비공정에 타고 곧장 오베르 공화국을 출발했다.

"다들 뉴제 씨가 있는 장소에서 기다릴래?"

"아니, 갈 거야."

"주인님 옆에서 싸울 수 있다고 자만하지는 않습니다만, 주인님께 도움이 되겠습니다."

아리사는 딱 잘라 집보기를 거부했고, 리자가 얌전히 동행을 희망했다.

다른 애들도 그녀들과 같은 마음인가 보다.

"알았어. 하지만, 최전선은 금지야. 용사나 현자도 저항 못했으니까."

카리온 신의 수호가 있다면 괜찮을 거라고 생각하지만.

나는 공간 마법 「원거리 통화」를 써서 미아에게 연락했다.

『미아, 조금 용건이 있어서 피아로오크 왕국에 가게 됐어. 정령 마법의 수행중이라면 뉴제 씨 옆에 있을래?』

『기다려―.』

미아가 뉴제 씨에게 허가를 구하는 소리가 들렸다.

『―갈래.』

아무래도 허가를 받은 모양이다.

우리는 뉴제 씨의 섬에서 미아를 회수하고, 비공정의 진로를 피아로오크 왕국으로 돌렸다.

피아로오크 왕국 첫 방문은 조금 파란만장할 것 같다.

포치의 알은 요정 가방에 수납해두라고 말을 해둬야겠군.

변환의 나라

"흥망성쇠가 세상의 이치라 하지만, 우자의 행위로 고향을 잃고 동포를 빼앗긴 자들이, 그런 말 하나로 원망을 잊고 복수를 포기할 리가 없다. 원수에게 복수를 이루어야만, 우리들은 앞으로 나아갈 수 있는 것이다."

—용인의 후예, 바잔

"아직 아무것도 시작된 게 없나 봅니다."

사토가 바다 위를 나는 비공정의 전방 관측창에서 바깥을 내다보고, 전방에 펼쳐진 「변환의 나라」 피아로오크 왕국 왕도의 극채색 집들 지붕을 내려다보며 말했다.

"주인님, 비공정 어디에 착륙시킬 거야?"

"공항이 있으면 거기에 내려줘."

"예스, 마스터."

나나가 비공정을 바다와 닿아 있는 공항 쪽으로 틀었다.

곶에 있는 등대에서 새 수인 병사가 날아올라 마중 나왔다.

"뉴!"

소파 위에서 둥글게 말려 있던 타마가 갑자기 고개를 들었다.

"—어리석은 것."

우리온 신이 분노에 찬 표정으로 외쳤다.

"무슨 일인가요?"

그렇게 물어보는 사토도 무표정 스킬을 써서 표정에 드러나진 않았지만, 위기 감지 스킬에 격렬한 경고를 받고 있었다.

"봉인이 풀렸다. 멸망이 시작된다."

카리온 신이 노려보는 시선 끝에는 자이크온 중앙신전이 있었다.

"아직 완전히 봉인이 풀리지 않았다. 지금이라면 안 늦는다."

"우리온에게 동의. 결계로 신전을 감싼다. 그 사이에 제거해야 함. 비공정을 저곳으로."

"예스, 카리온."

나나가 비공정을 자이크온 중앙신전 쪽으로 돌렸다.

비공정의 선도를 하고 있던 새 수인 병사가 날카로운 경고를 했지만, 나나는 그걸 개의치 않고 비공정의 속도를 최대로 올렸다.

그것을 본 새 수인 병사가 피리를 불고, 성벽탑에서 비상사태를 알리는 경종이 울렸다.

"대소동이 일어났네."

"딱 좋아."

아리사의 말에 사토는 어깨를 으쓱거렸다.

"언령으로 사람들을 피난시킬 수 없나요?"

"부정. 실행은 가능하지만 큰 일 앞의 작은 일. 신력의 낭비는 엄격하게 삼가야 함. 카리온도 그렇게 말했다."

"말 안 했다. 주민의 감소는 좋지 않지만, 대부분은 자이크온의 신도. 세계의 유지 앞에서는 허용 범위."

소녀신들이 사람 같지 않은 발언을 했다.

그녀들에게 중요한 것은 세계의 유지와 자신의 신도들이고, 다른 신의 신도는 우선권이 낮은 모양이다.

"그러면, 하다못해 신의 이름으로 주민에 대한 피난을 권고하게 해주세요."

"허가. 인적 자원의 안전을 확보할 수 있다면 해야 함. 카리온도 그렇게 말했다."

"우리온에게 동의. 너는 자이크온의 이름을 써도 된다."

우리온 신이 말했지만, 사토는 우리온 신과 카리온 신의 이름으로 경고를 발했다.

대상은 피아로오크 왕가와 왕도 안에 있는 각 신전의 수장들이다.

"마스터, 중앙신전 앞에 도착했다고 고합니다."

비공정의 전방에 노란 돌로 만들어진 악취미적일 정도의 화려한 신전이 있었다.

그 신전 입구에서 신관들과 신도들이 급한 기색으로 뛰쳐나왔다.

다음 순간 광대한 신전의 중심부가 터져 날아가고, 칠흑의 안개에 휩싸인 무언가가 신전의 지붕에 넘쳐서, 건물을 안쪽으로 끌어들이기 시작했다.

"앞뜰에 착지해줘."

"예스, 마스터."

사토의 지시로 비공정이 고도를 낮추었다.

"카리온, 결계를."

"긍정."

우리온 신이 재촉하자, 카리온 신이 눈부신 주색 빛을 내더니 신전 주위를 구형의 결계로 감쌌다.

더욱이 우리온 신이 눈부신 홍색의 빛을 뿜으면서 팔을 휘두르자, 움직임에 동기화하여 신전 상공에 출현한 빛의 베일이 검은 안개를 신전 안쪽으로 억눌렀다.

"주인님, 저거!"

아리사가 가리키는 곳에, 몇 명의 신관과 함께 전이해온 전직 괴도 피핀의 모습이 보였다. 그가 데리고 온 신관의 뒤에 가려진 상태였지만, 그와 함께 행동하던 현자의 제자 세레나도 있다.

"조금 정보를 얻고 올게요!"

사토가 비공정에서 뛰어내려 피핀 곁으로 달려갔다. 사토는 피아로오크 왕국으로 여행을 하는 도중에, 피핀에게 소동을 일으키려는 현자의 제자를 추적하여 자이크온 중앙신전에 뛰어들었다고 쿠로로서 보고를 받았다.

"피핀!"

"젊은 나리! 이 결계는 젊은 나리가?"

피핀이 등 뒤를 돌아보자, 추적해오던 검은 안개가 홍색의 결계에 막혀 멈춰 있었다.

마치 뜨거운 금속에 닿은 것처럼, 결계에 닿은 안개가 결계를 기피하여 거리를 벌렸다.

"동행자가 해줬어. 누구보다도 강력한 결계니까 바깥에 대한 피해는 걱정 안 해도 돼."

"신관들은 평범하게 나올 수 있는 것 같은데 괜찮은 거야?"

"아직 완전히 닫히지 않았을 거야. 그보다도 무슨 일이 있었는지 가르쳐줘."

"알았어. 나랑 세레나는 바잔이라는 악당이 노리는 게 자이크온 중앙신전의 지하에 있다는 걸 알아내서―."

피핀이 자이크온 중앙신전에서 있었던 일을 이야기했다.

"아직 놈들은 일을 일으키지 않은 모양이군."

신전의 첨탑 하나에 나타난 피핀이 함께 전이해온 세레나에게 속삭였다.

눈앞에 펼쳐진 자이크온 중앙신전은 소동이나 경계 한복판이라고 생각할 수 없는 일상이 펼쳐지고 있었다.

"아무리 봉인 파괴가 특기인 바잔이라도, 열쇠인 『몽향의 소리굽쇠』만 가지고선 어떻게 못할 거야."

"더 필요한 건 『용의 알』이 셋이었나?"

"아니, 정확하게는 『세물이 되는 용의 혼』이 셋이야."

"그게 그거지. 세상 어디에 용을 쓰러뜨릴 수 있는 녀석이 있는데? 그야말로 용사라도―."

―무리다. 그렇게 말하려던 피핀의 뇌리에, 자신의 주인인 쿠로나 절망적인 공포와 함께 나타난 「마신의 찌꺼기」를 쓰러뜨린

용사 나나시의 모습이 스쳤다.

"가능한 녀석이 있을지도 모르지만, 바잔이란 녀석은 그렇게 굉장하지 않잖아?"

"그렇지. 용을 이길 정도의 압도적인 힘이 있다면, 다른 사람의 힘 따위 빌릴 생각은 안 할 거야."

"그렇군. 얘기가 딴 길로 샜네. 백룡의 알은 젊은 나리한테 맡겼고, 지금 놈들 손에 있는 건 적연도의 적룡과 드라그 왕국의 녹룡에게서 빼앗은 알 두 개 뿐이었을 거야. 이 근처에는 그 밖에 용이 없나?"

"나머지는 하급룡들이야. 남방에 황룡이 있다는 소문이 있지만, 실제로 본 자는 없어."

"하급룡이 있다면 어째서 그쪽으로 안 하는 건데? 성룡을 따돌리는 것보다는 훨씬 간단하잖아?"

"그럴 수 있다면 했겠지. 카무시무가 배신하기 전에 말했는데, 하급룡이나 그 알은 제물이 못 된다고 했어."

"그러면, 일단은 안심인가……."

피핀이 목덜미의 식은땀을 닦으면서, 안도의 한숨을 쉬었다.

"나로서는 여기서 며칠 바잔을 기다리고 싶어. 다른 장소도 신경 쓰이지만, 나는 신의 영향이 흐려진 피아로오크 왕국의 봉인이 노림수라고 생각해. 피핀은 어떻게 생각하지?"

세레나의 물음에 피핀이 대답하지 않는다.

"이봐, 피핀―."

무슨 일이냐고 말하려던 세레나의 코앞에 피핀이 손바닥을 내밀었다.

"실수했다. 놈들은 이미 안에 있어."

피핀이 가리키는 곳에, 수풀 뒤에 널브러진 신전 관계자의 시체가 있었다.

"놈들은 현자님의 가르침을 잊은 거야?!"

"분개하는 건 나중에 해. 가자."

격앙하는 세레나를 타이른 피핀이 그녀를 데리고 지상으로 전이하여, 침입 경로로 추정되는 문에서 신전 안에 들어갔다.

"이 앞에는 지하로 가는 숨겨진 통로가 있는 모양이야. 하얀 석상의 뒤쪽에."

"저건가— 세레나."

피핀이 날카로운 목소리로 세레나를 막았다.

숨겨진 문으로 보이는 장소 앞에, 피투성이 무녀가 쓰러져 있었다.

"이봐, 무녀님. 살아 있어?"

"저, 저보다도, 도적을 추적해 주세요. 막아야, 도적이 『신재옥(神裁獄)』을 건드리기, 전에……."

피핀의 품 안에서 무녀가 그 말을 하고 정신을 잃었다.

"이 앞이야."

세레나는 무녀를 뛰어넘어 통로 안쪽으로 갔다.

"이봐, 기다려! 죽기 직전인 부상자가 먼저잖아!"

피핀은 세레나에게 외치고, 허리춤의 파우치에서 꺼낸 에치고야 특제 중급 마법약을 무녀의 입으로 흘려 넣었다.

"미안하지만 눈을 뜰 때까지 보살펴줄 수는 없어."

피핀이 무녀를 바닥에 눕히고 세레나 뒤를 따라갔다.

"생각보다 더 앞으로 나아갔구만."

단거리 전이를 섞으며 어두운 복도를 나아가자, 전방에 보라색의 빛이 보였다.

빛의 바로 앞에서 세레나를 발견한 피핀은 단거리 전이로 단숨에 다가갔다.

빛은 부서진 벽 너머에서 흘러나오고, 벽 너머에는 칠흑의 제단이 있었다. 그 뒤의 벽에는 보라색으로 빛나는 마법진이 떠올라 있고, 거기서 수상쩍은 스파크가 튀면서 검은 안개가 서서히 흘러나오고 있었다.

"아무도 없잖아?"

마법진을 기동하고 있을 누군가는 이 방에 없었다.

"여기서 용건은 끝난 건가?"

피핀과 세레나가 주위를 경계하면서 방 안에 들어갔다.

"세레나, 제단 위."

제단에는 소리굽쇠 같은 것이 놓여 있었다.

"―몽향의 소리굽쇠."

"저게 뮤시아 왕국에서 도둑맞은 열쇠인가."

피핀이 의문스럽게 물었다.

"그건 그렇고, 바잔은 어디로 사라졌지?"

투덜대는 피핀을 무시하고, 세레나가 마법진 쪽으로 갔다.

"이 마법진은 기억에 있어."

"이봐. 함부로 만지지마— 세레나!"

마법진에 닿은 세레나가 마법진에 빨려 들어가는 것처럼 사라졌다.

"치이잇. —모르겠다!"

피핀이 결심하고 마법진에 뛰어들었다.

비틀거리는 피핀의 시야에 몇 가지 정보가 뛰어들었다.

세레나와 마찬가지로 검은 옷을 입은 현자의 제자들, 땅바닥에 그려진 거대한 마법진의 세 정점에는 「용의 알」이 놓여 있었다.

"그만둬, 바잔!"

세레나가 큰 소리로 외쳤다.

혼탁했던 피핀의 의식이 그 목소리로 각성하고, 시야가 분명해졌다.

"따라잡았나, 세레나!"

바잔이 마법진의 중심에서 양손을 펼쳤다.

무슨 비보로 결계를 친 모양인지, 세레나의 침입을 막고 있었다.

피핀도 전이를 시도해 봤지만, 그것마저도 막혔다.

"지금이라면 아직 안 늦었어! 그만 둬, 바잔!"

"왜 막는가! 이것이야말로 네가 숭배하는 현자— 원숭이의 유언이다. 각지에 있는 신의 봉인을 풀고 다니는 것이야말로 놈의 바람!"

"봉인을 풀면, 목숨은 없어!"

"상관없다. 내 동포는 어리석은 위정자가 일으킨 전쟁으로 이미 누구 한 사람 남아 있지 않다. 멸망의 마수와 합일하여, 어리석은 위정자들을 모두 멸해주마."

"그래서는 네놈 자신이 어리석은 전쟁을 하는 위정자와 마찬가지잖아!"

"네놈은 알 수 없다. 복수만이 내 바람이다."

피핀은 서로 깊은 인연을 가진 제자들의 문답을 흘려들으면서, 이 방을 관찰하여 기사회생의 한 수를 생각했다.

'알이 또 하나 있었다니―.'

피핀과 세레나가 확보한 백룡의 알, 적연도에서 도둑질한 적룡의 알, 드라그 왕국에서 빼앗아온 녹룡의 알, 그것 말고도 알을 가진 용이 있었던 모양이다.

피핀의 물품 감정 스킬이 마지막 하나가 「황룡의 알」이라는 것을 가르쳐 주었다.

검은 안개가 알에 달라붙고, 마법진에서 흐르는 스파크가 격렬하게 맥동하고 있었다.

피핀에게는 봉인이 풀리기 직전으로 보였다.

'위험한데. 하다못해 결계 안으로 전이할 수 있으면 어떻게든 될 텐데.'

피핀은 마법진 바깥쪽에 놓인 가느다란 마법장치를 보았다. 저것이 결계를 만드는 비보일 것이다.

그는 신발에 심어둔 작은 단검을 뽑았다.

'쿠로 님께 받은 단검을 이런 일에 쓸 줄이야.'

피핀은 전이의 힘을 작은 단검에 집중시켜서, 결계 안으로 보내는 것에 성공했다.

단검이 비보에 명중하여 훌륭하게 결계를 지워버렸다.

"세레나!"

"알고 있어! ■ 단부인(短符刀)."

세레나의 손에서 쏘아져 나간 새하얀 부적이 칼날로 변해서 바잔의 가슴을 꿰뚫었다.

"……원통하군."

과거에 세레나의 부적을 막아낸 방어 마법과 지연 술식은 봉인 해제라는 대마술을 행사하기 위해 해제해둔 모양이다.

바잔이 그 자리에서 쓰러졌다.

"갑옷 하나 정도는 입어뒀어야지."

피핀의 농에 대답하는 자는 없었다.

그는 몰랐지만, 현자의 제자들이 입은 칠흑의 로브는 보통 금속 갑옷보다 몇 배나 방어력이 높다. 그저 단순히, 세레나가 사용한 부적이 동포를 치기 위해 준비된 특별한 것이었던 것뿐이다.

"감상에 젖기 전에 알을 회수하자고."

피핀이 마법진에 설치되어 있던 알 하나를 회수했다.

"그럴 수는 없지."

여자의 목소리와 함께 몇 줄기의 채찍이 뻗고, 피핀의 손에서 알을 빼앗았다.

"세레나 같은 물러 터진 녀석에게 당하다니, 바잔도 잔챙이로군."

글래머러스한 여자가 방에 나타났다.

이곳에 사토와 흑연도의 사무라이들이 있었다면, 사무라이 대장이 목을 벤 검은 옷의 도적과 같은 얼굴임을 깨달았을지도 모른다.

"오라오라오라오라!"

종횡무진으로 움직이는 채찍의 난무가 피핀과 세레나를 마법진에서 떼어 놓았다.

피핀이 던진 단검이 튕겨나가고, 전이해서 등 뒤에 나타난 피핀의 칼날이 심장을 꿰뚫었지만, 상관하지 않고 피핀에게 반격을 가했다.

"크으으으으, 불사신이냐."

피핀은 부러진 팔을 감싸면서 전이로 거리를 벌리고, 마법약으로 상처를 고쳤다.

"눈을 떠라, 바잔."

"―케르마레테군."

여자의 말에, 죽었을 바잔이 일어섰다.

자세히 보면, 여자의 목에는 너저분하게 꿰맨 것 같은 자국이 있었다.

"이 녀석들은 내가 상대한다. 너는 봉인을 풀어!"

"그렇게 놔두지 않아! ■■■ 롱우부(瀧雨符)."

세레나가 뿌린 부적의 비가 마법진의 중요한 열쇠가 되는 「용의 알」에 쏟아졌다.

"물러!"

여자의 채찍이 부적의 비에서 알을 지켰다.

"케르마레테!"

바잔이 외친 경고를 듣고, 여자는 알 하나가 피핀에게 도둑맞은 것을 깨달았다.

이 방에 피핀의 모습은 없었다. 알을 확보하여 바깥으로 도망친 것이다.

"바잔! 마지막 수단을 써라."

"그래야지."

바잔이 도둑맞은 알의 장소로 이동했다.

"그만둬! 죽을 셈이야, 바잔?!"

"시끄러워, 이 물러터진 것! 바잔은 네가 진작에 죽였잖아!"

세레나가 방해하지 못하도록 여자가 몇 줄기의 채찍을 난타했다.

"내 몸에 흐르는 고대의 피, 내 마음을 형태 잡는 고대의 혼, 그것들 모두를 바친다. 용인 최후의 생존자인 내 몸을 제물로 봉인 해제의 의식은 완성된다."

"그만둬어어어어어어, 바자아아아아아아아아안!"

세레나의 외침도 허망하게, 바잔은 찢어진 가슴에서 꺼낸 심장을 바쳤다.

마법진에서 뿜어져 나온 검은 안개의 기세가 늘어났다.

"신들에게 봉인된, 오랜 것이여. 신재옥 안에서 나오라."

바잔이 입에서 피보라를 뿜으면서 홍소했다.

알이 차례차례 어둠에 먹혔다. 마지막에 심장을 치켜든 바잔이 어둠 속으로 빨려 들어가자, 흘러넘친 어둠이 마법진을 감싸서 가렸다.

"이제 슬슬 도망치지 않으면 위험하겠네. 또 보자, 물렁이."

여자는 세레나를 향해 투망 같은 것을 던지더니, 방 밖으로 뛰쳐나갔다.

"저 어둠에 뛰어들어도 개죽음이겠지―."

세레나는 고민한 다음, 마법진을 통해 방 밖으로 뛰쳐나왔다.

그것을 추적하는 것처럼 검은 안개가 뿜어져 나왔다.

전력으로 통로를 달리지만, 검은 안개가 더 빠르다.

"―도망 못 치겠는걸."

검은 안개에 닿은 붉은 머리칼 끝과 망토가, 무너지는 것처럼 회색이 되어 흩어졌다.

머리칼과 망토를 절반쯤 잃고, 세레나가 삶을 포기하려고 했을 때―.

"세레나! 와라!"

"피핀!"

계단 바로 앞에서 피핀이 기다리고 있었다.

안개에 따라 잡히기 직전, 세레나의 손이 피핀에게 닿았다.

―전이.

신전의 지상층으로 돌아온 피핀과 세레나는 쓰러져 있던 무녀를 붙잡고 신전 밖으로 달렸다.

등 뒤에서 뭔가 깨지는 소리가 울리고, 돌아본 피핀의 시야에 검은 안개에 휩싸인 뭔가가 나타나는 게 보였다.

뱀처럼 꿀렁거리는 안개의 촉수가 도망치는 신관에게 닿았다. 그러자 신관의 몸이 안쪽에서 찢어지고, 뒤집어지듯 검붉은 근육섬유가 드러나면서 내장을 바닥에 뿌린다.

눈을 감고 싶어지는 참상이 여기저기서 벌어졌다.

"위험하군."

피핀은 신전에서 도망치라고 경고하며, 눈에 띄는 사람들을 가능한 회수하면서 신전 밖으로 뛰쳐나왔다.

◇ ◇ ◇ ◆ ◇ ◆ ◆ ◆

"─뭐 그렇게 됐으니까, 얼른 도망쳐. 나는 쿠로 님을 부를 거다. 우리들은 무리라도 쿠로 님이나 용사님이라면 어떻게든 해주겠지."

피핀이 들고 온 무녀나 신관은 다른 장소에서 도망쳐온 신관에게 맡겼다.

"부정. 도망치는 것은 용납하지 않는다. 카리온도 그렇게 말했다."

"우리온에게 동의. 이제부터 성전을 선언한다. 해당 지역의 생물은 신의 의지에 따라야 함."

우리온 신과 카리온 신이 홍색과 주색의 빛을 띠고서, 같은 색의 파문을 주위에 뿌렸다.

도주하려던 사람들이 발을 멈추고 결의에 찬 표정으로 지팡이나 무기를 겨누었다.

"우리온 님, 어중이떠중이는 방해만 됩니다. 싸움은 저희들이……."

"부정. 수는 힘. 이 나라의 기사와 군대를 소집한다."

"그렇지만, 전투에 익숙지 못한 신관들은 도움이 안 됩니다."

"부정. 신성 마법은 도움이 된다."

사토는 괜한 희생을 내지 않고자 신들을 설득했지만, 논리정연하게 거부했다.

"있지, 신님."

아리사가 말을 걸었다.

"신관들이나 일반인은 안전지대에서 필승을 기도하게 하는 건 어때? 기도는 신력을 낳잖아? 그게 더 효율적이지 않아?"

"검토의 여지 있음. 카리온의 의견을."

"긍정. 어린 자의 제안은 합리적이라고 판단한다."

카리온 신이 수긍하자, 신관들이 고삐 풀린 말처럼 달려갔다.

언령을 통한 지배가 해제된 거겠지.

신관들이 해방된 한편으로, 신의 힘은 멀리 떨어진 피아로오크 왕국군의 주둔지나 용병들의 거점까지 영향을 끼쳤다.

"전원, 전투 준비! 당직은 즉시 대응 부대를 선발하라! 마술사들에게 중골렘 부대의 기동을 명하라!"

장군의 명령에 병사들이 전투 준비를 시작했다.

명령을 받은 병사들도, 적군의 기습이 있었던 것처럼 귀기 서린 기백이었다.

그러나 장군이나 병사들처럼 열띤 자만 있는 게 아니었다.

"장군! 무슨 일인가!"

"군감 나리. 전쟁입니다. 곧장 귀하의 부대도 임전 태세를 갖

추십시오."

"전쟁이라고? 어디에 적이 있다는 것인가! 이래서 평민에게 장군직 따위 맡길 수가 없다는 거다!"

현 국왕의 조카이며, 자신 또한 공작위를 가진 유서 깊은 귀족인 군감이 평민 출신의 장군을 업신여겼다.

"곧장 이 바보 같은 소동을 멈춰라! 네놈은 국왕 폐하께 거스르는 셈인가!"

"군감 나리는 모르는 것입니까? 고귀하신 분의 요청을!"

"고귀하신 분? 무슨 말을—."

말하는 도중에 군감이 병사들에게 구속됐다.

"성스러운 싸움이 끝날 때까지, 군감 나리는 얌전히 있어주셔야겠습니다."

장군은 열띤 기색으로 고하더니, 밧줄에 묶여 머리에서 김이 솟아오를 정도로 얼굴이 빨개진 군감을 한 번 보지도 않고 자기 일을 시작했다.

그 움직임은 곧장 왕성에 전해졌다.

"폐하! 주둔지의 병사들이 수상한 움직임을 보이고 있습니다."

"소란스럽군. 그러한 일은 근위나 군감에게 맡겨둬라. 그런 것보다, 네놈들도 이 그림을 감상하지 않겠는가? 화성의 재래라고 불리는 톱펜톨의 최신작이야."

조바심 내는 대신과 대조적으로, 저급할 정도로 화려한 복장을 입은 왕이 방금 손에 넣은 회화에 흥미를 보이고 있었다.

"폐하! 큰일이옵니다!"

"이번에는 할아범인가. 방금 전의 환청도 그렇고, 오늘은 모두 차분하지 못하군."

어리석은 왕은 사토의 경고나 같은 경고를 들은 가족의 말을 환청으로 단정하고 있는 모양이다.

"사람들 위에 선 귀인은 언제 어느 때든 차분해야 한다. 선왕 폐하께서 어린 시절에—."

노시종은 금방 큰일이라는 것을 왕에게 전하고 싶었지만, 국왕의 말을 가로막는 불경을 저지르지 못해 그의 말이 끝나기를 기다렸다.

시종에게 왕에 대한 보고를 부탁한 자이크온 중앙신전의 신관 또한 대합실에서 초조함에 시달리고 있었다.

"이봐! 자리를 뜨지 마라!"

그 신관의 귀에, 방 밖에서 울리는 노호가 들렸다.

"이거 놔! 우리들에게는 사명이 있다!"

"근위가 폐하를 지키지 않고 뭘 지킨단 말이냐! 네놈, 그러고도 귀족이냐!"

"닥쳐라! 네놈처럼 작위를 가진 자가 아니면 귀족이 아니라고 말하고 싶은 것이냐?"

"말은 필요 없다! 방해를 한다면 힘으로라도……!"

근위기사들이 검을 뽑고 일촉즉발의 상태였다.

전투원들 가운데서도 신의 언령에 영향을 받은 자와 받지 않은 자가 있는 모양이다.

"이 천치 같은 놈들! 성 안에서 무엇을 하고 있나! ■ 권위 과시!"^{어소리티 오라}

어깨를 씩씩거리는 군무 대신이 파랗게 빛나는 단말을 손에 들고 도시 핵 유래의 마법을 썼다.

파란 빛을 쬔 근위기사들이 겁을 먹고 그 자리에 무릎을 짚었다.

"—나, 나는 대체 무엇을?"

"제정신으로 돌아온 모양이군. 근위병을 모아라. 방금 전의 네놈 같은 자가 있으면 포박해서 데려오라. 다소 다쳐도 상관없지만, 가능한 죽이지 마라. 가라!"

군무대신의 명령에 근위기사들이 달려갔다.

"대체, 이 나라에서 무슨 일이 일어나고 있는 것인가……."

근위병사들이 물러간 복도에서, 군무대신이 말로 표현 못할 불안을 느끼고 있었다.

신이 아닌 그는 상상할 수 없는 일이 일어나고 있었으니까.

그 무렵, 신전 앞에서는—.

"뉴!"

"사토."

타마가 경계하고, 미아가 경고했다.

침묵을 유지하던 신전의 창과 문을 걷어차면서, 검은 안개를 두른 사람 모양의 무언가가 차례차례 나타났다.

정문에서 뭔가가 나타나려고 했지만, 돌 벽이 출현해서 그것을 막았다. 흙 마법을 쓸 수 있는 신관이 있었으리라.

"신의 결계를 빠져 나왔어!"

"교활. 설정을 거꾸로 이용했다. 저것의 소재는 인간."

우리온 신이 씁쓸하게 대답했다.

안개를 두른 사람은 결계가 인간을 통과시키는 설정을 이용한 모양이다.

"저것은 엔스. 이 세계를 침식하기 위한 촉수."

카리온 신이 심각한 표정으로 말했다. 사토의 시야 안에서는 안개를 두른 사람이 염자(厭子)라고 AR표시되었다.

"카리온, 그것은 금칙사항."

"긍정. 너희들, 지금 그 말은 잊어야 함."

카리온 신은 덜렁이 속성이 있는 모양이군.

"저것을 본래 인간으로 되돌릴 수 있나요?"

"부정. 인자의 양이 적어도, 완전히 변태한 개체를 본래대로 되돌리는 것은 불가능."

"카리온에게 동의. 가능한 것은 불완전변태만. 변태한 뒤의 개체는 이 세계의 것이 아님이다."

"그런가요……."

신들의 대답을 들은 사토가 어깨를 늘어뜨렸다.

『이력의 손』이 빠져나가잖아?"

사토는 신전에서 나타난 엔스들을 신전 안으로 던져서 돌려놓으려고 했지만, 제대로 잡을 수가 없었다.

"주인님, 현지의 군대가 왔어요."

비공정의 갑판에서 저격총의 준비를 하고 있던 루루가 보고했다.

선두에 화려하게 장식된 3미터급 소형 골렘 10개를 세우고,

그 뒤에 마력포나 통상의 군대가 따르고 있었다. 6미터급 골렘도 있지만, 왕성을 지키는 위치에서 대기하는 모양이다.

도착한 피아로오크 왕국의 군대는 사토 일행이 말릴 틈도 없이 엔스들에게 공격을 시작했다.

"오우, 파워풀~?"

"굉장히 굉장한 공격인 거예요."

어마어마한 굉음과 함께 피아로오크 왕국군이 쏘아낸 마력포와 마법 공격이 엔스를 구멍투성이로 만들며 차례차례 쓰러뜨렸다.

"—어머? 약하네?"

고개를 갸웃거리는 아리사에게 카리온 신이 대답했다.

"당연. 저것들은 결계를 통과하기 위해 최소한의 인자만 받았다."

눈앞에서 쓰러지는 엔스들의 모습을 보고, 사토 일행은 맥 빠진 분위기가 되었다.

최초의 포격이 끝나자, 이번에는 말을 탄 기사대가 엔스에게 기마 돌격을 시작했다.

"맥이 없네."

기마 돌격으로 엔스들을 해치우자, 순식간에 수가 줄어들었다.

그보다 늦게 병사들이 엔스의 무리에 돌격했다.

"뉴~?"

"뭔가 이상한데."

타마와 피핀이 위화감을 깨달았다.

엔스들을 휩쓸고 있던 병사들이 괴로워하기 시작하더니, 초조한 기색으로 방패나 무기를 내던지고 필사적으로 갑옷을 벗으며 도망쳤다.

그들의 탈출을, 왕국군의 본대가 원거리 공격이나 방패를 든 골렘으로 지원했다.

"엔스에게 침식당한 건가?"

"긍정. 침식 능력은 낮지만 장시간 접촉하는 것은 무모."

카리온 신이 말한 것처럼, 한순간에 엔스들 사이를 빠져나간 기사들에게는 피해가 없다.

"재생했다고 고합니다."

"터프."

처음 공격으로 행동이 정지해 있던 엔스들이 점액처럼 모여서 융기했다.

공격을 받아 그릇이 흩어진 탓일까? 재생한 엔스들은 사람 모양을 유지하지 못하고 좀비와 슬라임의 중간 같은 어색한 움직임으로 군대를 향해 움직였다.

개중에는 병사들이 벗어 던진 갑옷이나 무기를 그릇 삼아 끌어들인 개체나 다른 개체와 융합하여 대형화를 시작하는 엔스도 있다.

그것을 위협이라고 생각했는지 아니면 공포를 느낀 건지, 왕국군 본대에서 제1파보다도 격렬한 공격이 쏟아졌다.

"—아."

그 중에서 몇 발이 신전의 벽을 부수고, 그 중 한 발이 우리온 신의 결계 안에 갇혀 있는 안개의 본체에 명중했다.

그것이 계기가 되어 정체되어 있던 안개의 본체가 활발하게 움직이기 시작하더니, 촉수 같은 안개로 홍색의 결계를 두드리기 시작했다.

"경고. 결계가 파괴될 위험 있음. 추정 2700단위시간."

아리사가 「정석이 왔다~!」 하고 외치며 신이 나서 지팡이를 겨누었다.

"부정. 영창이 끝나기 전에 결계가 부서진다."

우리온 신의 말과 동시에 결계 일부가 약간 부서지고, 촉수 같은 안개가 가는 채찍처럼 변해서 찰나에 왕국군을 휩쓸었다.

골렘들이 싸구려 판자처럼 부서지고, 병사들이 피를 뿜으면서 학살당했다.

그것은 너무나도 눈 깜짝할 사이의 일이라, 아무리 사토 일행이라도 끼어들 수 없었다.

그래도 사토는 곧장 행동했다.

"이쪽이다!"

축지를 써서 동료들과 순식간에 거리를 벌린 사토가 안개의 촉수에 마법총을 연사했다.

광탄이 촉수에 직격한 것처럼 보였지만, 실제로는 아무 대미지도 주지 못하고 통과했다.

"젊은 나리한테만 맡길 수 없지!"

피핀도 순간이동을 반복하면서 검을 투척하고 불 지팡이로 공격을 했다.

"우리온 님! 이 틈에 결계의 보강을!"

사토가 외쳤다.

"부정. 경계가 침식된 상태에서는 불가능. 먼저 잘게 자른다. 다음 처리는 너희들에게 위임. 카리온은 결계를 친다."

"2중의 결계는 유지 코스트가 막대. 바깥쪽 결계를 일단 해제한다. 너희들은 저것이 일반인을 줄이지 않도록 대처해야 함."

"알겠습니다. 리자! 전위를 데리고 엔스의 처리를 하러 가! 엔스 곁에 머무르지 않도록 주의해라! 아리사는 후위랑 같이 지원해!"

사토는 소녀신들의 무모한 지시를 즉시 승낙하고, 동료들에게 지시를 내렸다.

""실행.""

우리온 신이 홍색의 빛으로 촉수를 절단하고, 카리온 신이 안쪽의 결계를 대신 맡았다.

공중에서 꿈틀거리는 촉수를 우리온 신이 빛을 칼날처럼 조작하여 잘게 잘랐다. 우리온 신은 엔스를 잘게 썰어버린 다음, 다시는 안개 본체가 결계를 뚫지 못하도록, 카리온 신의 결계에 자신의 결계를 겹쳤다.

"큰일이야!"

"저걸 보세요!"

미아와 루루가 가장 빨리 이변을 깨달았다.

잘게 잘린 촉수가 일부 엔스와 융합하여 거대화했다.

"커다래지면, 아리사한테 좋은 표적이야!"

아리사가 뿜어낸 단일 개체 공격용의 상급 불 마법이 거대 엔스 하나를 꿰뚫었다. 거대한 불 탄환이 거대 엔스의 몸통을 관통하여 신전의 일부를 날려버렸다.

"빠져나갔어?"

"제 마창도 손맛이 없습니다."

"마인포도 빠져나가 버리는 거예요!"

"인술도 안 돼~?"

"실체탄도 휘염총도 마찬가지예요."

'보통 마검이나 마법은 그렇다 치고, 용아 코팅을 한 리자의 마창 도우마도 안 되는 건가?'

동료들의 보고를 들은 사토가 내심 경악하고 있었다.

"저쪽의 공격은 명중하는데, 이쪽 공격은 빠져나가다니, 치사해!"

"저건 다른 차원에서 드리운 그림자. 그릇으로 삼은 핵을 노리지 않으면, 인계의 공격 수단이 통하지 않는다."

아리사의 불평에 카리온 신이 대답했다.

"그러면, 전부 한꺼번에 날려버리면—."

"안 돼, 아리사! 뒤에 있는 도시까지 날아갈 거야."

팔을 걷어붙이는 아리사를 루루가 말렸다.

"—위험해! 피해라!"

동료들에게 무수한 촉수가 돋은 거대 엔스가 덤벼드는 것을 보고, 사토가 경고했다.

"—포트리스!"

"팔랑크스인 거예요!"

나나가 포트리스를 발동하고, 포치가 팔랑크스를 썼지만, 거대 엔스의 촉수는 그 방어를 가볍게 빠져나가 공격한다. 전위진은 깨닫지 못했지만, 실체가 동반되는 핵 부분은 포트리스에 접촉하여 불똥을 튀기며 소멸했다.

"■ 중벽부(重壁符)."

<small>스택 타일</small>

현자의 제자 세레나도 부적술로 지원했지만, 그것도 마찬가지로 빠져나갔다.

사토가 축지로 지원하러 갔지만, 그 중간에 다른 거대 엔스가 끼어들었다.

"방해된다!"

사토는 상관하지 않고 거대 엔스에 몸통 박치기를 감행했다.

어마어마한 오한이 사토의 마음을 좀먹었지만, 무수한 내성 중 무언가가 그를 지켰다.

거대 엔스의 몸을 통과하는 순간 사토는 스토리지에서 신검을 꺼냈다. 동시에 거합으로 베어내, 아무도 수단을 눈치 못 채도록 거대 엔스 하나를 토벌했다.

거대 엔스의 잔재를 빠져 나온 사토의 시야에, 동료들과 촉수 사이에 빛나는 주색 장벽이 보였다.

"카리온 신의 장벽인가!"

사토가 무심코 외쳤다.

통상 물체나 마법을 통과해버리는 엔스의 공격도, 신들의 방어 장벽은 뚫지 못하는 것 같다.

"이거라도 먹어라!"

현자의 제자 세레나가 뭔가 비보를 던졌다.

비보가 거대 엔스의 머리 위에서 깨지더니, 빛으로 만들어진 사슬이 엔스들을 칭칭 묶었다.

"제법이잖아, 언니."

"세레나야. 현자님께 받은 마신 속쇄는 이 녀석들한테도 통하는 모양이네."

아리사의 찬사에 세레나가 살짝 입가를 끌어올렸다.

"그거 더 쓸 수 있어?"

"미안하지만 일회용이야. 마신옥의 유적에서 꽤 많이 발견됐지만, 내가 가진 건 앞으로 두 개뿐이지."

세레나는 자기를 향해 다가오는 거대 엔스 둘을 마찬가지로 포박했다.

남아 있는 거대 엔스 하나도 세레나를 위협으로 느꼈는지, 묵직한 움직임으로 군대 앞에서 떨어져 다가왔다.

"그렇구나— 신님. 결계를 유지하면서 흑연도 때처럼 우리들의 검이나 갑옷을 강화할 수 있어?"

"남은 신력이 적다. 소수라면 가능. 카리온도 그렇게 말했다."

"말 안 했다. 하지만 남은 신력이 적은 것은 같다. 거대화한 탓에 인간들이 두려워한다. 기도로 얻을 수 있는 신력으로는 보충하기 어렵다. 여기서 무리를 하면 본체를 재봉인할 신력이 부족해진다."

소녀신들이 어려운 표정으로 말했다.

"그러면, 선동을 해야지! 연설로 군중 심리를 조작하는 거야!"

아리사가 명안을 떠올렸다는 표정으로 사토를 보았다.

"뭔가 방법이 있는 거구만?"

피핀이 말하고 세레나 쪽을 보았다.

"세레나! 우리가 시간을 벌자!"

"알았어!"

세레나를 붙잡은 피핀이 단거리 전이를 해서, 세레나를 뒤쫓는 거대 엔스를 유인했다.

그것을 배웅하면서, 아리사가 사토에게 명안의 내용을 이야기했다.

"주인님! 좋은 방법이 있어! 저 괴물을 왕도 전체에서 볼 수 있도록 커다랗게 비춰줘. 칭칭 묶이지 않은 녀석이야!"

사토가 「환영」 마법으로 거대화 엔스를 비췄다.

아리사의 요청에는 없었지만, 복화술 스킬을 써서 무시무시한 포효도 덧붙였다.

삼엄한 군대의 행군과 그에 이어지는 굉음을 듣고 불안해진 민중은 자이크온 중앙신전이 있는 도시의 중앙 부근에서 거대한 괴물의 모습을 발견했다.

"뭐, 뭐야! 대체 뭐야, 저건. 어어?"

추악한 괴물이 자신들을 내려다보며 무시무시한 포효를 질렀다.

"괴, 괴물이다아아아아아!"

"도, 도망, 도망쳐라아아아아아아아!"

패닉을 일으킨 민중이 앞 다투어 도망쳤다.

『사람들이여. 두려워할 것 없습니다.』

도시의 정문 상공에, 주색 빛이 모여 소녀의 모습을 이루었다.

『나는 카리온. 당신들을 종언의 마물에게서 수호하지요.』

소녀의 영상이 손을 휘두르자, 도시에 들어가려던 괴물을 주색의 벽이 감쌌다.

괴물은 쾅쾅 벽을 두드린다. 진동을 동반한 굉음이 사람들의 마음에 겁을 준다.

『사람들이여. 두려워해선 안 됩니다. 두려움은 종언의 마물에게 힘을 줍니다.』

방금 전과 다른 문의 상공에서, 홍색의 빛이 모여 다른 소녀의 모습을 비추었다.

『나는 우리온. 종언의 마물을 신의 힘으로 묶겠습니다.』

두 명째 소녀가 손을 휘두르자, 날뛰고 있던 괴물을 홍색의 빛이 칭칭 감아 묶었다.

소녀신들의 본래 어조와 다르지만, 피아로오크 왕국 사람들이 그것을 깨닫지는 못하리라.

『사람들이여, 기도하세요. 당신들의 힘이 종언의 마물을 쓰러뜨리는 힘이 됩니다.』

『사람들이여, 기원하세요. 안녕의 생활을 또 다시 보낼 수 있도록. 당신들의 기도가 사악을 물리치는 힘이 되어 마를 멸하는 겁니다.』

소녀신들이 사람들에게 말했다.

그것은 사토가 연기를 한 것이지만, 이어지는 말은 분명히 소녀신들이 한 말이었다.

『기도하라.』

짧은 말이었지만, 언령이 깃든 그 말에 사람들이 고개를 숙이고, 자신들을 위해, 가족을 위해, 그리고 무엇보다도 평화로운 일상을 위해 기도했다.

"—오오. 이것은 놀랍다."

"긍정. 이 정도 기도가 제공될 줄은 몰랐다. 카리온도 그렇게 말했다."

"말 안 했다. 우리온의 망상. 하지만, 이 정도 기도가 있으면, 저것을 멸하기에 충분한 신력의 부여도 가능."

소녀신들이 사토 일행의 무기와 방어구에 신력을 부여했다.

"아리사, 루루, 미아 세 사람은 구속되어 있는 거대 엔스 처리를 맡길게. 우리는 피핀이 유인하고 있는 자유로운 하나를 쓰러뜨릴 거야."

사토가 말하고, 마법총과 자작 마검을 손에 들고 거대 엔스 앞으로 달려갔다.

"물러나, 피핀!"

선도하는 피핀과 세레나가 단거리 전이를 써서 후방으로 물러나고, 표적을 잃은 거대 엔스 앞에 사토가 뛰쳐나갔다.

"일단은 상태를 보자."

중얼거리고 마법총의 탄환을 쏘았다.

홍색의 빛을 띤 탄환이 거대 엔스의 몸을 꿰뚫었다.

아까 전과 다른 것은 탄환이 관통한 장소가 흩어지고, 안개의 몸에 구멍이 뚫린 상태라는 것이다.

사토는 반격하는 촉수를 최소한의 움직임으로 피하고, 홍색의 빛을 띤 마검과 장갑으로 촉수를 받아 흘렸다.

"무기도 갑옷도 침식되지 않는군―."

과보호인 그는 동료들에게 위험이 없다는 걸 확인하고서 지시를 내렸다.

"가라, 리자!"

"알겠습니다! 순동― 나선창격!"

홍색과 주색의 빛을 끌면서, 리자가 거대 엔스의 무릎을 파헤쳤다.

"아킬레스 헌터, 인 거예요!"

포치가 홍색으로 빛나는 검을 휘둘러 리자가 파헤친 것과 반대쪽 발목 뒤를 베어냈다.

"실드 배쉬라고 고합니다!"

나나가 주색 빛을 띤 대형 방패로 거대 엔스의 종아리를 강타했다.

"나나, 회피!"

미아의 경고로 회피를 시작한 나나의 머리 위에, 밸런스가 무너진 거대 엔스의 촉수가 내려온다.

"노려서, 쏩니다!"

루루의 공격이 나나에게 명중하는 궤도의 촉수를 날려버렸다.

"닌닌~."

타마의 인술이 거대 엔스의 양손을 그림자에 가라앉혔다.

"연계합니다."

"예스, 리자! 제로의 칼, 마인붕채(魔刃崩砦)라고 고합니다." [블래스트 포트]

나나가 흑연도에서 배운 기술을 반영시킨 「마인쇄벽」의 개량 기술을 뿜어냈다.

필살기를 얻어맞은 거대 엔스의 얼굴에서 안개가 날아가고, 엔스의 역겨운 본체가 드러났다.

"하나의 칼~? 마인영아(魔刃影牙)~." [보팔 쉐도우바이터]

타마가 양손에 든 마검이 엔스의 외골격을 갈기갈기 찢어내고, 그것을 따르는 것처럼 나타난 그림자의 칼날이 상처를 벌린다. 인술이 더해진 필살기는 예전보다도 파괴력이 늘어났다.

"둘의 칼인 거예요! 마인선풍(魔刃旋風)! 인 거예요!" [뱅퀴시 슬라이서]

포치의 마인선풍은 전부터 있던 기술이지만, 사무라이 대장에게 배운 거합이 기술의 속도를 몇 배로 가속시켰다.

물리적으로 거대화한 마검의 일섬이 타마가 상처를 입힌 외골격을 완전히 부수었다.

"리자! 지금인 거예요!"

"알았어요! 셋의 기술— 마창용퇴격(魔槍龍退擊)!" [드래그 버스터]

빠르게도 복원을 시작한 외골격의 틈에 뛰어든 리자가 그 안에 있는 칠흑의 소용돌이에 마창 도우마의 연격을 때려 박았다.

소용돌이 주위에 떠도는 안개가 리자를 제거하려고 흉악한 송곳니를 드러낸다.

그러나 리자는 겁먹지 않고 달라붙는 안개를 떨치는 것처럼 빙글 몸을 회전시키고, 그 벡터를 실은 일격을 깊숙하고 깊숙하게 박아 넣었다.

그 순간, 리자를 꿰뚫고자 다가오던 송곳니가 소리를 내면서 무너지고 흩어졌다.

그것을 본 리자는 어느샌가 자신 곁에 사토가 서 있는 것을 깨달았다. 그는 리자를 지키기 위해서 위험한 곳에 뛰어든 모양이다.

"위험해! 주인님, 위로 도망쳤어!"

후위들과 싸우고 있던 거대 엔스가 흡혈귀처럼 무수한 박쥐 같은 모습이 되어 상공으로 도망친다. 몇 할인가는 안개 늑대가 되어서 달려갔다.

"노려서, 쏩니다!"

"해치워!"

"아리사한테서 도망칠 수 있다고 생각하지마!"

루루의 휘염총이 차례차례 안개 박쥐를 격추하고, 미아가 불러낸 베히모스의 낙뢰와 아리사의 불 마법이 안개 박쥐를 휩쓸었다.

사토도 양손에 든 휘염총으로 루루와 같은 페이스로 격추했지만, 수가 너무 많았다.

늑대의 모습이 된 소수가 후위진을 공격했지만, 나나의 포트리스가 그것을 막았다.

"저희들은 늑대를 쓰러뜨립니다."

313

"아이아이서~."

"라져인 거예요!"

아인 소녀들이 연계하는 안개 늑대를 착실하게 쓰러뜨렸다.

멀리서 보고 있던 피핀과 세레나 두 사람도 아인 소녀들과 함께 잔챙이 사냥에 참가했다.

"—안 돼. 이대로는 도망칠 거야."

후위진의 맹공으로 안개 박쥐도 급격하게 수가 줄었지만, 그래도 몇 할은 사정거리 바깥에 도달할 참이었다.

사토가 용사 나나시로 변신하는 결단을 하기 직전, 광선 같은 붉은 불꽃이 하늘을 태웠다.

"용의 숨결."

미아가 중얼거렸다.

직후에 다른 방향에서 노란색 레이저 같은 불꽃이 하늘을 휩쓸었다.

불꽃을 따르는 것처럼, 적룡과 황룡의 거체가 피아로오크 왕국 왕도의 상공에 교차했다.

"용이 왔다. 여전히 싸움에 탐욕스럽다. 카리온도 그렇게 말했다."

"말 안 했다. 용의 숨결은 저것을 태운다. 나머지는 맡기면 된다."

소녀신들이 안개 박쥐를 집요하게 태우는 용들을 올려다보았다.

안개 박쥐는 재집결하더니 몇 개의 안개 와이번으로 변하여, 뿔뿔이 하늘 너머를 향해 달아났다.

용들이 그것을 숨결로 태우면서 따라갔다.

"저걸 보니 놓치지는, 않을까—."

사토는 전위의 안개 늑대 퇴치에 시선을 돌렸다.

나머지는 한 마리뿐이지만, 그것도—.

"■ ■ ■ 롱우부!"

잔챙이 사냥을 마치고 돌아온 현자의 제자 세레나가 부적술로 마지막 안개 늑대에 마무리를 지었다.

"—저기. 혹시, 제일 멋진 부분을 가로챘어?"

"아뇨. 조력 감사합니다."

사과하는 세레나에게 리자가 늠름한 표정으로 인사를 했다.

"젊은 나리, 잔챙이 사냥은 끝났어."

"고마워, 피핀."

피핀을 위무하고, 사토는 2중 결계에 붙잡힌 안개 본체에 시선을 돌렸다.

"뒤처리는 부탁할 수 있나요?"

사토가 소녀신들에게 배턴을 넘겼다.

"신님?"

대답이 없는 신에게 아리사가 물었다.

"—난처하다."

"이것은 예상 밖."

소녀신들이 당황한 표정으로 상공에 비친 영상을 올려다보았다.

영상을 이용한 연극은 사람들에게 공포에 저항하는 희망을 품게 하여 소녀신들에게 경건한 기도와 신실한 기도를 공급하는데 도움을 주었다. 그건 틀림없다.

그러나 그것과 동시에 사람들의 공포도 불러일으켜 버렸다.

사람들의 마음을 좀 먹는 스트레스가 독기를 낳아, 그것이 엔스를 만들어낸 안개—「따르지 않는 것」 본체를 강화해 버렸다.

독기가 「따르지 않는 것」을 강화한다는 걸 아리사와 사토가 알았다면 다른 방법을 골랐을지도 모르지만, 소녀신들은 그것을 그들에게 말하지 않았다. 왜냐하면, 그것은 신들에게 당연한 상식이니까.

"—주인님, 영상 지워줘."

아리사가 말하는 도중에 사토도 깨닫고, 상공에 떠오른 환영을 지웠다.

그러나 때는 이미 늦었다—.

소녀신들의 결계를 깨고, 안개 본체가 지상에 나타났다.

—ZZZXXXZBBB!

중저음과 고음이 뒤섞인 불쾌한 포효가 세계를 뒤틀었다.

"저게 본체인가……."

더욱 격렬한 싸움을 앞두고, 사토의 얼굴에 한 줄기 식은땀이 흘렀다.

따르지 않는 것

"사토입니다. 어느 시대든 지배자를 따르지 않는 사람은 있는 법입니다만, 가능하면 평화적인 수단으로 저항해주면 좋겠어요. 무차별 폭력은 그만 둡시다."

"봉인은 완전히 풀렸다. 이 분령으로는 쓰러뜨릴 수 없다. 카리온도 그렇게 말했다."

"말 안 했다. 하지만, 쓰러뜨릴 수 없는 건 사실. 이대로는 재봉인도 어렵다고 알아야 함."

우리온 신과 카리온 신이 여유가 없는 표정으로 고했다.

"그렇게 강한 건가요?"

AR표시에 나타나는 「따르지 않는 것」 본체의 정보는 모두 「UNKNOWN」이라서 아무것도 알 수 없었다. 엔스처럼 정보 표시를 해주면 좋겠어.

신검이라면 이길 수 있을 것 같지만, 신들 앞에서 「신을 죽인 자」의 칭호나 검을 공개적으로 쓰는 건 좀 그렇단 말이지.

"본체라면 여유롭게 재봉인 가능. 카리온도 그렇게 말했다."

"긍정. 하지만, 본체의 강림은 신력의 소모가 격렬하다. 세계를 지키는 껍질이 일시적으로 얇아지는 것은 권장하지 않는다."

"그러나, 다른 수단이 없다. 망설이기 전에 진행해야 함."

"……긍정. 본체로 귀환을 실행한다. 신력의 공급이 끊어지는 것에 주의."

"기다려 주세요!"

지금 당장 천계로 돌아갈 법한 신들을 불러 세웠다.

"지연은 졸속만 못하다. 1초의 지연은 그만큼 세계의 손실이라고 알아야 함."

"도시 안의 사람들에게 피난하도록 명해주세요. 군대도요."

"의뢰를 수락. 인적 자원의 낭비는 좋지 않다."

우리온 신이 홍색의 빛을 띤 팔을 휘두르자, 철저하게 항전의 양상을 보이던 피아로오크 왕국군이 몸을 돌려 철수를 시작했다.

맵 정보에 따르면, 도시 안의 사람들도 도시 밖으로 탈출을 시작한 모양이다.

""귀환을 실행. 건투를 빈다.""

소녀신들이 주색과 홍색의 빛을 하늘로 쏘아냈다.

그녀들이 남긴 몸이 테니온 신처럼 소금으로 변하지 않고, 본래의 조각상으로 변해 땅에 쓰러졌다.

"신들, 가버렸네."

아리사가 하늘을 올려다보며 중얼거렸다.

용들도 안개 와이번을 쫓아가서 아직 돌아올 기색이 없었다. 알을 찾아서 이 나라에 왔을 테니까 금방 돌아오겠지.

"피핀, 피난 유도를 부탁해."

"젊은 나리는 어떡할 거야?"

"우리도 피난 유도를 할 거야. 신들이 돌아올 때까지 상대는, 쿠로 공이나 용사 나나시 님이 해줄 모양이야."

나는 상공에 쿠로 인형을 꺼내 「이력의 손」으로 띄워두었다.

"쿠로 님이 오셨구나! 좋아, 세레나, 가자!"

피핀이 신이 나서 말했다.

전폭적인 신뢰가 조금 낯간지럽다.

"기다려, 피핀. 내 동문이 저지른 잘못을 다른 사람에게 떠넘길 수는 없어."

"쿠로 님이 있으니까 괜찮아. 그리고 여기 있어도 쿠로 님한테 방해만 될 거다."

"동감이야."

세레나를 설득하는 피핀을 거들어서 말했다.

"알았어. 나는 내가 할 수 있는 일을 할게."

세레나는 조금 망설인 다음, 피핀과 함께 피난 유도를 하러 갔다.

"너희들도 어서."

움직이지 않는 동료들을 재촉했다.

안개의 본체는 지금도 나온 장소에서 움직이지 않지만, 언제 행동을 시작해도 이상하지 않다.

"피난 유도라면 필요 없어. 도움이 필요한 사람들도 언령 덕분에 주위 사람들이 협력해서 탈출하고 있어. 짐을 가득 실은 마차로 길이나 문을 막는 바보도 없어."

아리사도 공간 마법으로 상황을 확인한 모양이다.

"안 돼. 이번에는 안 돼."

물러서지 않는 결의를 표정에 드러낸 동료들을 돌아보면서 말했다.

마왕과 싸우는데 데리고 갈 정도는 됐지만, 이번에는 정말로 안 된다.

"이번엔 신들이 진심으로 나서야 하는 상대야. 기준이 되는 정보도 없어. 어쩌면, 시가 왕국에 나타난 『마신의 찌꺼기』처럼 규격을 벗어난 상대일지도 몰라."

위기 감지 스킬의 반응을 봐서 그것보다는 약할 거라고 생각하지만, 그렇다고 해서 방심할 수는 없다.

"그러면 더욱 그래! 주인님 혼자만 보낼 수는 없어."

"예스, 아리사. 신의 힘이 깃든 방패로 마스터를 지킨다고 선언합니다."

"저도 아리사와 나나와 같은 생각입니다. 신의 힘에 의지하는 것은 아닙니다만, 주인님의 앞길을 닦는 정도는 하고 싶습니다."

아리사, 나나, 리자가 필사적인 표정으로 호소했다.

"타마도 힘내~?"

"포치도 주인님한테 도움이 되고 싶은 거예요!"

"저 『따르지 않는 것』을 억누르는 데는 정령이 도움이 돼. 반드시 반드시 도움이 되니까, 사토는 의지해도 돼. 정말이야?"

"주인님, 저도 돕고 싶어요."

포치, 타마, 미아, 루루도 같은 기분인가 보다.

"얘들아ㅡ."

언제까지 지속될지는 모르지만, 카리온 신이 준 수호의 힘이 있으면 저것에 침식당할 걱정은 없나…….

나는 잠시 묵고했다.

"알았어. 절대 무모한 짓이나 과신은 금물이다?"

"해냈다~! 그러셔야지~!"

"얏호~?"

"해냈다~ 인 거예요!"

아리사가 주먹을 치켜 올리며 기뻐했다.

그것을 흐뭇하게 보고 있던 루루가 외쳤다.

"주인님, 저걸 보세요!"

빛의 돔으로 덮여 있던 왕성에서 움직임이 있는 모양이다.

"쑥쑥쑥~?"

"탑 아저씨가 자라난 거예요."

"마포일까요? 무노 성에서 본 것보다도 거대합니다."

내 AR표시에 따르면 영웅포라고 표시된다.

고대 라라키에 왕조 시대의 유물인 마포가 아니라, 마력포의 일종인가 보다.

"잠깐, 설마 저걸로 포격을 하려는 건 아니겠지?"

"그 설마 같아."

아무리 고출력이라도, 본체가 다른 차원에 있는 「따르지 않는 것」을 쓰러뜨릴 수 있을 거라 생각하긴 어렵다. 「따르지 않는 것」의 흥미를 끌어서 공격을 유발하는 미래밖에 상상이 안 되네.

"정말이지, 이 나라의 임금님은 무능한 거야?"

"아리사, 화를 내는 건 나중에 해. 전이로 저 산꼭대기로 이동하자."

"오케이~!"

아리사는 이유도 묻지 않고 두 말 없이 모두를 데리고, 피아로오크 왕국 왕도의 등 뒤에 우뚝 선 산에 전이해 주었다.

"닿을까 말까 미묘한 거리였는데, 어떻게든 됐네."

아리사의 마력이 고갈 직전이기에 「마력 양도」의 마법으로 가득 충전해 주었다.

나는 빨리 갈아입기 스킬의 도움을 빌어 용사 나나시로 변신하고, 스토리지에 있던 소형 비공정을 산꼭대기의 비탈에 꺼내 선언했다.

"자, 용사 나나시와 황금 기사단의 출진이다!"

◆

『주인님, 성의 대포가 발사 준비에 들어갔어.』

소형 비공정의 상갑판에 선 내 귀에, 전술 대화 너머로 아리사의 목소리가 들렸다.

"먼저 간다. 뒤따라서 와줘."

나는 갑판에서 뛰어내려, 섬구로 영웅포의 사선 사이에 끼어들었다.

마법란에서 발동한 「자유 방패」를 전개하여, 대각선으로 기울여 영웅포의 거대한 불꽃탄을 받아 흘렸다.

"생각보다 위력이 높네."

일격을 받아 흘리기만 했는데, 자유 방패 한 장이 깨지기 직전이다.

받아 흘리지 않았으면 일격으로 부서졌을 가능성도 있어.

『주인님, 뒤에!』

—위기 감지.

등 뒤에서 다가오는 촉수를 스토리지에서 거합을 사용하며 뽑은 신검으로 베어냈다. 베어낸 촉수가 검은 안개가 되어 흩어졌다.

성구(聖句)를 쓰지 않은 신검으로도 문제없이 대미지를 줄 수 있는 모양이다.

그리고 일격으로 안개의 체적이 3할 정도 줄었다.

—위기 감지.

다시 위기 감지 스킬이 반응했다.

이번에는 두통을 동반할 정도로 격렬한 반응이다.

신전의 부지 안에서 물컹물컹 움직이던 본체가 분화하는 기세로 뿜어져 나왔다.

"—위험해라."

섬구로 그 자리에서 벗어났다.

뿜어져 나온 본체는 크고 작은 다섯 덩어리로 분열하여 하늘을 도망쳐 다녔다.

—그렇다.

도망쳐 다녔다.

아마도, 내가 가진 신검에서.

『마스터, 타깃이 기묘한 움직임을 보인다고 고합니다.』

『정말이네요. 마치 신전에서 떨어지려는 것 같아요.』

나나와 루루가 지적한 것처럼, 분열한 「따르지 않는 것」은 신전에서 일정 거리를 유지한 채 도망쳐 다녔다.

그러나 안심할 수는 없었다. 그 거리가 서서히 늘어나고 있으니까.

『하늘이라면 사양할 것 없어! 금주로 날려버리겠어!』

『응, 전력. 바다 위로.』

『예스, 미아.』

나나가 소형 비공정을 바다 위로 돌렸다.

아리사와 미아가 영창을 시작했다.

『노려서, 쏩니다!』

루루가 쏘아낸 가속포의 성탄이 분열체 하나를 관통했다.

명중한 분열체는 몸에 커다란 구멍이 뚫렸지만, 금방 재생해버린다.

『슈파파파파~?』

『마인포인 거예요!』

타마가 작은 마인포를 연타하여 분열체의 도주 경로를 한정하고, 포치와 리자가 위력을 높인 마인포로 분열체를 파헤친다.

아인 소녀들의 마인포는 나름대로 대미지를 주고 있지만, 루루의 가속포와 마찬가지로 금방 재생해 버리는 모양이다.

나는 동료들이 노리지 않은 하나를 노려서, 섬구로 순식간에 접근해 방금 전처럼 신검으로 분열체 하나를 베었다.

"—늘어나기만 하나."

일격으로 체적이 상당히 줄었지만, 분열 수가 늘어나는 건 안 좋다.

신검의 성구를 쓰면 한꺼번에 멸할 수 있겠지만, 가능하면 그건 쓰기 싫었다.

—폭축.

재분열하여 체적이 줄어든 작은 분열체 하나를 감싸고 폭살했다.

흠. 작아진 녀석이라면 마법으로 완전히 쓰러뜨릴 수 있구나. 신검은 분열체가 과잉 반응을 하니까, 칼집에 넣은 신검을 스토리지에 수납하고 나머지는 성검과 마법으로 정리해야지. 나는 칭호를「진정한 용사」로 바꾸고 성검 듀란달을 꺼냈다.

아인 소녀들이나 루루와 협력하여 작은 분열체를 대강 다 쓰러뜨린 참에, 아리사와 미아의 영창이 끝났다.

『앗자~ 간다!』

『응— 마사왕 창조.』

크리에이트 리바이어선

미아의 정령 마법이 발동했다.

『해치워.』

바다가 갈라지고 출현한 리바이어선이, 해수를 재료 삼아 만든 소용돌이치는 거대한 창으로 분열체 하나를 꿰뚫었다.

위력이 너무나 커서, 분열체가 몇 개의 작은 분열체로 찢어졌다.

『붙잡아.』

미아의 말에 맞추어 리바이어선이 울부짖자, 분열체를 관통한 창이 풀리고 바닷물로 돌아가더니, 거대한 투망으로 변화해서 작은 분열체를 일망타진으로 포박했다.

『뒤처리는 나한테 맡겨! 본방 첫공개! —공파침탈(空破侵奪)!』

아리사가 공간 마법의 금주를 발동했다.

해수망에 붙잡혀 있던 작은 분열체들 주변의 공간이 일그러졌다.

—오옷.

공간이 부풀어 오른다 싶더니, 소용돌이치면서 공간에 열린 구멍 속으로 순식간에 빨려 들어갔다.

마치 블랙홀에 빨려 들어가는 것 같군.

—ZZZXXXZBBB.

잇따라서 동료가 퇴치되자 위협을 느꼈는지, 상처 없는 분열체가 부정형의 촉수를 뻗은 안개에서 생물 같은 모습으로 변화했다.

용의 모습을 모방한 것, 골렘을 모방한 것, 건물에 빙의해서 기어 나오는 것의 세 종류다.

안개 용, 안개 골렘, 안개 건물이라고 부르자.

『아! 인 거예요!』

왕성에서 질리지도 않고 날아온 영웅포의 불꽃탄이 안개 건물을 날려버렸다.

안개 건물은 잔해를 뿌리면서 날아갔지만, 안개 자체는 분열만 하고 건재하다. 각각의 안개가 작은 잔해와 결합하여 늑대처럼 네 발 짐승의 모습이 되더니, 왕성을 향해 달렸다.

모습이 변한 것뿐 아니라, 행동 범위까지 넓어졌다.

『포치, 타마, 갑니다!』

『아이아이서~?』

『라져인 거예요!』

소형 비공정에서 날아간 아인 소녀들이 공보로 하늘을 달리고 건물의 지붕을 건너면서, 순동으로 안개 늑대 무리를 추적했다.

『나도 요격을 도울게! —장성 격리벽!』 엔들리스 데라시네이터

『노려서, 쏩니다!』

아리사는 안개 늑대의 앞길을 막고, 루루가 휘염총으로 안개 늑대를 저격했다.

저쪽은 맡겨도 되겠다.

"—어이쿠, 놓칠 것 같냐!"

하늘을 날아서 도망가려는 안개용을, 폭축 마법으로 연타해 바다 위에서 소멸시켰다.

미약한 잔재가 생선으로 변해 도망치고자 했지만, 그것들은 모두 리바이어선이 조작하는 해류에 붙들려 소멸했다.

안개 늑대는 동료들의 연계로 소멸했고, 땅바다에 구멍을 뚫어 도망치려던 안개 골렘은 구멍에 뛰어들어 중급 공격 마법으로 소멸시켰다.

◆

『빅토리~?』

『승리! 인 거예요!』

타마와 포치가 성검을 치켜들고 승리의 함성을 질렀다.

『생각보다도 편하게 이겼네.』

『응, 여유.』

『신들이 「분령으로는 쓰러뜨릴 수 없다」라고 말하기에 기합을 넣었었는데, 기우였나 봐.』

아리사의 말을 듣고, 위화감을 느꼈다.

─그렇지.

소녀신들은 분명히 그렇게 말했다.

처음에 신검으로 크게 깎아냈다지만, 이 정도 적이라면 신검이 없어도 소녀신들과 연계하면 쓰러뜨릴 수 있었다.

뭐, 됐어. 맵으로 확인했는데, 자이크온 중앙신전의 지하에는 이제 아무것도 없으니까.

『마스터, 문 쪽에서 다가오는 자가 있다고 보고합니다.』

나나의 말을 듣고 맵을 확인하자, 피핀과 함께 정문 쪽으로 간 현자의 제자 세레나가 피핀과 헤어져 이쪽으로 돌아오는 걸 알 수 있었다.

아무래도 다른 현자의 제자를 추적하는 모양이다.

"포기해, 케르마레테!"

"끈질기네!"

건물의 벽을 부수고 검은 옷의 두 사람이 뛰쳐나왔다. 채찍을 다루는 글래머러스한 여자 케르마레테와 부적술을 쓰는 소녀 세레나,「현자의 제자」들이다. 전자는 사무라이 대장이 목을 베어 버렸을 텐데, 어째선지 살아 있었다.

어떻게 한 건지 신경 쓰이니까, 포박을 도와줄까―.

『뉴!』

―위기 감지.

타마의 목소리와 같은 때에, 강렬한 위기 감지가 내 마음을 좀먹었다.

이 위기 감지가 가리키는 곳은 자이크온 중앙신전이 있던 장소였다. 눈에 보일 정도로 짙어진 독기가 거기서 뿜어져 나왔다.

방금 확인했을 때는 아무것도 없었는데, 어느샌가 맵에 빨간 점이 나타났다.

『독기 안에서 누군가 나와요!』

루루가 경고한 것처럼, 그곳에 사람의 모습이 보였다.

기묘하게 긴 팔을 가진 길쭉한 몸이다. 등에서는 손바닥의 형태를 한 날개가 돋아 있었다. 날개 중간에 있는 둥그런 혹이 두근두근 맥동하고 있었다.

"―바, 바잔?!"

그 모습을 보고 외친 것은 세레나였다.

아무래도, 봉인을 푼「현자의 제자」바잔이「따르지 않는 것」에 삼켜진 모양이다.

"SE세레나와케르마레데인과."

바잔이 말했다. 발음이 수상하지만, 삼켜지기 전의 의식이 남아 있는 모양이군.

듣기 어려운 말을 머릿속으로 보정했다.

"금방 또 만났네, 바잔. 죽이는 모습이 됐는—."

농을 던지는 도중에, 목 위를 잃은 여자가 피를 뿜으며 쓰러졌다.

"큭—."

세레나가 재빨리 백스텝하며, 품에서 꺼낸 부적을 썼다.

그녀가 있던 장소의 공간이 일그러지고, 검은 날개 같은 것이 돋아났다.

『공간 왜곡이야!』

아리사의 목소리가 전술 대화 너머로 들렸다.

자세히 보자 바잔 근처에 있는 공간의 뒤틀림에 날개가 파고들어 있었다. 그렇다면, 방금 여자의 머리를 날려버린 건 공간의 뒤틀림을 경유한 바잔의 날개 끝 부분인 모양이군.

"■ 중벽부."

세레나는 날개의 추가 공격을 주술 부적의 벽으로 막았다.

그러나, 검은 날개는 가볍게 부적의 벽을 부수고 세레나를 날려버렸다.

나는 반사적으로 「이력의 손」을 뻗어 기세를 죽였지만 완전히 줄이지 못해서, 세레나는 등장했을 때와 마찬가지로 건물의 벽을 부수며 사라져 버렸다.

맵 정보에서 체력 게이지가 0이기에 초조해졌지만, 상태 표시가 「가사: 재생중」이라 가슴을 쓸어 내렸다. 그녀의 유니크 스킬 「안심동면」이 가진 효과겠지.

『—아리사.』

『알고 있어! 공간 마법사 앞에서 저런 짓은 이제 못하지!』

아리사가 바잔의 공간 왜곡을 중화했다.

"봉했구냐. 그러나— 무의미하돠."

바잔이 날개를 흔들며 동료들을 공격했다.

—안 되거든?

나는 축지로 이동하여, 성검으로 날개를 튕겨냈다.

"조금은 하는 모양이로구냐."

바잔은 발을 멈춘 채 좌우 다섯 개씩 있는 날개를 종횡무진으로 연타했다.

회피해서 품으로 뛰어들고 싶지만, 뒤에 있는 동료들을 감싸면서는 그럴 수 없다.

『주인님, 기다렸지!』

착지한 소형 비공정으로 동료들이 달려갔다.

『모두 비공정으로 철수했어.』

해치를 닫을 시간도 없이 소형 비공정이 이륙했다.

『아와와와와, 알 아가가 요정 가방에서 나와 버린 거예요!』

포치의 당황한 목소리가 전술 대화 너머에서 들렸다.

『깜빡거려~?』

『저거! 날개의 혹이랑 동기하고 있어요!』

이거 혹시—

나는 「수 읽기: 대인전」 스킬의 도움을 빌어서, 온갖 스킬을 구사하여 바잔의 품으로 파고들었다.

"—우워."

경악하는 바잔을 무시하고, 열화 같은 기합을 넣어 성검으로 양쪽 날개를 베었다.

바잔의 배를 꿰뚫으며 공격해온 가시방석 같은 공격을 성검으로 막아내고, 물러나려는 바잔을 몰아세웠다.

"알을 분리시켜줘 약체화를 노렸나."

역시, 날개에 있는 저 혹은 소환에 이용한 「용의 알」이 들어있는 모양이다.

어쩐지 에너지원이나, 약점으로 보였단 말이지.

"그러나, 그것도 소용없는 일!"

바잔이 양손을 들어 올리자, 좌우의 날개가 각자 용이나 날개 달린 뱀 같은 모습을 이루어 하늘로 날아올랐다.

"떨어져 있어도 우리들은 하나! 네놈 따위가 내 복수를 막을 수 있을 것 같나!"

바잔이 승리를 확신한 표정으로 홍소했다.

"하나 괜찮을까?"

"뭐줘? 말해봐라."

여유 있는 태도로 바잔이 턱짓을 했다.

나는 거기에 대답하지 않고 손가락으로 위를 가리켰다.

하늘을 선회하고 있던 안개용과 안개 뱀을, 저 멀리서 순식간에 날아온 용의 아가리가 포착했다.

"뭣, 이이으이위."

모든 것을 꿰뚫는 용의 송곳니가 안개를 꿰뚫고 맥동하는 혹을 뜯어냈다.

더욱이 추가 공격의 브레스가 안개를 완전히 태워버렸다.

"이노오오옴, 용들이이이이!"

바잔이 소형 비공정 앞에 순간이동 같은 속도로 다가갔다.

『끼야아아아.』

『긴급 회피.』

동료들의 비명이 들렸다.

『괜찮으이~?』

타마의 태평한 목소리가 비명과 겹쳤다.

그렇고말고—.

섬구로 이동한 내 발차기가 바잔을 하늘 높이 날려 버렸다.

"우리 애들을 놀라게 한 벌이야."

나는 공중에 있는 바잔에게 폭축 마법을 연타했다.

맵 정보를 보니, 이 정도 공격으로는 바잔을 쓰러뜨릴 수 없는 모양이다.

"—으가아우아아와!"

폭연이 안쪽에서부터 날아가 걷히고, 너덜너덜하게 타들어간 바잔이 나타났다.

이미 재생은 끝나간다. 어중간한 공격은 의미가 없는 모양이네.

"그렇다면—."

마법란에서 사용한 가속포의 마법진이 장대한 포신처럼 바잔을 향했다.

폭축 마법은 눈가림, 이쪽이 진짜야.

과잉 충전된 성탄이 루루의 가속포를 넘어서는 속도로 몇 장의 가속진을 꿰뚫으며 발사됐다.

바잔이 반응할 틈 따위 있을 리 없다. 파란 광선 같은 일격이 바잔을 한순간에 꿰뚫고, 날아간 바잔의 몸을 세 개의 검은 고리로 바꾸었다.

『아자아앗~!』

『이긴 거예요!』

『아직.』

기뻐하는 아리사와 포치를 타마가 날카로운 목소리로 막았다.

내 위기 감지 스킬도 가르쳐준다. 바잔은 아직 살아 있다.

바잔은 순식간에 복원을 이루고, 유열이 가득한 표정으로 이쪽을 내려다보았다.

"소용없다. 고차원에 존재하는 나를, 인계에 기어 다니는 네 놈들이 진정한 의미로쉬 멸할 수는 없돼."

이쪽을 내려다보면서 유쾌하게 웃었다.

지금까지 본 엔스나 날개랑 다르게 본체는 끈질긴 모양이군.

그렇지만—

"그렇지도 않아."

"—뭐라귀?"

섬구로 바잔의 코앞까지 이동했다.

바잔이 양팔을 칠흑의 검으로 바꾸어 나를 요격한다.

"무한의 어둠에 빠지거라와."

"네가—."

나는 칭호를 바꾸었다.

"—말이야."

사무라이 대장과 교류하면서 갈고 닦은 발도술이 손바닥에 출현시킨 신검을 신속으로 뽑아냈다.

바잔의 칠흑검을 더욱 웃도는 순수한 칠흑이 응축된 신검의 칼날을 떨치며 바잔의 몸을 양단했다.

"재생되지 않잖와?"

아직 말할 여유가 있구나— 그러면.

"—『멸망을』."

신검의 성구가 진정한 어둠을 현현시켰다.

"뭐냐, 이것은? 무엇이냐, 이것ㅇㅇㅇㅇㅇㅇㅇㅇㅇㅇㅇㅇㅇㅇㅇ은!"

바잔이 순간이동으로 도망친다.

—소용없어.

일섬한 신검이, 바잔과 나 사이의 공간을 멸한다.

눈앞에 보이는 사람이 아닌 바잔의 표정이 절망으로 물들었다.

"체크—."

멸망을 두른 신검이 바잔을 진정한 어둠의 바닥으로 집어삼켰다.

"—메이트다."

미약하게 남은 안개가 신검의 칼날로 빨려 들어갔다.

나는 신검을 칼집에 넣고, 스토리지에 수납했다.

―후우, 지쳤다.

〉「따르지 않는 것: 바잔」을 쓰러뜨렸다.
〉칭호 「세계의 수호자」를 얻었다.
〉칭호 「바깥의 신을 멸하는 자」를 얻었다.

에필로그

"사토입니다. 일도 중요하지만, 휴식도 중요하다고 생각합니다. 충분한 휴식을 해야, 최대의 퍼포먼스로 다음 일을 할 수 있어요. 다시 말해서, 바캉스를 즐기는 것은 중요한 일입니다."

"수고했어. 쓰러뜨린 모양이야."

동료들에게 전하자, 이어져 있던 전술 대화에서 안도의 목소리가 들렸다.

칭호를 「신을 죽인 자」에서 「진정한 용사」로 되돌렸다.

『뉴? 뉴뉴뉴뉴~?』

『타마, 왜 그러는 거예요?』

―설마.

하늘을 올려다보자, 하늘 한 구석이 일그러지며 강렬한 빛이 그 틈에서 흘러 넘쳤다.

광량 조절 스킬이 광원에 있는 것을 포착했다.

나는 그것을 보고 긴장을 풀었다.

저 홍색과 주색의 빛은 익숙하다.

하늘의 빛이 어느 정도 잦아들자, 아리사가 중얼거렸다.

『저게 신들의 본체일까?』

『아마도.』

강렬한 빛의 중심에는 끊임없이 모습을 바꾸는 기하학 무늬가 있었다.

저게 인계에서 본 신의 모습인 거겠지.

『잠깐 다녀올게.』

나는 섬구로 신들 곁에 갔다.

하늘을 유영하던 적룡과 황룡은 멀리서 빛을 보고 있었다.

중간에 용사 나나시 모습 그대로라는 걸 깨달았지만, 새삼스러우니까 그대로 갔다.

―《용사》《부정》《어디》

―《요청》《부정》《토벌》

소녀신들이 몇 가지 의미가 깃든 압축 언어 같은 것을 내 뇌리에 보냈다. 파리온 신이랑 처음 교류했을 때도 이런 느낌이었지.

그러고 보니 「신대어: 압축」 스킬의 대상하고는 다른 종류인지, 스킬 유효화 이전과 변함이 없다.

"바잔이란 남자에게 깃든 『따르지 않는 것』이라면 쓰러뜨렸습니다."

―《금기》《부정》《명칭》

―《경악》《부정》《토벌》

소녀신들이 놀라움을 담은 말을 날렸다.

솔직히 대화하기가 어려워.

"이제 토벌할 상대가 없으니까 그릇으로 돌아와 주실 수 있을까요?"

─《수락》

빛 덩어리에서 한 방울의 빛이 분리되어 지상에서 가져온 조각상에 깃들었다.

보는 앞에서 조각상이 수육하여, 익숙한 소녀신들의 모습이 되었다.

『길티!』

『잠깐! 뭐 하는 거야! 수치심을 잊으면 안 되잖아!』

전라의 소녀신들을 보고 미아와 아리사가 당황했다.

하늘이 그늘진 것 같아서 올려다보자, 하늘에 있던 소녀신들의 본체가 소실됐다. 신계로 돌아간 거겠지.

"수고. 세상은 지켜졌다. 너희들이 한 일을 칭찬한다."

"봉인이 아니라 소멸. 용들의 힘?"

우리온 신은 순순히 칭찬해줬지만, 카리온 신은 의문을 보였다.

그리고 보니 어느샌가 옷을 입고 있네.

"다 함께 협력해서 토벌했습니다."

"그래—."

사기 스킬로 얼버무리는 내 앞에, 적룡과 황룡이 불쑥 코끝을 들이밀었다.

『신, 부정을 없애라.』

『신, 내 아이의 부정을 없애도록 하세요.』

용이 손톱 끝으로 집은 알을 소녀신들 앞에 내밀었다. 바잔의 혹에서 맥동하고 있던 녀석들이군.

이렇게 보니, 알의 사이즈가 기이하게 작다고 느껴진다.

"용은 무례. 부탁할 때는 그에 따른 태도를 취해야 함. 카리온도 그렇게 말했다."

"말 안 했다. 용에게 예의를 얘기하는 게 잘못. 우리온은 부정을 떨쳐야 함. 부정에 침식된 용 따위, 상상만 해도 역겨움."

"카리온에게 동의. 알의 부정을 없앤다."

우리온 신이 손에 홍색의 빛을 모아, 그 빛을 용의 알에 쏟았다.

빛을 띤 알에서 검은 응어리가 사라졌다. 부정을 씻어낸 거겠지.

—GWROW, GWROW, GWLOROOOOUNN!

—YWROW, YWROW, YWLOROOOOYNN!

적룡과 황룡이 기쁨의 포효를 질렀다.

『용의 노래.』

미아의 목소리가 들렸다.

『주인님, 지상! 지상을 봐!』

아리사의 말을 듣고 지상을 보자, 검게 더럽혀진 땅바닥이 본래의 흙색으로 돌아가고, 거기서 선명한 녹색의 싹이 트고 있었다.

그러고 보니, 흑룡도 노래하니까 보기 드문 식물이 돋아났었지.

"용의 노래는 좋다. 카리온도 그렇게 말했다."

"우리온에게 동의. 신력을 쓰지 않고 지상을 정화할 수 있다."

소녀신들이 뜬금없는 말을 하며 고개를 끄덕였다.

용들은 그런 신들의 속셈 따위 아무래도 좋다는 듯 하늘 너머로 날아갔다.

그걸 배웅하지도 않고, 소녀신들이 터벅터벅 걸었다.

『어디로 가는 걸까?』

"봉인을 확인하는 거 아냐?"

소녀신들은 내 예상대로 신전터로 가더니, 봉인이 있던 장소에 내려섰다.

동료들도 전이로 찾아왔다.

"독기."

"긍정. 신재옥 안에 찌든 부정이 흘러나오고 있다."

미아의 속삭임을 들은 카리온 신이 대답했다.

"이대로는 세계가 침식될 가능성이 있다."

"잠깐, 큰일이잖아!"

"신의 말은 올바르게 이해해야 함."

카리온 신이 탄식했다.

"아리사, 카리온 신은 『이대로는』이라고 했어."

"긍정. 너는 올바르게 이야기를 들었다."

카리온 신이 작게 고개를 끄덕였다.

"다시 말해서, 재봉인을 할 수 있는 거야?"

"긍정. 그걸 위해 여기로 왔다. 작업을 시작한다."

우리온 신이 몸에 신력을 둘러 홍색의 빛을 띠자, 카리온 신도 그걸 따라 몸에 주색 빛을 둘렀다.

""영역 설정.""

소녀신들이 치켜든 양손에서 흘러넘친 빛이 봉인의 방을 성별했다.

""봉인.""

주색과 홍색의 빛이 대응하는 신들의 성인 모양이 되어 봉인

방의 바닥에 새겨졌다.

"이걸로 봉인이 풀릴 때까지 괜찮아?"

"걱정 없다. 봉인이 있는 공간은 신계에서 제거한다. 카리온도 그렇게 말했다."

"말 안 했다. 신력을 너무 낭비했다. 그 일은 갈레온과 헤랄르온을 시킨다."

그렇게 말하고 카리온 신이 조금 비틀거렸다.

우리온 신이 그것을 지탱하고, 자이크온 중앙신전의 성역이 있던 장소로 이동했다.

—그렇지. 소녀신들이 신계로 돌아가기 전에 확인을 해야지.

"이번 신재옥처럼, 파리온 신국의 마신옥이나 비슷한 다른 봉인 장소가 드러날 경우, 신들께 조력을 바라도 되는 건가요?"

"그 걱정은 없다. 카리온도 그렇게 말했다."

"말 안 했다. 우리온은 조금 더 설명을 해야 함."

카리온 신에게 한 마디 들은 우리온 신이 한 번 탄식하고 말을 이었다.

"신의 힘이 쇠퇴하지 않는 한, 인간이 신의 봉인을 푸는 일은 절대 못한다. 이 땅의 봉인이 풀린 것은 자이크온이 어리석은 탓. 카리온도 그렇게 말했다."

"우리온에게 동의. 자이크온은 어리석다."

자이크온 신을 생각 이상으로 디스하네.

이유가 조금 신경 쓰이지만, 그보다도 먼저 확인을 해야겠다.

"이 대륙에는 『부정』―『마신의 찌꺼기』의 잔재가 아직 몇 갠가 있을지도 모릅니다. 그걸 쓰면 신의 봉인이라도 위험하지 않을까요?"

"문제없다. 그렇지만, 너는『부정』을 발견하면 곧장, 소거해야 함."

카리온 신이 딱 잘라 말했다. 괜찮다면 불만은 없어.

덤으로 자이크온 신에 대해 물어보려고 했는데, 카리온 신이 발이 꼬여서 내 쪽으로 쓰러지기에 황급히 지탱했다. 우리온 신도 걷는 게 귀찮아 보인다.

"이제 곧 신력이 떨어진다. 너희들은 이 그릇을 신전으로 옮겨야 함. 카리온도 그렇게 말했다."

"우리온에게 동의. 의식을 유지하는 것이 한계."

정말로 위험해 보이기에, 소녀신들을 성역으로 옮겼다.

"너희들의 봉사로 부정의 근원을 하나 떨쳐냈다. 이것은 포상. 감사하며 경건한 기도를 바쳐야 함."

내게 몸을 맡긴 우리온 신이 손바닥에 루비 같은 홍법석이라는 보석을 출현시켰다.

저건 본 적이 있다. 쉐리퍼드 법국에 있는 신기,「죄를 재는 천칭」우릴라브를 장식하고 있던 보석이다. 불쑥 내민 그 보석을 받았다.

"준다."

입을 여는 것도 괴로워 보이는 카리온 신이 손바닥에 출현시킨 주색 보석을 톡 내 손에 떨어뜨렸다.

우리온 신이 준 보석보다 작은 그것은 카리스오크에 있던 카리온 신의 신기 「예지의 서」 카리세펠에 끼어 있는 것과 같은 「지천석」이었다.

아마 소녀신들의 남은 신력을 결정화해서 나눠준 거겠지.

시야 구석에 로그가 흘렀다.

> 〉칭호 「축복: 카리온 신」을 얻었다.
> 〉칭호 「축복: 우리온 신」을 얻었다.
> 〉칭호 「우리온이 인정한 자」를 얻었다.
> 〉칭호 「카리온의 증거」를 얻었다.
> 〉칭호 「우리온의 증거」를 얻었다.

후자는 분명히, 신의 시련을 이룬 자에게 내려준다고 테니온 신이 말했었지.

아무래도 「따르지 않는 것」 퇴치는 「신의 시련」 취급인 모양이다.

"작별이다. 사람의 아이여. 그릇을 우리들의 신전으로 보내라. 카리온도 그렇게 말했다."

"말 안 했다. 하지만, 그릇은 틀림없이 보내야 함."

소녀신들의 몸에서 희미한 빛이 흘러나오고, 하늘로 사라졌다.

처음과 포즈가 바뀐 조각상을 스토리지로 수납했다.

"그러면, 우리도 가자."

우리는 피아로오크 왕국의 뒤처리를 조금 돕고서 이탈했다.

소녀신들과 약속한대로, 그릇인 조각상은 익명으로 우리온 중앙신전과 카리온 중앙신전에 보냈다. 소문으로 들었는데, 신이 깃들었던 조각상은 성유물로 인정되었다고 한다.

익명으로 보내길 잘했군. 하마터면 성인 취급을 받을뻔했어.

◆

"있지, 주인님. 오베르 공화국에 안 들러도 괜찮아?"

트로피컬한 과일이 꽂혀 있는 잔을 기울이면서 아리사가 말했다.

너무 일을 많이 한 것 같아서, 우리는 갈레온 동맹에 있는 물의 도시 갈레오크에서 바캉스중이었다.

프라이빗 비치가 딸린 고급 호텔을 잡았으니, 주위의 잡음도 신경 쓸 필요 없었다.

"슈파파파파!.."

"포치도 물 위를 달리는 거예—오로로로로로로."

"포치~."

잔잔한 바다 위를 달려가던 타마와 포치였지만, 장난스런 생선에 안면을 강타당한 포치가 빠져 버렸다.

해수욕을 하는 동안 포치에게 알 포대기를 맡아두길 잘했군.

"회수."

첨벙.

돌고래 튜브를 끼고 우아하게 물과 노닐던 미아가 중얼거리자, 물속에서 돌고래를 지탱하고 있던 작은 운디네들이 바닷물을 조종하여 포치를 바다 위로 데리고 왔다.

"푸하~, 인 거예요."

"괜찮으이~?"

"포치는 괜찮은 거예요! 운 언니도 미아도 고마워인 거예요."

"응."

―첨벙.

미아와 함께 작은 운디네도 고개를 끄덕였다.

"마스터, 성이 완성됐다고 보고합니다."

"역작이에요."

대담한 비키니 차림의 나나와 가련한 수영복 차림의 루루가 내 손을 끌었다.

말랑말랑한 감촉이 양쪽 팔에 전해지지만, 여기서 반응하면 안 된다.

철벽 페어는 어디 있든 반응이 빠르니까.

"어떤 성을 만들었― 우와."

무심코 소리가 나왔다.

나나와 루루가 말하는 성은 높이가 3미터는 될 법한 본격적인 모래성이었다.

성 옆에서 삽을 든 리자가 흡족한 표정으로 땀을 닦고 있었다. 아무래도 재료 조달은 리자도 도운 모양이다. 아마 모래사장 훈련을 겸한 거겠지.

"젊은 나리~!"

호텔 쪽에서 나를 부른 것은 대머리의 전직 괴도 피핀이었다.

피아로오크 왕국에서 갈레오크 시로 간다고 말을 하지도 않앉는데, 용케 여기를 알았네.

"약속을 지키러 왔지."

술병을 들고 오는 피핀 옆에는 미소녀— 현자의 제자 세레나도 있었다.

그녀는 피아로오크 왕국에서 빈사의 중상을 입고 가사 상태에 빠져 있었지만, 유니크 스킬 「안심동면」으로 무사히 재생한 모양이다.

두 사람을 해변 옆에 있는 정자로 안내했다.

"어, 그러니까…… 젊은 나리? 이번에는 우리 동문의 잘못으로 폐를 끼쳤어."

세레나가 말하고, 테이블에 이마가 닿을 정도로 고개를 숙였다.

"나도 사과할게. 귀찮은 일에 끌어들여서 미안해."

"상관없어. 귀찮은 일의 사과라면서 쿠로 공이 용건을 받아줬으니까."

변형 박사 조펜테일 씨를 비롯하여 카리스오크 시의 박사들을 시가 왕국의 왕도까지 옮겨준다는 명목으로 썼다. 에치고야 상회의 지배인에게 이야기를 해뒀으니, 시가 왕국 쪽에서 받아들일 준비가 다 되면 옮길 생각이었다.

"그렇게 말해주면 조금 마음이 편해지지."

피핀이 그렇게 밀하고 내 잔에 술을 따랐다.

갈레온 동맹에서 널리 선호되는 시드르다. 라곤이라는 괴수 같은 이름의 과일로 만든다고 한다.

"응, 맛있군."

"이 햄도 맛있는데?"

세레나가 햄이 담긴 접시를 테이블에 놓았다.

안주는 갈레온 동맹 사람들이 좋아하는 레가르 돼지로 만든 햄이다. 피핀이 커다란 덩어리를 전투용 나이프로 호쾌하게 나눠주었다. 듣자니 레가르 돼지는 사가 제국산 야그 돼지를 품종 개량해서 만든 거라고 했다.

"오~ 시드르에 잘 맞는걸."

"그렇지? 주점을 다닌 성과야."

피핀은 잔만 가져왔는지, 와일드하게 햄을 손으로 집었다.

"피아로오크 왕국 쪽은 정리됐어?"

"그래. 젊은 나리가 오베르 공화국으로 떠난 다음에 이래저래 정리가 됐어. 쿠로 님의 지시로 에치고야 상회의 지점을 내는 대신 부흥 자재를 파격적으로 저렴하게 수주를 하거나, 불똥이 튀어서 직업을 잃은 녀석을 지점에서 고용하거나, 뭐 여러모로."

평소에는 스스로 활약하는데, 이번에는 피핀이 있어서 떠넘겼다.

본래는 동료였던 동문들의 속죄를 하고 싶은 세레나도 도울 테니까.

"젊은 나리한테도 그렇지만, 쿠로 공한테도 고개를 들 수가 없어. 그 분 덕분에 피아로오크 왕국과 파리온 신국이 전쟁을 안 하고 넘어갔으니까."

"그건 괜찮지 않아? 바잔의 정체 따위 아무도 모를 거고, 현자 나리와 연관되었다는 건 피아로오크 왕국 사람은 모르잖아?"

"그렇지도 않아. 바잔은 현자님의 대리인으로 몇 번 피아로오크 왕국을 방문했었어. 그리고 사건을 벌이기 전까지, 자이크온 중앙신전 사람이랑 몇 번이나 접촉했었던 모양이야."

설령 그렇다고 해도, 파리온 신국에서 반란을 일으킨 현자와 관계있다는 걸 이유로 전쟁이 일어날 가능성은 낮다고 생각한다.

"그래서, 앞으로는 어떡할 거지?"

듣고 있어도 즐거운 이야기가 아닐 것 같기에, 이야기의 흐름을 바꿔봤다.

"다른 제자들을 찾아보려고."

피핀에게 화제를 돌린 거였는데, 세레나가 대답해 버렸다.

"바잔 같은 녀석이 또 있는 건가?"

"그 정도로 극단적인 건 바잔 정도야. 하지만 카무시무나 케르마레테처럼 변절해 버린 자도 있어. 그러니까 순서대로 돌면서 만나볼 생각이야."

"어디 있는지는 알고 있나?"

"대개는 내해 쪽 나라지만, 일부 실력자는 세계 각지의 미궁에 파견됐어."

―미궁?

"『세리빌라의 미궁』 같은 곳?"

"아니, 거기랑 사가 제국에 있는 『용시의 미궁』과 요워크 왕국에 있는 『제물 미궁』은 조사대상이 아니었어. 대상이 된 건 사가 제국 남부의 『흡혈 미궁』, 시가 왕국 북부『악마의 미궁』, 그리고 남방에 있는 『수해 미궁』이야."

—어라? 하나 많지 않나?

"『수해 미궁』이라는 건 처음 들었는데, 새로운 미궁이 생긴 건가요?"

"나도 처음 들었어. 세계에 있는 미궁은 여섯— 세류 시에 생긴 『악마의 미궁』을 넣어도 일곱 개였을 텐데."

"어? 그럴 리가— 그렇군. 분명히 시가 왕국이나 사가 제국에서는 『수해 미궁』은 미궁이 아니란 학설이 주류였던, 가?"

"뭔가 다른 미궁하고 다른 거야?"

"거기는 다른 미궁과 달리 지하에 없어. 광대한 수해가 그대로 미궁이 되어 있는 세계적으로 보기 드문 장소야."

이른바 필드형 던전인 모양이다.

"그건, 미궁인가?"

피핀이 고개를 갸웃거렸다.

지금까지 본 미궁도 미궁의 유적도 모두 지하에 있었으니까, 이 대륙 사람이라면 미궁이란 지하에 있는 거라는 인식이 있나 보군.

"미궁이야. 현자님이 조사한 바로는, 미궁이라고 판별하기에 충분한 증거가 몇 개나 있다고 해. 제일 큰 이유는 미궁의 주인이 존재한다는 거지. 현자님은 녹색 나리라는 협력자를 통해 접촉한 적이 있다고 말씀하셨지."

녹색 나리— 녹색 상급 마족이군.

조금, 이야기의 신빙성에 의문이 생긴다.

"그래서, 어디부터 갈 거야?"

"케르마레테가 담당하고 있던『몽환 미궁』이나 내가 갈 예정이었던『수해 미궁』은 제외할 수 있어. 내해에 있는 동문들을 만나러 가는 게 먼저지만, 그 다음에는 가까운 장소부터 순서대로 돌아볼 생각이야."

"가능하면, 세류 시에 있는『악마의 미궁』부터 가줄 수 있을까?"

"알았어. 이 정도로 은혜를 갚을 수야 없겠지만, 나리의 요청이라면 따를게."

세레나는 이유도 안 물어보고 승낙해 주었다.

거기는 아는 사람도 있고, 무엇보다 제나 씨의 고향이니까.

그녀에게 마커를 달아두면 위기일 때 달려갈 수도 있겠지.

"피핀도 동행할 건가?"

"아니, 나는 쿠로 님에게 명을 받은 중요한 일이 있으니까. 내해 쪽 지점 개설 업무가 끝나면, 쿠로 님에게 허가를 받아서 드라그 왕국에 가볼 생각이야."

"드라그 왕국?"

"그래, 바잔에게 되찾은『녹룡의 알』을 돌려주러 가야지."

—그걸로 떠올렸다.

"우리가 맡고 있는『백룡의 알』은 어떡할 거야?"

"그거 말인데, 취급이 좀 난처해."

"무슨 뜻이야?"

"돌려주러 가고 싶어도, 백룡이 어디 사는지를 모른단 말이지. 쿠로 님에게 물어봤지만, 쿠로 님이나 용사님도 모른다고 했어."

그러고 보니 피아로오크 왕국을 떠나기 전에 그런 질문을 받은 기억이 있다.

　적룡이나 황룡은 자기들이 되찾으러 왔는데, 녹룡은 무녀한테 맡기고, 백룡은 완전히 방치다. 용의 성격에도 여러모로 차이가 있나 보군.

　"그렇군. 그러면 백룡이 발견될 때까지 우리가 맡아둘게."

　포치도 좋아하니까.

　"그렇군. 그럼 고맙지."

　짐을 좀 덜었는지, 피핀이 시드르를 쭉 들이켰다.

　그러고 보니 같이 주점을 돌아보자고 했었는데, 좀처럼 실행하지 못하고 있다. 지금은 다음 예정도 없으니까, 오늘 밤에라도 피핀이랑 같이 밤의 번화가를 돌아볼까?

　"젊은 나리한테 귀찮은 일만 떠넘겨서 미안해. 이건 도움이 될지 모르겠지만, 바잔이 마지막에 아지트로 삼은 장소에서 발견한 비보의 서적이야. 알을 관리하는데 써줘."

　세레나가 자기 아이템 박스에서 「용면 요람」^{드래곤 크레이들}이라는 새의 둥지 형태를 한 펜던트탑이 달린 목걸이와 용을 알에서 부화시킨 기록서를 나에게 건넸다.

　드라그 왕국에서 적은 기록서에 따르면, 「용의 알」은 짧게는 몇 년에서 길게는 백수십 년의 휴면 기간을 거쳐 부화한다고 했다. 거기에는 「용면 요람」에 대해서도 적혀 있는데, 자주 잠드는 유아기 용이 안전하게 지내기 위한 마법 도구인 모양이다. 아마도, 공간 마법 계통의 마법 도구겠지.

"주인님~!"

"사토."

이야기가 일단락된 참에, 아리사와 미아가 찾아왔다.

"얘기 끝났어? 끝났으면 헤엄치러 가자! 피핀이랑 세레나도 같이 어때?"

"나는 됐다. 세레나는 수영복으로 젊은 나리를 접대하고 올래?"

"수, 수영복? 그 파렴치한 옷을 나도 입으라는 거야?"

세레나가 새빨개진 얼굴로 일어섰다.

뭐 이쪽 사람들의 수영복은 평범하게 원피스 같은 옷이고, 애당초 바다에는 위험한 마물이 있으니까 해수욕이라는 발상이 거의 없단 말이지.

"무리는 안 해도 돼."

"아니! 내 빈약한 몸이 도움이 된다면……!"

"자, 잠깐! 이런 곳에서 벗지 마!"

"속옷은 안 되는 거야! 파렴치한 거야? 수영복은 속옷이랑 다른 거야. 헤엄치기 위한 유니폼이야. 속옷으로 헤엄치면 비칠 거야. 정말이야?"

벗기 시작한 세레나를 아리사와 미아가 필사적으로 막았다.

나는 금방 등을 돌렸지만, 피핀은 재미있다는 태도로 부추겼다.

"주인님~?"

"이쪽인 거예요!"

소란스런 등 뒤를 외면하고, 타마와 포치가 손을 흔드는 해안으로 갔다.

오늘은 듬뿍 헤엄쳐서 배가 고파지면, 해안에서 신선한 해산물의 바비큐를 해야겠는걸.

우리는 웃음이 넘치는 해안에서 여름 바다를 만끽했다.

EX: 훌륭한 내조

"언니, 중앙 제어실에서 뭐 할 거야?"

라라키에의 중앙 제어실로 가는 통로에서, 유네이아가 언니인 레이아네— 레이에게 물었다.

"조금 조사하고 싶은 게 있어."

"알았어! 일이구나!"

어린 소녀의 모습을 한 레이의 팔에, 연상으로 보이는 유네이아가 어리광을 부리며 안겼다.

그런 유네이아를 레이가 상냥한 눈으로 지켜보았다.

이윽고 긴 복도가 끝나고, 통로 끝에 중후한 문이 나타났다.

『여왕 레이아네를 감지. 중앙 제어실의 봉인을 해제합니다.』

어둠 속에서 합성 음성— 라라키에 중앙 제어핵의 목소리가 들렸다.

그와 동시에 소리 없이 문이 열리고, 천장과 벽에서 부드러운 빛이 쏟아졌다.

『여왕 레이아네, 오늘은 어떤 용건이신기요?』

중앙 제어핵이 억양 없는 목소리로 물었다.

"『천호광개』의 자료를 열람하고 싶어."

『자료를 표시합니다.』

파바바바밧 수많은 정보가 공중에 투영됐다.

무수히 표시된 그것에, 레이는 진지한 표정으로 눈길을 주었다.

"우와~ 잔뜩! 전부 다 어려운 게 적혀 있어. 언니, 알 수 있어?"

"그래. 어느 정도는."

유네이아의 천진한 물음에 레이는 건성으로 대답했다.

"……없네. 역시 사토 씨가 말한 것처럼, 소형화하는 방법은 없는 걸까?"

레이는 사토가 무심코 말한 『천호광개』를 「이론적으로 소형화할 수 없다」라고 한 말이 신경 쓰여서 조사하러 온 모양이다.

『여왕 레이아네의 요청을 수락. 자료를 검색―「천호광개」를 소형화하는 것은 불가능합니다. 검증 자료를 표시합니다.』

레이의 혼잣말을 명령으로 해석한 중앙 제어핵이, 방대한 자료 안에서 그녀가 바라는 것을 표시했다.

"검증 방법은 다르지만, 모두 결론은 마찬가지구나."

자료를 속독한 레이가 어려운 표정으로 중얼거렸다.

"언니, 미간에 주름 생겼어."

유네이아가 천진한 표정으로 레이의 미간을 콕콕 찔렀다.

레이는 상냥하게 그 손을 치우고 굳어진 표정에 미소를 지었다.

"언니, 자료가 마음에 안 들어?"

"그런 건 아냐. 단지―."

유네이아에게 대답하는 레이의 뇌리에 몇 가지 기억이 플래시백했다.

《어렸을 적의 자신. 울고 있다. 어머님이 감싸주었다. 테러.

강력한 마도 폭탄. 어머님이 막았다. 나와 어머님을 감싼 절대적인 수호의 벽. 신들이 준 수호결계. 저것은 틀림없이―.》

"―나는 어렸을 때, 어머님이 「천호광개」를 쓰는 걸 봤어. 그래. 봤어!"

"언니?"

"중앙 제어핵! 어머님의, 여왕의 장비품을 표시해줘! 그 중에 몸을 지키기 위한 게 있을 거야!"

『자료를 검색― 해당하는 비보나 신기를 표시합니다.』

레이는 당황하는 유네이아를 달래주는 것도 잊고 자료를 보았다.

"있다! 이거야! 이 목걸이의 상세정보를 표시해!"

『「천광의 목걸이」에 대한 정보를 표시합니다.』

그것은 신들이 라라키에 왕가에 하사한 신기였다.

현대 일본에서 일반적인 자그마한 목걸이와 달리, 중후한 장식이 여러 개 달린 장엄한 목걸이였다.

"틀림없어. 이 목걸이는 「천호광개」를 쓸 수 있어. 이 목걸이의 연구 자료 있어? 있으면 모두 표시해."

『이론상 불가능. 그러나, 실재한다. 그런 일은 있을 수 없다.』

평소에는 금방 여왕의 요청에 응답하는 중앙 제어핵이, 자신에게 기록된 정보의 모순을 깨닫고 혼란에 빠졌다.

"중앙 제어핵?"

『―여왕 레이아네, 모순점을 검증했습니다.』

"뭔가 알았어?"

『결론적으로, 라라키에 왕가가 의도적으로 사실을 은폐했다고 생각됩니다.』

그 말을 듣고, 레이가 어려운 표정을 지었다.

"은폐된 거라면, 자료는 남지 않았어?"

『조사하겠습니다.』

중앙 제어핵의 본체에 해당하는 작은 탑이 깜빡거리며 수도 없이 빛을 명멸시켰다.

"힘내라~."

유네이아가 노력하는 중앙 제어핵을 응원했다.

"그렇네. 응원하자."

레이가 미소 지으며, 유네이아와 함께 중앙 제어핵의 사고를 응원했다.

『검색 완료. 연구서를 발견했습니다.』

"중앙 제어핵, 훌륭해! 잘했어!"

유네이아가 천진하게 칭찬했다.

『연구서는 왕가의 사적인 장서 속에, 암호화되어 수납되어 있습니다.』

"어째서 그런 장소에? 좋아, 표시해."

레이가 고개를 갸웃거리며 중앙 제어핵에 명령했다.

『최상위 보안이 지정되어 있기 때문에, 여왕 레이아네말고는 열람 허가가 없습니다. 동행자의 퇴실을 요구합니다.』

"―언니. 나, 밖에 나가 있을게."

유네이아는 한순간 표정을 흐린 다음, **미소를 만들고** 방 밖으로 가려 했다.

"안 가도 돼. 여기 있으렴, 유네이아."

"언니?"

레이가 유네이아를 불러 세웠다.

"여왕의 권한으로 유네이아에게 일시적인 열람 허가를 내립니다."

『여왕 레이아네의 지령을 수락. 자료를 게시합니다.』

중앙 제어핵이 두 사람 앞에 자료를 비추었다.

라라키에 전성기 시대에 당시의 연구자가 여왕의 명령으로 신기를 연구한 모양이다.

"이것은 『태양석』이나 『지천석』을 비롯한 **『여덟 신들』**이 하사한 신석을 사용하는 거구나."

"신들이, 준 돌을, 쓴다."

유네이아가 레이에게 도움이 되려고, 리빙 돌들이 준비해준 메모 용지에 레이가 중얼거리는 말을 적었다.

레이는 그런 유네이아를 보고 상냥하게 웃더니, 유네이아에게 요청했다.

"유네이아, 태양석이나 지천석 같은 이름도 적어두렴."

"알았어, 언니."

유네이아가 한껏 빛나는 미소를 지으며 승낙했다. 언니가 의시해줘서 기쁜 것이리라.

잠시 레이가 자료를 읽고, 유네이아가 기록을 하는 작업이 이어졌다. 복잡한 설계도나 회로도 따위도, 유네이아는 정확하게 베껴 그렸다. 뜻밖의 재능이었다.

◆

"끝났어. 자료를 닫아."

『—여왕 레이아네. 이번 기밀 정보가 제 검색 인덱스에 등록되어 버렸습니다. 또 다시 누군가 물었을 경우, 왕가가 은닉한 정보가 발견될 가능성이 있습니다.』

"그래—."

레이는 조금 망설인 다음, 정보를 본래대로 은폐할 것을 선택했다.

"그러면, 인덱스 및 캐쉬 데이터를 삭제해."

『그러면 열람하는 저의 기억을 소거합니다.』

중앙 제어핵의 본체가 격렬하게 빛을 명멸시킨 다음, 정전된 것처럼 소등됐다.

뜻밖에 긴 시간의 침묵 뒤에, 중앙 제어핵이 재기동했다.

『여왕 레이아네, 오늘은 어떤 용건이신가요?』

그 물음은, 이 방에 왔을 때 중앙 제어핵이 한 말이었다.

"아니, 아무것도 아냐. 조금 산책하러 온 거야."

『그러셨나요. 용건이 생기면 말을 걸어 주세요.』

"그래, 그럴게."

레이는 약간 죄책감을 느끼면서, 유네이아와 함께 중앙 제어실을 떠났다.

"우~응, 난해하네."

자료를 숙독하던 레이가 크게 기지개를 켰다.

"언니, 루루가 두고 간 과자가 있어. 같이 먹자."

"응, 고마워."

타이밍을 재고 있던 유네이아가 쟁반에 올린 차와 과자를 테이블에 놓았다.

"일은 순조로워?"

"조금 난항을 겪고 있는데, 가장 필요한 포인트는 확인했어."

이론이 너무 난해해서 절반도 이해 못했지만, 통상판과 「천광의 목걸이」에 의한 천호광개를 비교한 결과, 후자에는 특수한 증폭 회로가 들어가 있다. 그 중심에는 신석이라고 적힌 **「여덟 신들」**에서 유래된 보옥이 있다는 것을 알아냈다.

"문제는—."

신석을 구할 수 없다는 것이다.

레이의 어머니가 가지고 있던 「천광의 목걸이」도 라라키에 왕조 멸망기에 실전되어 버렸다.

"—필요한 소재가 지금 없어. 하다못해 한 종류만이라도 있으면……."

연구자의 비망록을 보면, 신석은 한 종류라도 문세없다. 다만, 장치가 커지고 단위 시간당 필요한 마력이 늘어날 뿐이다.

"언니, 괜찮아. 마스터 사토라면, 방법만 알면 어떻게든 해버릴 거야."

"그러네. 유네이아. 그랬어."

사토라면 모두 갖추지 못해도, 회로도와 자료만 알려줘도 도움이 될 거다.

레이는 사토에 대한 전폭적인 신뢰로 그렇게 확신했다.

"언니, 기뻐 보여."

유네이아는 레이가 기뻐 보이는 걸 보고 기뻐했다.

"얼른, 마스터 사토가 오면 좋겠네."

"그러네, 유네이아."

낙원섬의 저택에서, 자매가 사이좋게 웃었다.

■작가 후기

안녕하세요? 아이나나 히로입니다.

이번에 「데스마치에서 시작되는 이세계 광상곡」의 제22권을 집어주셔서, 정말 고맙습니다!

이번 후기는 페이지가 적으니까, 신간의 볼거리를 짤막하게 말해보죠.

본권은 오랜만에 관광 메인의 유유자적 스토리입니다.

web판의 소국 유람편을, 무대나 인물만 남기고 시추에이션과 계절 상황까지 완전히 다른 새로운 이야기로 재구축했습니다. 새로운 캐릭터도 늘어나고, 거의 완전히 신규 집필을 해버렸으니 web판을 읽어보신 분도 즐길 수 있을 거라 자부합니다.

신들의 포지션도 web판하고는 바뀌어 있으니, 선입견 없이 즐겨주시면 좋겠습니다.

페이지가 다 될 것 같으니 늘 하던 인사를 하죠! 담당자 I 씨와 S 씨와 A 씨, 그리고 shri 씨, 그밖에 이 책의 출판과 유통, 판매, 선전, 미디어믹스에 연관된 모든 분께 감사합니다!

그리고 독자 여러분. 본 작품을 마지막까지 읽어주셔서, 정말 고맙습니다! 그러면 다음 권, 파리온 신국편에서 만나요!

아이나나 히로

■역자 후기

안녕하세요? 불초 역자 또 왔습니다!

작년에 나왔던 어느 무료 인디 게임이 1주년 업데이트를 했더군요. 지옥의 CEO였던 분이 느닷없이 메이드가 되어 있어서 뿜었습니다.

그리고 제작자가 여전히 똥손을 너무 얕보고 있더군요. 세상에는 당신이 생각하는 것 이상의 똥손이 존재한단 말이다아아아아앗.

역자가 이렇게 볼멘 소리를 해서 그런 건 아니겠지만, 제작자가 본편에서 고생했던 부분을 쉽게 깰 수 있는 모드를 준비했더군요. 이번에 새로 업데이트한 챕터도 다 스킵할 수 있고요. 어떻게든 한 번이라도 깨지 않으면 도전과제를 안 준다는 점에서 악랄함이 느껴지지만, 그래도 한 번만 깨면 되는 거니까요!

예전에는 부정적 평가를 했지만, 이번 업데이트를 보고 긍정적으로 고치는 수밖에 없었어요. 역자는 평가는 부정적으로 해 놓고 캐릭터와 배경 스토리가 마음에 들어서 굳이 DLC 구매를 해버렸었는데 이제는 그 모순에 고민하지 않아도 되겠습니다.

작가 후기가 짧으니 역자 후기도 맞춰서 짧게 가겠습니다!

다음에 또 봬요!

데스마치에서 시작되는 이세계 광상곡 22

초판 1쇄 발행 2021년 7월 10일

지은이_ Hiro Ainana
일러스트_ shri
옮긴이_ 박경용

발행인_ 신현호
편집부장_ 윤영천
편집진행_ 김기준 · 김승신 · 원현선 · 권세라
편집디자인_ 양우연
관리 · 영업_ 김민원 · 조인희

펴낸곳_ (주)디앤씨미디어
등록_ 2002년 4월 25일 제20-260호
주소_ 서울시 구로구 디지털로 26길 111 JnK디지털타워 503호
전화_ 02-333-2513(대표)
팩시밀리_ 02-333-2514
이메일_ lnovelpiya@naver.com
ㄴ노벨 공식 카페_ http://cafe.naver.com/lnovel11

DEATH MARCH KARA HAJIMARU ISEKAI KYOSOKYOKU Vol. 22
ⓒHiro Ainana, shri 2021
First published in Japan in 2021 by KADOKAWA CORPORATION, Tokyo.
Korean translation rights arranged with KADOKAWA CORPORATION, Tokyo.

ISBN 979-11-278-6073-8 04830
ISBN 979-11-278-4247-5 (세트)

값 9,500원

새 엄마가 데려온 딸이 전 여친이었다 1권

카미시로 쿄스케 지음 | 타카야Ki 일러스트 | 이승원 옮김

어느 중학교에서 어느 남녀가 연인 사이가 되고,
꽁냥꽁냥거리다, 사소한 일로 엇갈리더니,
두근거림보다 짜증을 느낄 때가 더 많아진 끝에…… 졸업을 계기로 헤어졌다.
그리고 고등학교 입학을 코앞에 둔 두 사람은—
이리도 미즈토와 아야이 유메는, 뜻밖의 형태로 재회한다.
"당연히 내가 오빠지.", "당연히 내가 누나 아냐?"
부모 재혼 상대의 딸이, 얼마 전에 헤어진 전 연인이었다?!
부모님을 배려한 두 사람은「이성으로 어기며 의식하면 패배」라는
「남매 룰」을 만들지만—
목욕 직후의 대면에, 둘만의 등하교……
그 시절의 추억과 한 지붕 아래에 산다는 상황 속에서,
서로를 의식하고 마는데?!

금색의 문자술사 외전 1~2권

토모토 스이 지음 | 스마키 슌고 일러스트 | 김장준 옮김

4인의 용사 소환에 휘말려 이세계【이데아】로 오게 된 오카무라 히이로.
훗날 영웅으로 추대받는 그도 여행 틈틈이 동료들과
자유로운 이세계 라이프를 만끽하고 있었다.
"그냥 못 넘어갈 말이군. 맛있는 음식은 진리라고."
도시 축제에서, 위험한 바다에서, 진미를 추구하는 요리 레이스 발발!
"내 이름은 2대째 와일드 캣! 대괴도다!"
희귀본이 숨겨진 탑에서 대치한 것은 소문 자자한 대괴도?!
그리고 일행의 여행과는 별개로 암약하는 그 인물과 뜻밖에 재회하게 되는데—.

히이로 파티의 일상과 모험을 가득 담은 단편집 등장!